U0594333

无论他触及的天空多高多远

他的根一直向大地更深处

探索延伸着

大地深处

◎汪呼林 著

南方出版社

图书在版编目（CIP）数据

大地深处 / 汪呼林著. -- 海口 : 南方出版社,
2025. 7. -- ISBN 978-7-5501-9848-7

Ⅰ. I267

中国国家版本馆CIP数据核字第2025CL2337号

大地深处
DADI SHENCHU

作　　者　汪呼林
插　　图　姜效祖　武　帆
策　　划　泥流文化传媒
责任编辑　白　娜
整体设计　建明文化
出版发行　南方出版社
邮政编码　570208
社　　址　海南省海口市和平大道70号
电　　话　（0898）66160822
传　　真　（0898）66160830
印　　刷　三河市华东印刷有限公司
开　　本　787mm×1092mm　1/16
印　　张　19.25
字　　数　207千字
版　　次　2025年7月第1版
印　　次　2025年7月第1次印刷
书　　号　ISBN 978-7-5501-9848-7
定　　价　58.00元

汪呼林　生于1997年，甘肃渭源人，现在兵团日报社工作。2019年开始创作，在《当代兵团》《回族文学》等国内数十家报刊发表散文、诗歌百余篇。作品以自身经历为素材，将视野根植于普通人的生活中，集中展示在甘肃渭源这片热土上恢宏壮丽的人文史诗，生动再现父辈们在时代大潮中走过艰难却温馨的画面，进而将笔触延伸到对生命本质与人类命运的探讨之中。

序

树高千尺不忘根

张烈荣

记忆中，有一个不同寻常的少年，他爱写作、好奔跑，作文字迹很工整。那时他读初中，我是他的班主任兼语文老师。多年后他联系到我，说他大学毕业后放弃了留校的机会，要去祖国的边疆历练，这让我极为震惊又倍感欣慰。果然，他骨子里是倔强的，不满足于现状，不愿被安逸束缚。他有明确的人生追求：在祖国最需要的地方实现自我价值。

扎根南疆的几年间，他开始埋头创作，而我有幸读到他所有的文章。很难想象，在那样一个高楼耸立、车水马龙、经济迅猛发展的城市，许多人的良知被无尽的物质、功利充斥着、挑衅着，特别是对于一个年纪轻轻的小伙子，他是怎么做到那么安静、那么朴素写作的？

读他的作品时，得找一个安静的角落，蜕掉伪装或保护色，做好迎接真善美的准备。然后你会进入一片沃土，遇到久别的亲人和父老。田间地头欢声笑语、青草丛中彩蝶翩翩，溪水潺潺、群鸟嘤嘤，此时的你会遇到久违的质朴、纯粹，会找到曾经那个天真自由的自己，跟随作者去赶热闹的年集，品仲夏那碗浆水面；去秋后的麦场看看父辈们极具智慧的碾场；去墙根边的地窖里，翻翻那些被人们遗忘的已经干瘪发芽的土豆……或是紧随父母身后，看他们如何把苦涩的日子熬成人间甘甜。

读他的作品时，得有一种敬畏的情愫，就像欣赏一幅名画。这画以家乡的老树、土墙、炊烟、麦田、老牛等为背景，以父亲和母亲为主角，展现艰苦条件下的西北山村农民在繁杂琐事里默默劳作的情景，从而领略最真实的勤劳、智慧、坚韧和乐观。这幅画笔触极其细腻，你随便放大一处景点都很逼真，逼真到能看清母亲额头的皱纹、父亲眼里的沧桑，更能看到大地的歌唱和呼唤。这不得不使我们敬畏父辈的不易和无畏，他们用淳朴的、忘我的英雄主义勤恳耕耘，恨不得用手捏碎每寸泥土，想立足广袤而又贫瘠的土地，伸手摘取天上的光为自己的后辈点一盏明灯。

我喜欢反复品读他的作品，不仅因为共情于乡愁、菜窖、老牛、麦地、蚂蚱、红豆草、草帽、炊烟等，这些牵动着我的思绪和梦想的事物（我也曾想以笔为犁，记录下故乡的点点滴滴，珍藏于心，来回报大地的滋养、父母的养育；也想过用剪纸的形式将家乡的农事记录并保存，但迟迟没能实现），更因为感动于他对这片故土的热爱和忠诚。身负读书人文化传承的天然使命，他避开了繁华的侵扰，伏案抒写真情，用文字的形式留住了遥远却又深刻的农村印象。

《山村里的灯影戏》中“精美的艺术品除了精湛的技巧以外，往往还要历经时间和耐心的打磨。灯影人物的制作过程极其烦琐，要经过选皮、制皮、描样、镂刻、着色、发汗熨平、上油，最后将各个部分缀连在一起，再装上几根细长的木棍才能完成”。《宰年猪》中“小时候不管是哪家宰了年猪，都要在当天给邻居们端上一碗肉菜，碗里盛的是刚出锅的肥猪肉和少许土豆丝”。另外，《村戏》《闹秧歌》中对老一辈的艺术形式也有十分详尽的阐述。

相比当今人情的淡薄、文化形式的速成，他的散文就像沙漠中的一股清泉，读之能让人得到来自土地的力量，找到心灵的归途和生命的意义，从而敬畏生活和万物。作者有巨大的创作潜能，具备作家的四大基本能力，敏锐的感受力、深厚的动情力、丰富的想象力和生动的表达力，而这些能力的统帅是天真。天真是一个人对人生世界感到有趣、有意义的心理前提(薛世昌《文学创作论》)。正是因为他那赤子般的天真，才把家乡的人、事、物描摹得那么有趣、有意义。

如果前两辑是他对故乡人文往事的深切眷念，那么后两辑则是他走向远方后对故乡、生活的深思。你看他渐行渐远的身影，在不时地回望那个小山村、那个小县城。记忆中的杏花团团簇簇，渭河浩浩汤汤……此时的他，既像一个只身走天涯的孩子，又像一个单骑闯江湖的侠客。那乡野、秋雨、雪域中的昆仑山，正在走进他的视野，安抚他的迷茫、徘徊。

他很年轻，二十七八岁的年纪，风华正茂；他很成熟，能尽数家乡的古今。当我们捧起这本厚重的《大地深处》时，就像捧起一碗制作于土灶铁锅的浓香的手擀臊子面。这面食材健康、工序复杂，小火慢炖的汤，配以薄擀细切的面条，能除去你我一身的疲惫，使人倍感温暖、幸福，浑身充满力量使得我们收拾行装，昂首阔步，再踏征程。

总觉得那个意气风发的少年就是那片土地上一粒饱满的种子。他扎根大地，努力向上伸展，树干日益粗壮，枝叶日益茂密。可无论他触及的天空多高多远，他的根一直向大地更深处探索延伸着……

目录

辑一 年味

辑二 大地

辑三 故园

辑四 闲情

故土情深

年味

辑一

让爱回家

春节越来越近，年味愈来愈浓，不知从什么时候起，过年竟成了一种回忆。小时候，年是母亲油锅里的肉丸子。每年腊月二十出头，家里总会宰年猪，母亲知道我喜欢吃肉丸子，总会早早地把里脊肉单独挑出来放。等到年三十，她便把肉剁碎，再和好面粉、拌上作料，等锅里新榨的菜籽油滚烫后，便小心翼翼地把一个个“小银鱼”放到油锅里。眼巴巴地看着“小银鱼”在锅里“跃龙门”，我的口水像皮球似的卡在了嗓子眼儿。

母亲怕我被油烫到，总会毫不客气地把我赶到厨房外。但我怎么会安心？我会趁着她出去捡柴火的工夫，一溜烟儿钻进厨房，顺手抓起几个还没有冷却的肉丸子，跑到不远的地方躲起来，一口一个，津津有味。当我再次钻进厨房，母亲看着我黝黑油亮的双手，知道我偷吃了还不肯善罢甘休，便会在小瓷碗里盛几个给我，她警告我：“刚熟的肉丸子吃多了会肚子疼。”但她哪里知道，偷吃的味道，才是最美的。

那个时候，年是希望与期冀，不管多远多久，我都期待一身早被母亲藏在箱底的新衣服，期待一颗甜甜的苞谷糖，身后的日子堆积如山，我是多么不愿被鞭炮声惊醒。

长大后，年就成了一杯白开水。2019 年是特殊的一年，新冠疫情阴霾弥漫，我也因此没有回家。在坚守岗位的日子里，和家人通过微信视频聊天，我目睹了美颜相机无法掩盖父母被岁月侵蚀的沧桑，我读懂了他们眼神里的期盼，我再也没有说话的勇气。在满脸堆积笑容挂断电话的那一刻，我想起了我上大学时，母亲站在路边，望着我远去的身影，我没有看清她的容颜，但她期望的眼神却早已刻进了我的心里，成为一把永远都无法熄灭的火炬，照亮每一个没有星空的夜晚。

都说母亲是一种岁月，故乡又何尝不是岁月的影子？不知道从什么时候起，期待竟然成了一把刻度尺，准确地计量着日子的长短和生活的滋味。每当夜深人静的时候，我总会翻看微信朋友圈，看着家乡的山水，听着熟悉的乡音，我仿佛找到了阔别已久的童年，亲切与慈爱奔涌而来，一时间，我有点儿猝不及防，本来辗转反侧的我更加难以入寐。

我猛然发现，当我睁开眼的一瞥，故乡就成了我永远无法舍弃的累赘，即使住进他乡的高楼，也舍不得简陋的瓦房，就像这白开水一样，有了时间的酝酿，才能白水若醴。

光阴漫漫，回忆悠长。就在这不紧不慢的光阴里，复兴号清脆的笛音在耳畔响起，长长的火车挤满了多少久别重逢，承载着多少游子的期盼，却怎么也载不动我心中的那一抹乡愁。即使面条不再有故乡的味道，苞谷糖再也找不到从前的渴盼，可心中不可名状的情愫却愈久愈清晰、愈久愈浓烈。或许，这正是久别重逢的喜悦，让这串被时间烘烤的记忆，连接过去、现在和未来。

此心安处是吾乡。其实期待过年比过年本身更有意味，更能让人心潮澎湃。“就地过年”虽然听起来不近人情，却是我们最为理性的选择。我期待着，疫情的阴霾能够早日散去；我也相信，没有一个冬天不可逾越，没有一个春天不会到来。

让爱回家，是来路，也是归途。

鏊里飘香

冬日的清晨格外清幽宁静，鸟儿还没有出来觅食，父亲就到李大伯家借了鏊子。从墙根搬来六块土坯，比照鏊底大小两两呈三角形码在一起，柴火开口留得稍大一些，往土坯缝隙处简单抹上一层秸秆泥，这样鏊子就支起来了。

鏊子通体用生铁铸成，高五六厘米，直径足足有七八十厘米，一根早已被烧成黑色的铁丝一头连接鏊盖，鏊底则覆满了一层厚厚的柴草灰，散发出一股厚重的历史气息。有这层脏兮兮的柴草灰保护，做出来的馍才不至于煳。

紧挨鏊盖一端的铁丝由几段组成，上下较为灵活，一根不太规整的木棍与鏊盖中间凸起的部分组成杠杆，铁丝的另一端刚好固定在屋檐上，拿起木棍轻轻往下一压，鏊盖就悬在了半空中，省时省力又不至于被烫伤。

母亲从灶膛里掏出半笸箩柴草灰在土坯周围来回撒上三层，拿出火柴点燃我从墙角边刚抱来的麦秆，将鏊盖简单熏烤后，再撒上一层草木灰，鏊膛半热后刷上胡麻油，一股淡淡的香味霎时间在院子里飘散开来。

从麦草细柴到枯枝硬柴，随着鏊子温度升高，木炭越积越多，院子里随即弥漫着一股温暖的气息。父亲拿着锃亮的铁锨，将鏊底多余的木炭均匀地堆在鏊盖上面（也有用牛粪的），火苗伴着凉风微微抖动，像极了黑夜里的星星。

原先那间矮小的厨房不够母亲大显身手，她索性将案板和锅碗瓢盆都搬到离鏊仅有几米之遥的杏树下。一家四口人分工明确，父亲和我负责烧火，母亲和姐姐早已围着案板忙得不可开交，一会儿额头上就沁出了汗珠。

面在前一晚就要发好，馍的数量在一定程度上取决于酵子的多少。刚吃过晚饭，母亲找来两个大盆清洗干净，将酵子与白面按照一定比例均匀搅拌，倒入温水反复揉搓，直到形成光滑柔软的面团，用手使劲儿压几下，再往面团上抹少许温水，拿出一块塑料布密封严实，母亲才长长地舒了一口气。

母亲将装满面团的两个大盆搬到不太宽的土炕上，挪到炕角温度稍高一些的地方，用父亲的外套密封一层，再盖上被子，就等面团完全发酵。第二天一大早醒来，盆里的面团像山丘一样高高隆起，遮挡住了母亲闪烁的目光。

将发好的面团拿到案板上，要分几次才能将面和好，这样也能够有效避免面团干裂。将一些干面粉与少量的小苏打混合，再放入切出的面团来回揉搓，如果面团太硬，还需要加入少量温水，直到面团表面光滑且富有弹性为止。

鏊子赋予馍更足的成色，油面却是馍的灵魂。用文火将面粉炒成淡黄色，再倒入胡麻油反复搅拌，几分钟过后一碗金黄的油面就熬好了。此时鸟儿出来觅食，它们似乎也渴望这人间烟火，在树枝上叽叽喳喳叫个不停。

不一会儿，刚和好的面团就被擀成了案板大小的饼。倒上几勺熬好的油面，用刷子来回涂抹均匀，将面饼顺势卷成长条，再用菜刀切成小块儿，把黄白相间、层次分明的面团一个挨着一个摆放在案板上，这是对秋冬交融的赞美。

切好的小面块儿这时还不能入鏊，要将油和面和得完全匀称，这样做出来的馍才会更有层次感，也更加酥脆。再用小一些的擀面杖将面抻开，此时馍已初具雏形。母亲总会往馍里包一些白糖或红糖。

此时鏊子已经完全被烧热，再向鏊膛刷上一层胡麻油，馍下鏊后还要在上面刷一层姜黄油。火势正旺，鏊盖比鏊口略小，刚好严丝合缝，看不出一点儿热气冒出来。一个馍，从和面到出鏊，匠心独运，饱含着母亲细腻的爱。

十几分钟后，悬在空中的那根木棍终于被父亲缓缓按下，我的心也卡到了嗓子眼儿。热气腾腾、焦黄酥脆的馍显然比刚下鏊时长大了许多。是啊，人总是在艰难困苦中不断地长大，馍又何尝不是呢?

我急不可耐地拿过一个馍啃了起来，一股清幽的麦香深入肺腑。父亲则将刚出锅的馍小心翼翼地放在笸箩里，急忙向鏊底塞了几根柴火，馍又开始下鏊了。太阳西斜，案板上的面团越来越少，装了几笸箩的馍也不再发烫。

最后，还要再专门做几个大一点的馍，在我们当地叫“狗舌头”，少部分自家留着吃，其余一些用来答谢农忙时节借牛给我家耕地的邻居，还有几个是送给李大伯家的，要放在鏊底才行，这样叫“压鏊子”。

第二天将凉好的馍一层一层地放在水缸里，在这之后的很长一段时间，母亲都不用到灶台烙饼子，一家人原本单调的生活也变得有滋有味……

赶集

一进入腊月，家乡的集市就热闹起来了。赶集要到七八千米以外的镇子上，徒步翻过一座大山才能到达。早晨天还没亮，父亲早已起床烧火喝茶，火塘里的火苗不时蹦到屋顶，照亮了漆黑的夜。我刚从睡梦中睁开眼，一听到要去赶集，立马就精神起来，忙不迭地从被窝里爬起来，跟着父亲走在了去赶集的路上。

少了秋天忙碌的身影，万物潜藏于山海，冬天的清晨显得格外寂静清冷。昨夜的雪花晶莹剔透，厚厚一层铺满弯弯的小路。父亲背着我缓慢走在河谷里，在这四面环山的僻静之地，即使是在一千米外的半山腰也能清晰地听见咯吱咯吱的脆响。还没走一会儿，父亲就累得满头大汗，那时我不懂父亲的辛劳，只是静静地将额头贴在他宽厚的脊背上，心里想的却是能早点儿到镇子上。

窄窄的街道由东向西铺展开来，淹没在了嘈杂的人群里，即便是在空中俯瞰，也是一眼望不到尽头的。街道两侧则摆满了摊位，鸡鸭鱼肉、生鲜水果、灯笼对联，琳琅满目，一切看似杂乱无章，实则整齐有序，像极了中国画的疏密对比、浓淡干湿。远处山峦起伏延绵，在太阳的照耀下近在眼前，我混杂在人来人往中，一种压迫感悄然而生。

回荡在耳畔的叫卖声，处处彰显着人们对生活的无限憧憬。生意好的摊主嘴上像刚抹了蜜一样热情地招呼着买主；生意不好的摊主站在货摊前，两只手放在袖口里抱在胸前，东张西望，热情地吆喝着，从他们的眼神中可以明显感受到无人问津的焦急与无奈。然而在熙熙攘攘的人群里，这一切似乎是那么微不足道。

一座天空之城，空气中到处弥漫着新鲜胡麻油的味道，极具生命的穿透力和感染力。即便是在多年以后的今天，远在两千千米以外的地方，我依然能够清晰地听见那熟悉的乡音，夹杂着对这方热土的执着和眷念，传递着黄土高原最为原始和朴实的感情。沉浸其中，这是更胜于每一个城市街头的浪漫和欣喜，油然而生的亲切和热烈，让我潸然泪下。

农村的集市与现代超市有着本质区别。大城市的购物场所相对固定，超市里的货物有严格区分，且都是明码标价，这是物质文明和市场经济高度发展的结果。但从某种层面来说，农村的集市其实更富有寻找的乐趣和欣喜，那种哪怕是为一斤白菜砍价成功的满足感和“斤斤计较”的获得感，不仅是小农经济的真实写照，也是乡愁的集中体现。

腊月的街头是一年中场面最为热闹的时候，街头巷尾都充满了过年的味道。平时逢集，街头摊点零零星星的，平时也很难看到年轻人的面孔。腊月集则热闹非凡，出门打拼的人们在这个时候都要回家团圆。赶集以另一种形式回答了一个永恒的哲学命题，那就是当我们面对平淡生活的时候，依然能够从忙碌中找到充实感。当我们不自觉地把这种情结转化为理性思考和判断并付诸实践的时候，我们的情感也会因此得到升华。

农村的集市联络着十里八乡。赶集的大都是附近的农民，见了面都要简单寒暄几句。为了一家人的生计常年风吹日晒，让这里的人皮肤黝黑，脸上皲裂、布满血丝，但从心底洋溢的笑容无疑让人动容。在集市上，人们早已超越了身份的界限，锦衣玉食或是瓦灶绳床，哪怕是蹲在旮旯儿里卷上一支旱烟，吧嗒吧嗒抽几口，聊上几句无关紧要的话，都是这个冬天细腻感情的真实存在。

我曾因为家庭生活拮据而感到自卑，也一度觉得自己家的年集没有邻居家的丰富而怅然若失。直到现在我才发现，抛却单纯物质的小满足，那个时候的赶集，其实更多的是对生活的一种敬畏。“有钱没钱回家过年”，是多么朴素且实在！经济社会发展的确带给我们物质上的丰盈，但赶集的那种期待却越来越淡。我想，乡镇作为城市的初级形态，在高楼大厦林立之时，不忘乡愁的精神大厦也应该巍然耸立。

渐渐走进岁月深处，家乡腊月集的场面在我的脑海里从未散去，反而随着时间的消逝越发清晰，在我的心底珍藏着、温暖着，也甜蜜着，就像黑夜里满天的繁星，一点一点地照亮心底的柔软……

写春联

腊月已经走得深了，年的味道扑面而来。

每年春节的前几天，父亲都会从集市上买来许多红纸，剪裁成与门框宽窄相近的条幅，拿出他那支洗得发白的毛笔，蘸足墨汁，再找几张废旧的报纸练好笔头，将裁好的红纸叠成方格再抖开，平铺在饭桌上，就写起了春联。

写春联是个讲究活儿，父亲总会让我帮忙抻纸，他每写完一个字，我就轻轻地拉过一个写字格，小心翼翼地将写好的对联平放在炕头等待晾干，生怕有丝毫褶皱流墨的瑕疵。写毛笔字，父亲虽不是名家，却颇有大家风范，他左手按纸，右手蘸墨，不假思索笔力遒劲的"福"字便已回锋收笔。不一会儿，屋子里就摆满了大大小小的对联，空气中到处弥漫着清新的墨香。

父亲初中毕业，学历并不高，常年干农活使手指皲裂，却写得一手好字。平时村里只要有婚丧嫁娶，大家都要找父亲写上几副对联，他总是来者不拒。一进入腊月，找父亲写春联的人更是络绎不绝，有的胳肢窝里夹着几张红纸，手里拿着笔墨，有的索性什么都不拿，但父亲总能笑脸相迎。寒暄过后，父亲摆好桌子，拿出笔墨，从抽屉里找出裁好的红纸铺平，挽起袖子拉开架势，一撇一捺行云流水，从容淡雅间将书法的神韵展现得淋漓尽致。

找父亲写春联的人，鲜有人讲究内容，通常来家里讲几句客套话就直奔主题，也不刻意追求什么，让父亲随便写几副就行。说者无意，听者却有心，写对联关系到邻居的门面和父亲的脸面，可不敢大意。父亲翻开他那本破旧的万年历，反复斟酌比较选准对联，要是没有合适的他就自己拼凑修改，虽谈不上平仄有致，但读起来倒也朗朗上口。

腊月三十这天，村里每家每户都会贴春联。母亲把一撮白面粉放到小锅里，倒一点儿冷水，搅拌成粥状，然后放在炉火上边加热边搅拌，一会儿糨糊就熬好了，等到冷却后，我站在小板凳上用筷子往门两边的墙上一抹，春联就贴上去了，霎时间，年味儿十足。看着家家户户都贴上了自己写的春联，父亲脸上的笑容如同奔涌的浪花，荡开冬日的阳光，激荡我澎湃的心潮。

在物资匮乏的年代，一张红纸，几副对联，足以红红火火过大年。有春联，才够年味儿。

千百年来，无数文人骚客把题联作对作为人生一大乐事，最为脍炙人口的莫过于《兰亭集序》中的“流觞曲水”了，“一觞一咏，亦足以畅叙幽情”是何等悠闲开阔？王安石的“千门万户曈曈日，总把新桃换旧符”描写的又是怎样一派欣欣向荣的景象？透过历史的尘埃，在具有一千多年历史的春联中，我们依然能真切地感受到古人对美好生活的向往和期待，在漫长的岁月洗礼和文化积淀后，春联以极其简短精巧的文字，彰显着中华民族友善、淡泊、乐观的精神品格。

春联是一种独特的文学表达形式。透过春联，我们能深刻地感受到中华文化的博大精深，从深厚的文化底蕴中汲取养分，在争奇斗艳中永葆亮丽底色。这本身就超越了我们固有的审美情趣和价值观念，并提供源源不断的精神力量，指引着我们不断向前迈进。

无联不成春，有联春更浓。随着时代的发展，春联被赋予了更多深层次的内涵，不同的人群、职位有着不同的语句表达，但辞旧岁、迎新春的基本含义始终相通。不论是长城内外，还是大江南北，春联永远是中华文化长河中一朵美丽的浪花，蕴含着中华文化的底蕴与精髓，承载着中国人的集体记忆和乡愁。跳动在笔尖上的年味儿，荡漾在波澜不惊的时间里，贯通我们的生命之路。

扫房

“腊月二十三，灶爷送上天，见了玉皇上好言，呜呜啦啦嘴塞严”，这是流传在渭源县的一首儿歌。送完灶，腊月二十四就是扫房的日子，这天家家户户都要把屋里的家具、被褥等搬到院子里，从里到外打扫个遍。那时候家里陈设虽然极其简单，但经过一年的烟熏火燎也积攒了不少灰尘。

村里老一辈人对扫房这件事是相当重视的，祈愿生财是其次，生怕哪个地方做得不到位破了财，这才是他们最关心的。一些讲究的人家，每年腊月前几天刚闲下来的时候，都会来家里找父亲看个扫房的好日子，有时候就连宰年猪也要找父亲看个时间，父亲总是来者不拒。他从那个碎花布书包里拿出一本快要被翻烂的万年历，一行一行盯着目录仔细查找，翻到正文大致一看，然后掐几下指头，就连哪天能动土、定盟、祈福、出行都会捋上一遍，来人也都会一一记在心里。

所谓“七扫金，八扫银”，腊月二十四这天临近中午，也是一天之中阳气最旺的时候，父亲招呼一家人将屋里尘封许久的坛坛罐罐全部搬到院子里，实在无法挪动的柜子之类的，找来一块塑料布盖好即可。一切准备妥当之后，父亲从牛圈里拿出那把前几天刚从集市上买来的竹扫帚（一般认为竹叶属阳刚之物），戴上母亲的头巾，自上而下、从里到外，就连墙上的画也要用抹布揩一遍或换上新的。

那个时候还没有一口像样的水井，平日家里的用水要到一千米以外的河坝边上去挑。不光是在扫房这天，其实整个腊月，家里的用水量都是相当大的，但家家户户门背后缸里的水从来都是满着的。在中国传统文化里，流水象征财富，村里人也把挑水称为“进财”。这天父亲早早地起床，扁担两头挂着水桶，哼着秦腔就出了门。来回几趟等到缸里的水满后，父亲的额头上就冒出了豆大的汗珠。

父亲负责打扫客房和耳房，母亲则仔细地收拾厨房、换洗衣物。霎时间，院子里尘土飞扬，要是来个外家人也只能在院子里站着寒暄一阵子，看着忙碌的场景，即便有事也不好开口，大都会识趣地离开，只得改天再来。等到墙面、屋角打扫完之后，还要再和些稀泥将炕缝抹上一遍，这样炕烟就不容易飘到屋里。几个月都没有掏过的炕灰也要在这天掏干净，父亲拿过掏炕灰用的长把锄，顺着炕眼门，把炕灰一下一下地掏进柳条筐里，然后撒在院外的菜园里当肥料。

厨房里已经破碎但舍不得扔的碗勺，还有一些破烂衣服，都要在这天被清除出去，不能有任何遗漏，哪怕是把这件东西扔掉之后家里再也没有新的物件立马替代。“除旧迎新”便在扫房的过程中完全、生动地展现了出来。案板周围、犄角旮旯儿，每一处都被打扫得干干净净。烧了一年的火炉烟筒也会被卸下来，用力敲几下，倒出不少煤灰。就连厕所也要淘干净。

打扫完房子，再将家具搬回屋里挨个儿用抹布揩几遍，直到锃亮，这时母亲从箱底拿出洗得发白的床单、被套、枕巾换上，家里顿时变得更加温馨。夜晚躺在填满牛粪的土炕上，别提有多么温暖了，不一会儿就进入了甜蜜的梦乡。

《吕氏春秋》记载，尧舜时期春节前就有扫房的习俗，《清嘉录·十二月·打埃尘》中“腊将残，择宪书宜扫舍宇日，去庭户尘秽。或有在二十三日、二十四日及二十七日者，俗呼‘打埃尘’”。扫房作为传承至今的一种特别习俗，寓意着除旧布新、迎春纳福的美好愿望。如果将这种习俗与特定的节日联系起来，并随着时代的发展赋予其新的文化内涵，那这种约定俗成便有了无尽的生命力，这也是我们这一辈人的职责和使命。

宰年猪

小时候家里宰年猪，总要等我放了寒假。今天邻居家宰年猪，明天就轮到我家，杀猪匠也不用上门去请，招呼一声就能准时到。天麻麻亮，母亲就起床准备烧满满两大锅开水，父亲喊来帮忙的邻居在屋子里招呼着早茶，不时帮母亲找上一捆木柴，等待着杀猪匠的到来。

每年冬季天冷些的时候，母亲总要到街上买来一块崭新的塑料布，盖住猪圈上方透风的区域，只留出圈门作为通风口。腊月的清晨，空气中弥漫着浓浓的寒意，父亲打开圈门的时候，年猪还在睡大觉，全然不知自己即将成为人们餐桌上的美味。村里两个壮实点儿的小伙儿一把揪住猪耳朵，年猪还没反应过来，三四个成年人站在后面连推带搡地将它拖到杀猪灶跟前，母亲手里拿着盛猪血的盆跟在后面。

伴随着一阵歇斯底里的嘶吼，热气腾腾的猪血盛了满满一大盆，有的溅在地面上。杀猪匠拔出插进年猪脖子里的刀子，任由年猪从高高的灶台滚落，两腿一蹬，它就完全失去了生命体征。此时大家早已将烧好的开水盛进杀猪匠带来的木桶里，稍微冷却之后，五六个人便将年猪抬进热水里翻来覆去烫上几分钟，猪毛就脱落在了木桶里，白色的猪皮露了出来，和冬日里的雪一样洁白明亮。

村子里老远就能听到大家的寒暄声，弥漫在空气中的水蒸气像烟雾一样笼罩在母亲的菜园里，鸡鸣狗叫声不绝于耳。大家用粗石头来回捶捣着猪毛，等到猪身被完全烫好之后，再将年猪抬到木桶上面，用刀子仔细地刮去猪毛。哪怕是一个毛囊，也要处理干净，这就是农村人对待生活的态度！站在时间的深处，当我们始终以一颗敬畏和感恩之心面对生活中的一切苦难和幸福的时候，终将被岁月温柔以待。

确认猪毛被刮干净后，父亲从邻居家搬来三根较为粗壮的木檩条摆放在一起，找出绳子绑好木檩条的一头儿，简单的架子就做好了，把年猪倒挂起来卸肉是极为方便的。撑开木檩条，我和母亲各踩一头儿，剩余一根檩条随着杀猪匠的吆喝声逐渐落地，白净的年猪被悬挂在了半空中，残留在肺部的淤血随即流了出来。再舀来一盆凉水将整个猪身仔细地清洗一遍，听杀猪匠讲，这样做的目的是让脂肪凝固，锁住腥味儿方便开膛破肚。

在我读高中之前，母亲身体还算硬朗，家里每年都会养一头猪。春夏两季喂养较为简单，一日三次，只需要喂些甜菜叶或豌豆秆磨的粉之类的，用家乡的话叫“吊着”。等到麦收时节甜菜根长大后，母亲就专门用麦麸和着甜菜根喂猪，一两个月过去，年猪就会膘肥体壮。等到宰杀的那一天，年猪脊背上渗出的脂肪清晰可见。这是一个母亲对孩子的承诺，也是一个母亲对生活的担当。

村里的杀猪匠手脚麻利，我兴高采烈地接过一块猪肉快速放到厨房里，一会儿整只猪就只剩下挂在檩条上的两条后腿了。翻完猪大肠，母亲早已备好了热气腾腾的肉菜，土炕被烧得极热，两张炕桌被拼凑起来，上面摆满了大碗肉，还有几大瓶白酒。大家收拾完毕简单洗漱后，围在炕桌周围，满屋子的肉香，寒暄的还是同一个话题，说的还是同一句话，但大家从来都不会在意。不管是哪种场合，一口肉、一杯酒，足以让每一个寒冷的冬天充满温暖和感动。

小时候不管是哪家宰了年猪，都要在当天给邻居们端上一碗肉菜，碗里盛的是刚出锅的肥猪肉和少许土豆丝。村子里各家各户离得远的也不过一千米，在母亲的统一指挥下，我和姐姐分头行动。把肉菜端到邻居家返回的时候，邻居总要在碗里放些大蒜、蔬菜之类的，要是哪家家境殷实，还会回赠意想不到的东西。每当我端着肉菜走出家门的时候，母亲总会叮嘱我回赠的东西千万不要收，而我嘴上答应着母亲、拒绝着邻居，可心里却想着一定要把回赠的东西拿回家。事实也是如此，每次我拿回家的碗都不是空的。

在黄土高原的深处，在偏远僻静的农村，在人与自然的不断切磋磨合中，人们似乎更懂得感恩与馈赠，这早已超越了物质的本身层面，其实是更胜于柴米油盐的深层存在。当我们不过度苛求一切，以一颗朴素之心走向未来的时候，我们都应该铭记周围人所赋予我们的欢喜。我想，这才是我们回望、追寻的价值和意义所在。

宰年猪，一个土得不能再土的词，却成了我一程相伴的温暖和一生的回味。我期待着自己依然能够听见那个冬日微风吹拂大地的声音，当岁月凝滞时，阳光下滴落的每一丝温暖，都饱含着我对故乡的眷念。

包饺子

年三十一大早，父亲背着母亲用碎布拼成的那个布袋子，早早地去镇上“抢集”，因为这是一年当中最后一个赶集的日子，过了这天，再去镇上就是过年之后的事了。在那个生活拮据的年代，家里没有冰箱，唯一能够保鲜的就是墙根的那个菜窖。父亲去镇上“抢”回来的大都是一些商贩们腊月里没卖掉的新鲜蔬菜，再就是还没有置办齐全的一些小物件，如对联、门神之类的，这里的新鲜蔬菜其实就是再普通不过的嫩韭菜。

“抢集”一定要趁早，因为一过中午，小商贩们也都会各回各家准备过年，素日里喧闹的大街别说人影，就连凑热闹的麻雀也看不到一只，静悄悄的。唯一能够听见的，就是放鞭炮的声音了，这极大地填补了人们对于过年时本该有的那种热闹的期待。母亲曾不止一次地跟我讲，年三十这天就连借别人家的勺碗也要还回去。对于一个土生土长的农村人来说，家家户户忙着煮肉、贴春联的场景自是能轻而易举想象到，当然年三十这天最重要的莫过于包饺子了。

在中国传统文化中，饺子象征着团圆和幸福，有“更岁交子”之意。相传东汉末年，张仲景在冬至那天看到人们饥寒交迫，耳朵被冻伤，于是发明了“祛寒娇耳汤”帮助人们驱寒治病，历经几千年的发展最终演变成今天的饺子，被赋予了更深厚的文化内涵。除了冬至，最能展现饺子深厚蕴意的就是年三十这天了。当一种食材与传统的礼仪习俗和节气完美结合时，便能将中国的“和合”文化完美呈现出来。

母亲拿出父亲刚从集市上买回来的嫩韭菜，清洗干净放在案板上切碎，再将杀猪那天就预留好的里脊肉剁碎，根据口味儿再加一些作料搅拌均匀，这样饺子馅儿就做好了。母亲从案板上拿起一张饺子皮儿放在手心，用筷子轻轻夹起馅料放在中间，再蘸一点水涂抹在边缘，对折后慢慢捏出褶子，直到馅料被完全包在面皮儿中。在老家，包饺子的每一个环节都被赋予丰富的文化内涵，和面象征着团团圆圆，切得方方正正的面皮儿代表着一年四季都能够平平安安，韭菜则是长久的意思，馅料则寓意着生活的丰富多彩。

下午五六点，此时的太阳将它一年中最后一点余热尽情地洒向大地。贴上对联，父亲拿出那个木盘子，里面装上纸钱，挂起门帘，就带着我去路边接“先人”（方言），等我放完鞭炮，父亲端着木盘子回到家后饺子还没包完，锅里的水此时已经开始翻滚。母亲将先前包好的饺子放在锅里，看着像银鱼一样翻滚着的饺子，我馋得不停咽口水。母亲拿过漏勺从锅里舀出的第一个饺子要放到供桌上，再放一双红筷子，表示对先辈的尊敬。

柴火在灶膛里发出噼里啪啦的响声，母亲将包好的饺子分几次倒入翻滚着的水里。嫩韭菜夹杂着肉香味儿在老屋弥漫，我迫不及待地拿过那个盛满饺子的瓷碗，猛劲吹一口气，一口一个，母亲看着我狼吞虎咽的样子，也不再多说什么。常听母亲讲，年三十这天谁要是吵闹，不仅会让村里人笑话，更会影响这家人来年的运势。这天所包的饺子也不能剩下，父辈们常说“锅净饱”，这其中凸显的是乡下人对美好生活的朴素愿望。

其实不光是在冬至和年三十这天，包饺子这件事贯穿了一年四季和我的整个童年。记忆中村里要是谁家来了尊贵的客人，大都也是要包上一顿饺子的。除了其本身能够满足人们对味蕾的期待以外，其实每一个饺子都是独一无二的存在，都包含着人生百味，那经历了翻滚后的成熟，才是我们一生取之不尽、用之不竭的宝藏。

守岁

一家人围坐在一起吃过年夜饭，摆放在供桌正中央的香即将燃烧殆尽，苹果、橘子之类的贡品依然摆放在那里，也看不出“先人”（方言，逝去的亲人）究竟有没有吃。反正我常听村里的刘大伯讲，“献饭”（方言，贡品）摆上供桌之后，味道就会大不如前，这是被“先人”给吃掉了。

黑白电视机里的雪花依旧闪烁着，刚听到零点钟声缓缓响起，噼里啪啦的鞭炮声一下子就从村头传到了村尾。我迫不及待地从炕角拿出父亲前两天从集市上买来的两板烟花，站在院子中间点燃引信，“啾”的一声火花就喷了出来，像星星的尾巴一样，让人想抓一把。一时间，整个村子如白昼一般，老屋对面那道神秘山梁的影子也变得清晰可见。

母亲从厨房里拿过一张小桌子，放在土炕中央，再从炕角箱子旁边的布兜里拿出花生、瓜子、糖果之类的。放完烟花，房檐上的灯泡还亮着，平日里很少见它发出光来，这便是“燃灯照岁”了，还有一些地方有打火把、跳火坑的习俗。土炕里填满了牛粪，此时燃烧得正旺。黑白电视机的雪花依旧在闪烁，我们一家人围坐在一起，就开始了守岁，聊的内容大都是土地。后来我才明白，父母和村里劳作的人们一样，他们的骨子里刻着的都是庄稼人对土地的无比深情。

是啊，对于祖祖辈辈生活在黄土高原上的人们来说，就像鱼儿离不开水一样，村里人总是离不开这片土地。在与土地相依为命的日子里，这里的干旱、沟壑、偏僻早已成了他们倔强的原动力，不管走到哪里，除却语言，凭借消瘦挺拔的身躯和红脸蛋儿，大都能让人猜出这人来自哪里。在这片贫瘠苍凉的黄土地上，每一个挺起的脊梁，都有清晰的印记。

放完烟花，鞭炮声依然在不间断地响着，就这样一家接着一家，一直到大年初一。掀开窗帘，一轮明月挂在无垠的天幕，周围有几颗星星，竟是如此深邃迷人。那个时候即便对年深层次的文化含义并没有多少理解，但每个除夕夜晚，注定要比任何时候都让我难以入眠。熔铸于每一个人心中的期待，此刻全部在老屋里了。也只有在这个时候，我们才能读懂灯火可亲的真正含义，超越了文字本身的表达。

晋朝《风土记》记载蜀地年俗，人们相互赠送礼物称为“馈岁”，宴请称为“别岁”，除夕通宵不眠称为“守岁”。守岁，这种对律令时间的精准掌握，是农人最淳朴初心的深刻表达。不管过去怎样，未来仍需不断努力，在辞旧迎新中祈愿美好年景，这便是守岁的意义所在。

“年年的守岁我不知道是怎么结束的。但睁眼醒来一定是在床上，睡在暖暖的被窝里。”随着时代的变迁，守岁似乎离我们越来越远，但不论到任何时候，我们都不能忘记守岁时温暖的记忆，还有对时间的尊重……

拜年

我在坡儿小学读书的时候，每年元旦的前一天下午放学后，老师都要来我们村子去给何大爷拜年。何大爷是我的干爷爷，出于长者的风范和威严，再加上他平时很少说话，父亲每次带我到他家去，我总害怕见到他。即便他已经去世很多年，但那过于刻板的表情，直到现在想起仍然让我不由得毕恭毕敬。其实不仅我敬畏他，他在我们整个村子里的威信都很高，不光是因为他那双勤劳双手创造出了殷实的家境，更在于他是坡儿小学的创办者。

关于这所小学创办时的具体细节，我没有找到任何文字记载，随着何大爷的逝世，这一切早已被淹没在历史的尘埃里，一代人珍贵的记忆就这样凭空消失，这是一件悲哀的事情。父辈们跟我讲，他们那一辈人上学是在上寨社关帝庙里右边的那两间耳房里，破旧的窗户，里面简单摆着几张桌椅板凳，后墙正中间是用墨汁涂成的黑板。1963年，中国刚刚经历了三年自然灾害的洗礼，国民经济正处于恢复和发展的关键期，那个时候有了坡儿小学。从刚开始的民办不完全小学到现在的公办完全小学，这所学校见证了几代人的成长，孕育了无数充满希望的秧苗，我就是其中一个。

都说过年是刻在中国人骨子里的记忆，但在小学三年级以前，我似乎并不能分清元旦和春节的区别，总以为元旦那天就到了过年的时候，直到后来随着年龄增长，我才知道农历新年才算得上是真正意义上的过年。每当看到老师们进了何大爷家的门，即便还没到真正意义上的过年，但心里的那种期待早已超越了时间的漫长，只需要静静等待几场冬雪，一整个腊月都被温暖和幸福包围。

在我小的时候，大年初一、初四、初五这三天有不去拜年的讲究，或是“送穷”，或是“拜七”，不是实在亲戚一般不会去串门，在我十多岁后这种习俗有了变化，从正月初一到十五，拜年成了贯穿整个年节最重要的一件事情。每年正月初一早晨，父亲到附近的庙里烧香祈愿，祭祀过天、地、祖宗、门灶诸神，喝过早茶，就带着我去给大伯拜年。大伯母每年都会从箱子底下拿出早就包好的红包给我，趁着大人们不注意，我找个没人的地方数一下，还真不少。

那年姐姐出嫁，大伯一改先前的态度，主动忙前忙后，这超出了所有人的预期。是啊，大伯和父亲是一个娘胎里的两个亲兄弟，有什么放不下的呢？又有什么化不开的怨恨？平日里的吵闹，是再正常不过的事情。说到这里，反而觉得自己是以小人之心度大伯的君子之腹了。印象最深刻的是那年我跟着父亲去给大伯拜年磕头时的情景，那时我还小，不懂老家拜年的规矩。跟在父亲身后，给先人上过香，父亲让我给大伯拜年，按照我们那儿的规矩，给长辈拜年要对着供桌叫出声才行，当我双膝下跪朝着大伯磕了三个响头后，大伯和父亲同时笑出了声。

大伯是个十分讲究规矩的人，平日里只要父亲在人情世故方面哪怕有一点儿做得不到位，他都会带着责怪的语气提醒。那次大伯并没有因为这件事责怪父亲，而是在我起身后耐心地教会了我拜年的礼节，让我终身受用，不至于像玩伴一样因为失了礼节这件事被村里的长辈训斥。外公家大业大，生了三个女儿、两个儿子，堂兄弟也有好几个。正月初二是专为外家及丈人拜年的日子，在我还拎不动“礼当”（方言，礼品的意思）的时候，每年都是父亲或是母亲去外公家拜年，在我上了初中以后，就变成我去给外公拜年。

按照我们那里的习俗，大年初二那天，外公的三个女儿都要去给他拜年。村里家家户户正房中间都有一张供桌，外公家也一样。大姨父站在最前面，后面是尕姨父，再后面是外公的七个外孙，按照长幼次序站成一排，妇女们则坐在炕沿上。看到大姨父点燃两根蜡烛、一根香插在香炉里，我们不约而同地都跪了下来，磕了三个响头后，紧接着嘴里边喊：“给外公拜年！”又是三个响头，外婆看到我们给她拜年，也是赶紧搀扶着让上炕去。和大伯的阔绰形成鲜明对比，外公外婆和我的两个舅舅只给过我一次压岁钱。

我最喜欢去二爷（外公的弟弟）家拜年，每年正月初二那天，二奶总会给我压岁钱，大多数情况下是一块钱，年景好了给两块钱也是常有的事。前几年我上大学，那时候新版一元人民币已经普及，二奶从箱子底下竟找出两张红色的一元钱给了我，像是刚印出来一样，以至于我后来好长一段时间都舍不得花掉。二爷只有一个儿子，平时话也少，直到现在都没能娶上媳妇，尕姨娘常说，“太老实就是娶不上媳妇。”我也不知道这句话有没有传到二爷的耳朵里。

老舍曾说：“在繁忙的都市里，在行色匆匆的人群中，年味越来越淡，有的时候马上过年了，才想起来。”村里的李大伯有两个儿子，大儿子在家务农，二儿子常年在新疆昌吉打拼，去年过年的时候我们在老家见了一面。那天晚上我们聊了很久，聊到拜年这件事，他说他每年都要回家看看，给亲朋好友们拜个年，这已经成了他的习惯。是啊，年，只有在农村才有味道，在城市里是找不到那种感觉的。每到年关，最为期待的除了回家，就是拜年了……

放鞭炮

过年如果听不见鞭炮声，就如同饭菜里少了盐一样，是嚼不出味道的。我们都说年味，其实过年还有一种特别的声音，那就是鞭炮声。每年冬天还没进入腊月，外出打工的年轻人陆陆续续都回到了家，村子里顿时有了生气。听到谁家的院子里传来鞭炮声，我就嚷着父亲买鞭炮。

镇子上有一所中学，2012年南岔中学撤销后，我就在这所学校度过了初中最后的时光。校门外就是莲峰镇的主干街道，从南到北，一整条街道上都是卖鞭炮的。那时候我还小，即便我再三央求，但出于安全方面的考虑，父亲并没有给我买村里红白事放的那种大炮仗，而是买了一串鞭炮，还有一板烟花。一个一个数，足足一百响。

回家后，我迫不及待地从厨房里找来火柴点燃一根香，拿出衣兜里捂得发热的鞭炮，装在塑料瓶里，点燃鞭炮捻子，只听见一阵“嘶嘶”的声音，来不及跑远，刚捂住耳朵，“啪”的一声，鞭炮就炸了，塑料瓶子也被冲在半空中，随即又掉了下来。胆大一些的玩伴，索性将鞭炮拿在手里点燃捻子后使劲扔出去，这样声音能传得很远。

卷起来的红纸外壳，就是鞭炮的衣裳。我拾起几个等了好长时间也没响的哑炮，从中间折断，将炮膛里的火药倒在一个大石头上，用火柴点燃或是用石头猛砸，一阵“滋滋”的声音过后，那块大石头就被烫出了一块灰中带黑的伤疤。十多年过去了，至今都能清楚地看到那块被胡乱扔在菜园里的大石头被火药炸过的痕迹。

至今都难以忘记，村里有红白事的时候，还没等鞭炮响完，一群孩子就捂着耳朵准备抢鞭炮的场景。清楚记得那是上湾何大爷去世“出纸”的那天，“管事的”刚拿出一串鞭炮铺开放在田埂边上，还没等鞭炮点着，趁着大人不注意，几个同伴便将那串鞭炮提起来一溜烟儿跑掉了，我在后面跟着跑。在所有人的注视下，当同伴的父亲气呼呼地追回那串鞭炮的时候，只剩下不到一半。即便很多年以后，父辈们聊天仍然会聊到这件事。

放鞭炮是一件十分危险的事情，即便随着年龄的增长，我更喜欢内心的清静，放鞭炮这件事感觉离我已经比较远了，但直到现在回想起来，那时被鞭炮炸伤的情景都让我心有余悸。点燃鞭炮捻子，等了好长时间也没响，凑过去刚拿在手上，“啪”的一声，我的右手就被炸出了鲜血。一连好几天，那撕心裂肺的疼痛感让我难以入眠。

在中国传统文化里，放鞭炮的时间是有讲究的，但村里人似乎并不在意这些。常听老一辈人讲，除夕这天，零点一到，放的是“封门炮”，这也迎合了“爆竹声中一岁除”之意，蕴含着除旧迎新的寓意；大年初一迎喜神放的是“开门炮”，连放三枚称为“连中三元”，四枚则是“福禄寿喜”，五枚就是“五福临门”；大年初二迎财神要抢彩头，早放鞭炮意味着财神早到；大年初五“送穷神”放的是“二踢脚”，为的是赶走穷运和霉运。

年节最美妙的鞭炮声贯穿了我的整个童年，一直以为，过年是从放鞭炮开始的。而在人口稠密的大城市里，放鞭炮或烟花是被禁止的。那个时候即便没有新衣新裤，鞭炮却是必不可少的。有了鞭炮的加持，年的味道才会更浓，即便衣衫上那洗不掉的火药味儿一度惹得母亲心烦……

村戏

入冬，农活儿收拾利索，人闲心畅，大家就张罗着排练村戏。

唱戏看戏，是最受大家欢迎的文化活动之一，进入腊月，村里的大事小情几乎都要以此来展开。一个村子三个社合作办一台戏，每个社每年轮流两家跑前跑后，每家每户都能捐出个几块或几十块，购置些鞭炮、茶叶之类的必需家当，这样就相当有排场了。父亲是戏班子里的一员，吃一顿囫囵饭，穿上羊皮袄，一溜烟儿就跑去排戏了。入冬的夜晚寒意袭人，大家凑到一起，屋里炉火烧得正旺，二胡的声音悠远绵长，高亢激昂的秦腔划破沉寂的冬日，一场戏排练下来，整个村子就热闹了起来。

正月初六一大早，戏还没有开场，大家就拿着小板凳围着戏台聚集闲谝，谈论的都是些无关紧要的家常事。戏台的两侧，挂着两个大喇叭，驱散了阴冷的空气。小商贩早已在台前摆满琳琅满目的商品，从几毛到几块，价格倒也不大贵，吸引着一群年幼的孩子转来转去，看得入了神。戏台帐幕后，戏班子正紧张有序地准备着接下来的演出，有的在画脸，有的在穿戏服，有的在搬唱戏的家当……断断续续的二胡声，引得闲坐的观众浮想联翩。

锣鼓一敲，戏台下早已黑压压一片。一个穿着破烂，画着小花脸的人急匆匆地从台幕后走了出来，迈着熟悉的台步，唱念虽是方言俗语，倒也有板有眼、颇具神韵，随着单皮鼓的节奏，鼓声、锣声、钹声戛然而止，鼓键高高扬起，一阵“四击头”清脆响亮，高潮迭起，惹得观众掌声一浪高过一浪。唱戏的人入了戏，看戏的人也入了戏。当初的看戏人却变成如今的戏中人，任角色在不经意间自由切换，毫不掩饰地表达招徕人的魅力，忘却农忙时节的焦灼，庄稼人一年到头收获的喜悦，全在这一刻得到释放。

父亲演包公在村里村外是出了名的，我总是期待着父亲穿上那充满气势的戏服出场，他深沉浑厚的嗓音，肯定能让场面增色不少。小时候，村里演戏的人不少，画了脸大家不一定能认出来，可父亲一旦出场，大家肯定能一眼认出。台上黝黑敦厚的脸颊，充满了正义感，正如父亲勤劳朴实的性格，他演净角是再适合不过的了。我底气十足地跑到台上，站在旮旯儿里，看着他干净利落的动作，不由心生崇敬。

每年都是固定的几折戏，但大家都很喜欢看，总是能看出些门道来。挥舞马鞭就是骑马，一个酒壶就代表一场宴会，几张桌椅板凳就是一间豪华的屋舍……村戏以极其简单朴实的艺术形式和风格，再现独特的秦人魅力，慷慨雄劲的秦风，以生动的舞台剧表演，传递着庄稼人接续奋斗的自信，展现了他们对生活的无限热情与讴歌。从戏曲中透视我们的生存状态，那富有自然野性的魅力，实则承载着乡民对美好未来的向往和追求，潜移默化地激励着一代又一代人精神抖擞，为之不懈奋斗。

独特的地理环境，造就了村戏高亢激昂的艺术表现风格，天然赋予艺术形式独特的文化魅力。在已经成为历史的官民矛盾中，村戏以其与生俱来的亲和，一下子拉近了尊卑、贵贱之间的距离。这种融合民众生活的艺术形式，体现出浓郁的生活气息，也最能贴近现实生活，最能顺应历史发展的潮流，自觉或不自觉地引发大众的情感共鸣，不断满足着人们日益增长的物质精神文化需求，从而达到外在与内心的和谐统一。

村戏，是农村生活的一面精神旗帜，昭示着庄稼人一年四季祈愿收获和平安的夙愿。她所饱含的为人处世哲学，极大地丰富了现代人的精神世界，让那份随着时间的流逝却愈加珍贵的乡土气息得到了情感和道德的升华。这些无不透露着村戏中的价值观，演绎平凡的同时，也毫不避讳人性，在浅显的语句中返璞归真，给人以深刻启迪。

现在，经济越来越发达，生活越来越安逸，每家每户都有电视，有条件的人家还用上了无线网络，足不出户就能享受一场视觉盛宴，我已记不清有多少个年头没有到现场看村戏了。可物质的满足，抵不掉精神的贫瘠。幸福与美好，永远是物质和精神的补给品。在村戏变得越来越孤独的今天，我们都不是局外人，更不是旁观者，每个人应有这样一种思考和理性：对潮流的来路和去向始终心怀敬畏和关切。这样才能将这份独属于农村的精神力量永远延续。这是时代的要求，也是我们这一代人的责任。

采撷遗落的记忆，对村戏的情有独钟，永远在心间传承。

闹秧歌

每年从农历十一月下旬到正月十七前后，最晚到正月十九，这期间最热闹的就是社火，我们那里叫秧歌。在莲峰镇以南绵延十几千米的南岔沟，依次是坡儿村、下寨村，从冯家湾社（坡儿村辖）以西的那条小路一直往南就是簸箕湾村。坡儿村除村部、南岔口社、冯家湾社三架秧歌外，其余的蒿坪社、上寨社、上沟社和南里沟社都没有秧歌。要不说乡下人是劳碌命，片刻闲不住，四个社便合伙搭台唱起了秦腔。

搭台唱戏在我们村里是一件大事，每个社总要有人负责才行，每年社头社尾各一家，一般是年龄稍长一些的男人们轮流操办，在我们那里称为“头人”。父亲十几岁就学会了唱秦腔，天生一副好嗓子，在村里村外的名声也不小，是戏班里的要员。记忆中社里的何大伯、张大伯也是戏班里的练家子，后来不知道是什么原因，再也没有看到过他们在戏台上唱秦腔的身影，想来已经有十几年了。直到现在，整个社里只有已近花甲之年的父亲，这几年即便远在新疆，也会在每年腊月前回老家，恋家是一方面的原因，更多的还是为了找乐子，唱秦腔便是他最喜欢的娱乐活动。

农村文化是依赖象征体系和个人的记忆维护的共同社会

经验，不知道是谁定下的规矩，抑或村里人们一种自发性的选择，每年从正月初六晚上一直到正月初八晚上，三天三夜的大戏刚结束，紧接着就轮到秧歌“出马”（方言）了。按照约定俗成的礼仪和习惯，邻近的几架秧歌在出马的当天夜里，除了给本村庙里的方神敬香以外，还要去邻近的几个村里“点蜡”（点燃蜡烛或香火，上香常用的表达方式），以此祈求神灵的保佑和庇护。这也是农人敬畏自然最为原始和朴素的表达方式。

从正月初九开始，闹秧歌就进入了白热化阶段，从北边的南岔口社一直到南边的红崖社、西南边的扁桃沟社，每个村子都要请其他村子的秧歌队到本村表演一次，在正月十五元宵节那天，冯家湾社还有一次大型的秧歌集会。一般请秧歌要送帖，在我们那里称“送社火”，请帖一般由头人或者村里德高望重的老人写好后，派秧歌队里的年轻人带着几个孩子去送社火。老一辈人讲，早些时候送帖比较讲究，要骑着竹马载歌载舞，显示出足够的诚意才能请来秧歌。

一支秧歌队里有扛旗的、打鼓敲锣的、舞龙舞狮的、跳高跃和打灯笼的，还有唱曲儿的，再加上随队照看自己家孩子的，参与人数多的一架秧歌能达到百余人。镇上的秧歌队规模更大，还有踩高跷的。听老一辈人讲，早些时候踩高跷以竞赛所踩高度争胜，秧歌队里踩高跷的人们常坐在屋顶休息，请秧歌的东家反而以此为乐。我从来没有看见过这样的场景，这也是独属于那一代人的记忆。

闹秧歌是从晚上开始的，白天以唱秧歌为主，我最喜欢晚上闹秧歌的场景。不等晚饭吃完，本村秧歌队的鼓点早已响起，村里的年轻人便张罗着接秧歌。冬天的夜幕缓缓降临，天空中偶尔几颗星星眨巴着眼睛。来自四面八方的秧歌队一会儿就全部聚集到村头排好了队，锣鼓喧天。当主客秧歌队相聚百步时，双方先是派出高跃跳跃迎接，以鼓乐示意互应，擎高跃的年轻人跳跃纵步会面后单膝跪地，高跃由左手换右手，以上下点摆的灯语相互致意，然后起立各退三步，转身纵跃而回。如此反复三次，客方秧歌队才会往本村行进。村里提着灯笼的头人们跪地上香化完纸表起身作揖后，才有说有笑地带着秧歌队进村。此时，几支秧歌队的鼓点整齐且富有节奏，人们感觉不到一点儿寒冷。

秧歌队经过的每一处地方都会放烟花，霎时间，鼓声、礼炮声、人声吵醒了素日里安静的夜晚。秧歌队在正式进场前，不论是在哪个村，每年都要经过一条固定的路，这条路自从秧歌队在本村成立那天就走，我们那里人称之为“走神路”，表达的是对先辈的尊敬，也是不忘初心、牢记使命的具象化表达。秧歌队进入主场举行上香仪式后，就进入了跳高跃（也称走场子）的环节，后面紧跟着打灯笼的小孩儿，蜡烛在纸糊的高跃里疯狂地燃烧着，在黑夜的衬托下更加明亮，照亮了农人对丰收年景的信心。

记得在我七八岁的时候，父亲也曾给我做过高跃，到现在我还清楚地记得每一个步骤。先是从草房里找来一块两三厘米厚的木板，锯成碗状大小，中间开一个口子，沿边均匀钻八个小孔，再找来一根笔直的干木棍从圆木板中间穿过去，从扫帚上抽下几根竹棍截成二三十厘米长，穿过圆木板边上的小孔，一头儿用细铁丝扎在干木棍上，另一头儿向四面散开。再

找来几根相对较细的竹棍在火炉上烧得发软变形、不能轻易折断的时候，将其弯成半圆形，与先前的八根竹棍对角连接起来，在上下两部分的缝隙处穿插几根笔直的竹棍，连接成五角形，上半部分糊上一层红纸，最上面留出了一个通气孔，扎着一朵纸牡丹，中间圆盘子的地方是一层白纸，再往下与圆木板连接的地方被分成了上下两层十六个格子，每个格子都糊着一层剪纸，最底下则是几层彩纸流苏。高跃架子一般由村里的老人们来完成，糊纸、剪纸之类的是妇女们的拿手活儿，做成一个高跃通常要花费七八天。

随着整齐的鼓点，高跃飘左、闪右、抬高、压低，步伐也是左、右、前、后有规则地变化，看得人心潮澎湃。锣鼓声停下来的时候，站在场子中央的旗手开始唱《上香曲》。这个曲子的名字连同曲词，都是我后来问过村里的老一辈人才得知的。曲词分两部分，第一部分是“初一十五庙门开，秧歌上香点蜡来。香在炉来花在瓶，蜡在架上放光明”。第二部分是“烧过头香进二香，苛求佛爷降吉祥。五谷丰登六畜旺，家家户户得安康”。在时间飞逝的洪荒里，随着老一辈人的逝去和年轻一代对乡俗接续传承的理解，我不知道在若干年以后还有谁会记起先辈们追求理想生活的朴素愿望。对自然的敬畏、对历史的传承，我们永远都不能忘记，这是我们这一代人责无旁贷的历史使命。

高跃跳完，就到了舞龙舞狮、打鼓、划船、表演大头娃娃的阶段了。随着“牡丹开花”“凤凰三点头”“鹞子翻身”之类的鼓点响起，各类表演也是各具特点。除了看跳高跃，我最喜欢秧歌里面的“春倌”，这一角色通常男扮女装，头戴圆翅纱帽，身穿红色官袍，两缕鼠须斜撇，鼻梁一抹白色，脸蛋潮红，动作滑稽可笑，时而仰首腆肚，时而插科打诨，诙谐有趣，歌调也大多是祈愿丰收的吉祥唱词，也有现场随唱的。

此时已经是第二天凌晨一两点，才进入最后的唱秧歌环节，戏台下挤满了人，没有一点儿困意，孩子们三五成群地在地摊前晃来晃去。随着二胡柔和的曲调响起，一群女子腰系红绳、摇着折扇，前露刘海、后缀发梢，两紧一慢一顿地从幕布后缓步而出，在大喇叭的加持下，一阵细柔的声音传遍了整个村落……

瑞雪兆丰年

下雪了。不论是高山密林，还是河岸草滩，都披上了一层银装。因为正月里的这场雪，过年变得更加富有诗意和韵味。假如没有这场雪，过年一定是单调无味的，时间长了让人不自觉心生烦躁。望着成片飘落的雪花，仅是在这鲜明的颜色对比之中，我们就能明显感受到十足的年味，真是瑞雪兆丰年啊！

每年正月，都要下上几场大雪，这样才觉得过瘾。对于绝大部分庄稼人来说，一年四季都是忙碌的，要是听见说谁闲散，那就是一些真正上了年纪的人，再就是无所事事的光棍汉。好不容易农闲下来，紧接着又为年节忙了一整个腊月，正月难得有几天消闲，而这场雪下得正是时候。下雪出不了远门，就只能窝在家里，这也为后来大家闲谝找了个很好的理由，省得谁说谁懒惰散漫、不务正业，索性谁也不说谁。

清晨起来，满眼都是银装素裹，老屋房顶灰色的瓦片上，牛圈前的台阶上，整个院子一夜之间都被镀上了一层银色，细嗅却犹如兰花一般散发着淡雅幽香，虔诚坦荡、纤尘不染的朴实胸怀也在此刻变得更加辽阔。快看，路边那几棵挺拔的野白杨，应着时节穿上了过年的新衣，昂首挺立、自信满满！

正月，不论去哪家拜年，都少不了一盘猪肉炒粉条，这样才能彰显主家的诚意。对于早已吃腻了猪肉炒粉条的人们来说，更喜欢在一个下雪的冬天，这时很少有客人来，一家人围在火炉旁，做一顿平日里爱吃的浆水搅团，改善一下口味，这是一件极其幸福的事情。端起一碗热气腾腾的浆水搅团，时不时望向窗外还在飘着的雪花，农人对于年景的期盼，虽然不会说出口，但从那充满幸福的眼神里，我们总能明显感到一种无言的激励。

时至中午，雪还没有完全停下来，但已经没有了先前那般咄咄逼人的气势。人声、狗吠声在村里逐渐传开，离家不远的那条大路上，几串清晰的脚印很容易就能被看见，那肯定是走亲戚的行人留下的。山上那片被雪覆盖得严严实实的麦地，想必此刻正在酣睡着，偶尔听见几声野鸡在田埂边上“咯咯咯”地叫，也没有人真正注意过它们，一切依然是如此稀松平常。

记忆中每年正月十四，这时年已经接近尾声，都要下上一场大雪。那天正好火烧沟闹秧歌，村里的人都要去凑热闹，母亲也要顺带着回一趟娘家。在那个麦场边上，人们挨挤看秧歌的情景至今依然历历在目。一阵鞭炮声响起，一直传到对面的山沟里，那看上去极不专业却显滑稽的表演，总是让人倍感温暖，也是农村生活最为质朴、简单的具象化表达，这才是家的感觉！

对北方人而言，只要不是在八九月，下雪似乎并不是一件古怪的事情。那年我在苏州，即便是腊月里下了一场小雪，人们也觉得很稀奇，“稀”在于他们那里已经好几年没有下过雪了，“奇”在于他们对于雪似乎只有颜色的记忆，而对于雪落下来的样子已经变得模糊了，情感也是淡薄的，当然这只适用于打小儿就生长在苏州没有出去过的人。

年年花相似，岁岁景不同。这纯洁无瑕的雪，寄托人类情感的雪，饱含农人生活愿景的雪，正如世界上没有两片完全相同的树叶一样，每一个地方的每一片雪，都是独一无二的存在。它们在这个世界悄然存在着，也被我们感知着、留念着，这便是被赋予人类情感的雪带给我们的慰藉。

雪后的天空格外晴朗，没有一丝云彩，视线也更加开阔。有了这场雪，来年的庄稼一定长得很旺。人们祈愿着，在大地的深处，生命的力量正在悄然萌发。

山村里的灯影戏

在老家，一般把看风水的先生、会吹唢呐的、庙会上请来耍羊皮鼓的、演灯影戏的称为艺人。他们身上有一个共同点，就是仍然传承和保留了较为原始纯粹抑或是迷信的气息，似乎只有请他们来撑场子，对自然的崇拜抑或是对先辈的尊敬才能够充分显现出来。这一类人即便对于身处偏远山村的人们来说也是不多见的，大多数情况下，一个村子里连这样的一个人都没有，遇上红白事通常要到邻近或者更远的地方拿上“礼当”专门去请。

不光是我们村，邻近的村庄也没有擅长演灯影戏的艺人，打我记事起一直到现在，每年二月初二前后，朱家坡社都会从远处请来艺人演四五天灯影戏。戏台每年都搭在一家人的打麦场里，离河滩也不远，麦场边一棵高大的白杨树上挂一个大喇叭，很远就能听见。不同于村里正月唱秦腔时搭的戏台，灯影戏的台子是用几十根椽子搭建的，分上下两层，一层除了放置装灯影人物的木箱等，还留出了几个座位，最上面的一层则是一块白色的大幕布，艺人们管它叫“亮子”。晚上“亮子”后面的电灯泡亮起，或是白天的时候，台上的灯影人物就能很清晰地呈现在眼前。

精美的艺术品除了精湛的技巧以外，往往还要历经时间和耐心的打磨。灯影人物的制作过程极其烦琐，要经过选皮、制皮、描样、镂刻、着色、发汗熨平、上油，最后将各个部分缀连在一起，再装上几根细长的木棍才能完成。听村里的老一辈人讲，灯影戏里的人物大多是用牛皮制成的，听上去的确有些残忍，但这确实印证了农人关于万物来源于自然又归于自然的朴素观念。皮影造型除了人物外，还有山门石影、亭台阁殿、军帐兵器、车船马桥之类的。一块两三平方米的幕布，再辅之以乐器和唱腔，一场热闹的灯影戏吸引着十里八乡的人们。

冬日的寒冷依然在乡下延续，我和玩伴大清早就迫不及待地顺着河滩去了朱家坡的那个打麦场，午饭过后灯影戏才开场。灯影戏不只在晚上演，在白天也能演，不知道是不是大多数人的叫法，母亲常称白天的灯影戏为“热影子戏”。大喇叭里的秦腔声抑扬顿挫，一群玩伴沉浸在你追我赶的欢闹中，时不时在地摊前转来转去，我印象最深刻的就是那年我买了一个一块钱的照相机被母亲训斥，哪怕那个塑料照相机里翻来翻去还不到十张图片。那个时候对事物的喜爱只是单纯好奇。吃过午饭，此时艺人们还没有来到麦场，附近火烧沟社、上沟社、南里沟社，甚至雪山村的人们早已挤满了整个麦场，男人们穿着大棉袄，妇女们戴着红的、黄的头巾说着话，就连大喇叭的声音也被淹没。

《汉书·外戚传》记载，“李夫人少而早卒……上思念李夫人不已，方士齐人少翁言能致其神。乃夜张灯烛，设帷帐，陈酒肉，而令上居他帐，遥望见好女如李夫人之貌，还帷坐而步。又不得就视，上愈益相思悲感，为作诗曰：‘是邪，非邪？立而望之，偏何姗姗其来迟！令乐府诸音家弦歌之。’”这个被载入我国第一部纪传体断代史的爱情故事，被公认为灯影戏的渊源。和秦腔类似，在灯影戏里也有生、旦、净、末、丑、杂等行当，各有不同的造型和表演形式，幕后的每一个人都有自己独到的表演方法。

过了一会儿，“亮子”后的煤油灯终于亮了起来，孙悟空手拿一根金箍棒，在一阵锣鼓喧哗中闪亮出场，随着鼓点单脚一抬，快步走到幕布中央靠左的位置，颇具神韵；再看那唐僧，丝毫没有孙悟空那般张扬，出场时骑着白龙马，气势和派头十足；紧接着就是猪八戒一步三摇、点头哈腰的滑稽场景；师徒四人中，沙僧虽然忠诚稳重，但在这场灯影戏里却被演成了丑角。这是《西游记》里大战牛魔王的场景。

悟空一句“八戒，俺们到火焰山一走”，唐僧师徒四人随即都消失在了幕布中央。随着一阵激烈的鼓点，“牛大王你好不讲情义”，孙悟空和牛魔王扭打了起来，一会儿影子清晰可见，一会儿又从幕布上消失了。猪八戒上场，牛魔王变成一头牛，孙悟空拔下一根毫毛变成一条龙，随即又变成了蜈蚣和公鸡与牛魔王来回打斗，这与我们平日里看到的电视剧的情节有所不同。孙悟空逐渐占了上风，牛魔王被逮住了，“大圣饶命啊”，铁扇公主从幕布左侧闪出交出了芭蕉扇。

山村里的灯影戏是民间工艺美术与戏曲巧妙结合而成的独特艺术形式，人物造型吸收绘画、雕刻、剪纸等各类艺术表现形式，同时融入脸谱等形态特点，因此各地灯影戏千姿百态。老家的灯影戏里融入了浓浓的方言味道，“楔一顿”“赧然”“踜下”等词语似乎只有邻村的人才能够明白其中的意思，这正是灯影戏兼容性的魅力所在。但无论怎样，在每一个看似笨拙的动作中，实则蕴含着艺人们奇巧的想象力和无穷的艺术创造力，这便给予了灯影戏无尽的生命力，它总能随着时代的进步而不断改革创新，更好地满足社会需要和人们的期待。

大地
辑二

一碗乡愁

每年夏天，家里的浆水缸总会被母亲装得满满当当，吃一碗母亲做的浆水面，能幸福好几天。

母亲知道我爱吃西芹浆水面，每当春天来临时，她都会在园子里种满西芹，等到西芹发芽，看着满园的绿色，她的脸上就挂满了笑容。几场春雨过后，西芹终于长成了壮小伙儿，母亲会精挑细选地割下西芹，用大半天时间做西芹浆水，她忙碌的身影，被夏日的晚霞拉得很长，像极了家门口的那棵白杨树。

母亲做西芹浆水总是轻车熟路。先将切好的西芹段洗干净控干水分，锅中加水，添火煮沸，再将西芹放入，稍烫后捞上案板，搅一碗白面糊倒入开水，再次烧开后关火，然后将煮好的西芹和面汤倒进洗干净的大瓷缸，再倒入少量引子，盖好盖子密封起来，找一块大石头压上，发酵三四天，西芹浆水就酸爽可口了。

每当炊烟弥漫着松香的味道时，一碗热气腾腾的浆水面端上饭桌，我都会迫不及待地撒上盐巴和辣椒粉，伴着用胡麻油爆炒的嫩韭菜，一碗人间美味，不断刺激着青春的味蕾。即使是在寒冷的冬天，一碗饭吃下来，也热得我头顶直冒汗，咕嘟咕嘟连汤都要喝完，那是从未有过的酣畅淋漓。

夕阳缓缓落下，阒静的小村庄，在低矮的土屋、破烂的院子里，那一碗浆水面总是令人回味无穷，望着母亲慈爱的目光，此起彼伏的欢笑声，把浅浅的夏季映得格外生动。

那个时候，一碗西芹浆水面，盛满了浪漫与温柔。我每次出远门，母亲不管有多忙，临行前都会给我做一碗浆水面，唠唠叨叨，忙前忙后收拾行李，生怕我出门在外受委屈。每当我想家的时候，我都会用一碗浆水面来缩短我与故乡的距离。我每次回家的第一件事，就是要吃一碗她亲手做的浆水面，因为那贯通七窍的，不仅是果腹的满足感，还有归家的喜悦和情感的欢畅。

当回忆被岁月冲淡，我们离家越来越远的时候，我猛然发现，家乡已经成了微信里小小的对话框，我再也找不到吃浆水面时的痛快感，那碗里升腾的热气在我眼中渐渐模糊。

对于舌尖上的味道印象总是很深。现在我每次去姐姐家，她总会做一碗浆水面，我狼吞虎咽般地吃完一碗，然后再来一碗，连汤都不放过，我似乎隐隐找到了以前的那种酣畅淋漓，但就在放下碗筷的那一瞬间，那种感觉又消失殆尽，再也无法找回。

我终于知道，我们一直都在苦苦追寻，其实失去比拥有更能让人懂得珍惜，更能给人踏实和快乐，就像母亲的那一碗浆水面，只有在属于故乡的热土中才有味道。

为什么我的眼里常含泪水？因为我对这片土地爱得深沉。卸下心灵故土的倦意，当情感与记忆交织，请不要问我从哪里来，一碗浆水面可解无尽乡愁。

老屋

新屋是父亲一砖一瓦盖起来的，坐北朝南，并排三间，两屋一厨，没有院墙。小时候老家盖房都用土坯子。早晨天蒙蒙亮的时候，父亲就支好土坯模子，撒上母亲烧好的草木灰，一锨一锨装满土，用脚后跟荡平四周，提起杵头反复砸实，在土坯的四角跺几下，然后蹬掉土坯模子，一块厚重的土坯子就打好了。父亲一天能打两三百块土坯子，日复一日，那一排排高高垒起的土坯垛，像远处连绵的山脉，在他的心中跌宕起伏。

父亲专门买了一个刨子，将椽一根一根刨好，一切都准备妥当之后，就请来工匠盖新房。父亲告诉我，先要把地基打牢，这样盖起来的房子才更加稳固。因为他人缘好，村里的人都会来帮忙，没用几天房子就盖好了。上梁大吉的时候，父亲特地准备了几桌酒菜，亲戚邻居都会买几串鞭炮或几条红毯来家里祝贺，看着来来往往的客人，父亲脸上露出了笑容。几个月下来，父亲挺直的腰杆明显有了弧线，脚底的皲裂更深了，像极了黄土地纵横的沟壑。

买了新家具，住上了新房子，父亲说话有了底气，干事的劲头也更足了。土坯房墙面厚实，冬暖夏凉，住着很舒适，一家人挤在热炕头，总是不愿醒来。就这样被幸福包围，邂逅一段幸福的往事，屋檐上堆积着淡淡的岁月，门前的那棵白杨树上，挂着一钩弯月，夜晚的蛙鸣，打捞着旧时光。父亲用土坯子垒起了新屋，也垒起了人生。

考上大学那年，我离开了老屋，却不知道，老屋从此就成了我再也回不去的梦。现在每次回家，我都迫不及待地躺在母亲的热炕上做个美梦，那些藏在童年里的诗，就像停留在记忆里断了线的风筝，随风飘荡。炊烟徐徐升起的时候，那是只有在老屋里才有的憨厚和朴实。

后来，我在乌鲁木齐买了房子，耐不住我和姐姐的再三恳求，父亲终于妥协来乌鲁木齐，但我知道，他是极不情愿离开老屋的。是啊，于父亲而言，除了我和姐姐，老屋就是他一辈子的心血，离开了老屋，我们就没有了根，怎能说离开就离开？而且一旦离开，就可能永远也回不去了，辗转在时光的轴里，我深深感受到了父亲进退两难的无奈。

父亲每年都回老屋过新年。因为工作，我每年年底回家的计划都被搁置。除夕万家灯火，与父亲简单寒暄几句，放下电话，烟花腾空飞舞，街上空无一人，我戴上眼镜极目眺望窗外，竟分辨不出哪个才是家的方向。猛然发现，再明亮再宽敞的屋子，也容不下我孤独的躯体，颠沛流离，能容纳我不羁灵魂的，永远是故乡的那间老屋。曾经有多少次，老屋里的故事、窗外瘦瘦的月光、土墙上斑驳的记忆，落在我的枕头上，挤进我的梦里，躲也躲不掉。

老屋在岁月的风雨中寂寞地老去。虽然隔了两千多千米，但我还是能清晰地听到，母亲推门时“吱呀吱呀”的响声，一缕阳光洒下，她坐在门槛上，一针一线纳着千层底，小猫伸着懒腰，几只母鸡在她身边啄来啄去，偶尔吆喝几声，时光就从树影中掉落。老屋，她容纳了我们一家四口人最为琐碎热闹的生活，这里有光阴里的所有故事。

当我们离家越来越远，新屋被冠以“老”字的时候，我才发现，故乡真的变老了。现在回想起，思绪就像蜘蛛网一样缠绕在我的心里，无论我怎么努力，却始终逃不过对老屋的思念。老屋那把锈迹斑斑的锁头，紧紧锁住了我的心。

物华人新，秋意渐浓。时光依旧向前，我在老屋前种下的那几棵杏树，是不是已经长成参天大树了？

路

我出生的小村子叫蒿坪湾（渭源县莲峰镇辖地），光听名字就能想象到这里是一个长满了蒿草的大湾，而且山势很陡。没错，这里处于陇西台地黄土高原西部及西秦岭地槽西端的交会地带，多回旋构造运动的山地让这里的地形酷似丘陵，完全不是大多数人对西北地区固有的想象那样：一望无际的黄土塬、黄土梁和黄土峁千沟万壑、支离破碎，一片苍凉的模样。

特殊的地形造就了独特的地理环境，赋予了整个村子无限的生机活力，让这里一年四季雨雪充沛、气候宜人。远远望去，低矮的土屋依着山势挨挨挤挤，中间一条陡峭的羊肠小路蜿蜒而上，若隐若现，悄然将蒿坪湾与火烧沟（陇西县碧岩镇辖地）紧紧连接在一起。就连本村的老人都说不清楚两地的界线，也没有人去关心这件事。

外公外婆共生了两个儿子和三个女儿，母亲排行老三。那个时候，从隔壁村攀亲事娶妻生子的大有人在，我们同村的很多女性长辈都是从火烧沟嫁过来的，我的母亲也一样。对于从小就缺少爷爷奶奶疼爱的我来说，最期待的就是逢年过节的时候，母亲带着她做好的甜胚子或者凉粉之类的，拉着我的手走在去往外公家的那条小路上。

那是一条坑坑洼洼的小路，路两边杂草丛生，从未惹人注目。天晴的时候，人们走过那条小路，地面上会起好多尘土，哪怕是下一场毛毛细雨，那原本不太平整的路面也会立刻变得异常湿滑，变成出行的“拦路虎”。在那个生活拮据的年代，一条路，似乎隐匿着长辈们对我的溺爱，延伸着一个年幼的孩子对亲情的期待和渴望。

有的路并不是越走越平坦，考验人们耐性的，往往是后半程。翻过一道山梁，小路依旧向前蜿蜒，越走越窄，变得更加崎岖难行，直溜溜的车辙积满了褐色的泥浆，仅能容下两只脚。我小心翼翼地跟在母亲身后，生怕掉进浑浊的泥水里。望向山的那边，红褐色的山脊更显突兀，犹如燃烧的火焰直插云霄，火烧沟这个名字的由来已然跃然眼前。

心中有期待，脚下的路也就变得漫长起来。外公对我和母亲的到来似乎早已习惯，还是那句“你们来了”，也不再多说其他的话，便自顾捣鼓起火炉来。而外婆截然相反，她看到我和母亲的时候，欣喜之情早已溢于言表，举手投足间，能够让我更为深切地感受到一种深沉的、无言的爱。

外公家仅有一间低矮的土房子，北墙借着土堐而建，院子里是一个极其简陋的厨房。那个火炉因为时间太过久远，我已经记不清具体模样，只记得紧挨着土炕沿，炉爪下支撑着两块红砖头，那是外公家唯一看起来比较显眼的物件。即便是大白天，土屋里的光线也需要借助灯光的力量才能够维持。仅有十五瓦的乌丝灯泡，不分白天黑夜一直亮着。

逢年过节，外公的两个儿子、三个女儿拖家带口二十多人聚在一起的时候，那间低矮的土屋貌似容不下所有的身躯，实际却能容下每一个人。在土炕上盘腿坐着的，耷拉在炕沿边上的，还有坐在凳子上的，就连外婆的嫁妆箱子边上也腾了出来，只要是能容下人的地方就不会空着。

外公烟瘾很大，捣鼓好火炉之后，他盘腿坐在炕沿正中间，从衣袋里拿出那个用猪骨头做成的水烟瓶，撮上一点儿烟丝放在烟瓶口上，划一根火柴边点烟丝边吸，火焰忽明忽暗，一会儿“咕噜咕噜”的声音就从烟瓶口传出来。一只手放在烟嘴上用力一吹，烟灰就被吹得一干二净。整个过程他都没有多余的话，咬几口干馍，再喝一口酽茶，从外公那稍微舒缓的神情就能看出来此刻他有多么享受。

外公去世已经十多年了，我依然清楚地记得在他即将离开人世间的时候，他面色平静地对儿女们说：“我这一辈子没有做过亏心事，前几个月欠了邻居七十多块钱，我已经还清了。”时至今日，外公那面对生命终结时的坦然和从容，永远刻在了我的心里，警示和勉励着我勇敢向前。

听母亲讲，在我还没有出生的时候，大概是1990年外公家养了一条黄狗，生得高大威猛且十分忠诚，总爱沿着这条路往我家跑，不愿回到外公家去，每次都是被牵回去的。直到后来那条大黄狗再也没有到我家来，外公说是被邻居家的老鼠药给毒死了。多少年过去了，关于那只黄狗的故事，我只能凭借着母亲的描述去想象，而那条路，纵使岁月变迁，却永远地留下了大黄狗的脚印和我的回忆。

小时候没有惆怅，也没有思念的人。家门前那条不知名的小路，承载了一代人的记忆。犹记得我家的麦田种在坡度有六十度的山坡上，父亲背着熟透的麦子，汗渍渗透了衣领，沿着那条五六十厘米宽的小路走过四季，只为一家人的温饱。正是那个时候的经历，让我感受到了生活的不易，也更加坚定了我走出大山的意志和决心。

有人说，路是一段旅程，是一次寻找，是一份感悟，每一步都承载着梦想和希望。这个包含了太多意象的名词，给予了我们太多的思考，当我们回到孤单之中，以真我开始独自生活的时候，每一段旅程都会成为一束光。无论远行还是近走，每一条都能通向不同的终点。

如今，混凝土路面通到了家家户户的门口，一条条柏油路在城乡、村落间不断延伸、再延伸，以前那条泥泞的小路早已不见身影，人们也都盖起了高高的红砖灰瓦房。陡峭的、长满了蒿草的大湾，早已改变了模样。一条路，折射出国家的强盛，彰显着民族的脊梁。

我的母亲

我的母亲去世已经整整五个年头了。一直想写一点儿关于母亲的文字，但每每想起，却不知从何起笔。也许这就是情至深处吧，感悟颇多，记忆颇深，却不敢轻易去写。如今的我已经能够独自面对生活中的一切困难和挫折，愿母亲的平凡和高尚，永远成为我前进路上的精神慰藉。

我的母亲出生在一个普通的农民家庭，没有读过书，不认识字，一生遭遇的苦难更是不计其数。在我十岁那年，她为了一家人的生计，独自出远门打工，寒秋阴冷的湿气，让她患上了深入骨髓的不治之症，从此，病痛就伴她走过了后半生。一直到我大学即将毕业，在她生命的最后一刻，她还是没能摆脱病痛的折磨。

每当夜深人静的时候，我时常想起母亲。那是我第一次上大学离开家，坐在父亲买的旧摩托车上，母亲站在村口送我，她坚强的面容变得黯淡，欲言又止的样子，分明是怕我离去，但她却从未说出口。我走得远了，不由自主回头，她还站在那里，望着我的背影，久久不愿离去。

在我成长的过程中，我的母亲，一直站在我身后，默默地呵护着我，陪着我长大，送我离开家。她用最真实、最细腻的情感养育我，直到我能够像她一样，独自面对生活的压力，即便经历风吹雨打，也能从容面对未来。她就像春蚕一样，拥有一颗明亮的心，哪怕倾尽所有，只为儿女平安幸福。

有段记忆令我印象深刻，在我上初中的时候，也就是母亲病倒后不久，正值农忙时节，眼看着父亲一个人忙活不过来，她每天硬是拖着病恹恹的躯体在田地里干活，半个月下来，她的病情越发严重，但她依旧看起来精神十足。她从来不说，她的病情在那段时间加重了，她身体所承受的疼痛，比以往任何时候都要猛烈。

老舍说："人，即便活到八九十岁，有母亲便可以多少还有点孩子气。失了慈母便像花插在瓶子里，虽然还有色有香，却失去了根。有母亲的人，心里是安定的。"

母亲是我心灵的一股清泉，是黑夜里的一盏明灯。每当我孤独无助的时候，就会想起母亲，想起她在无数个夜晚守望时的眼神，窄小的老屋里，昏黄的灯光下，她独自一人坐在土炕沿上，静静地等待着我归来。就在那一瞬间，我泪流满面，也变得更加坚强，母亲注视的目光和殷切的期望，成为我走向未来的不竭力量源泉。

有母亲的孩子是幸福的。小时候放学回家，第一眼看到的，总是母亲忙碌的身影，灶膛里的炊烟、香喷喷的饭菜、夜晚闪闪灯光下的背影，还有我哭泣时温暖的怀抱，这些都是母亲无言的守望。我每次回家，洋溢在她脸上难以言表的喜悦，让我更加确信母亲在我生命中无可替代的地位。

母亲其实是一种岁月，是从高山流向草原的岁月，是从湖泊流向大海的岁月，是从黑夜走向黎明的岁月，是在我们心间传承的岁月。当我们真正能够体悟到母爱的时候，我们也一定是到了付出和牺牲的年龄，直到我们老去。母亲所赋予我们生命的广度，在她身上散发出来的细腻和朴实，恐怕比任何一本哲学书籍都要厚重。

母亲是伟大、慈祥的化身。我时常把母亲比喻成大地和太阳，无私的奉献，无差别的给予，像大海一样的包容，是母爱的内核所在。在人类繁衍赓续的文明浪潮中，母亲、母爱永远是物质文明进步的根基，也是我们走向美好未来的精神延续。母亲在给予我们生命的同时，更给予我们爱与被爱。

每个人都有自己的母亲，每个人心中都沉淀着母亲无私的爱。我的母亲是独一无二的，她对儿女的关怀，氤氲着泥土清香，是那么深沉、那么炽热、那么让人难以忘怀……

母亲的菜园

母亲手脚勤快，一年四季没有一天能闲下来。还没等寒冬完全过去，就开始在自家的菜园里忙碌起来。翻地、碎土、起垄，打理好的菜园平整细腻，俨然名家手下的工笔画，线条整齐端庄、着色随类赋彩，煞是好看。

清明节前后，母亲便提着水桶，从口袋里摸出从集市上买回来的菜种子，均匀地按进小菜垄，撮一铲草灰撒在周围，再浇上半勺山泉水，春天的期待就被埋在了菜园里。家里的小黑猫亦步亦趋地跟在母亲身后，摇着尾巴嗅来嗅去，一跃跳到母亲的后背，想躺平却又不得不在母亲起身时跳下，明亮的眼睛里满是不情愿的样子，实在是可爱极了。

母亲菜园里的绿应了春天的气息，却比春来得还要稍早些时日。没过多久，争气的菜苗就悄悄地探出头来。清晨被一阵清脆的鸟叫声吵醒，雾霭下，菜苗像刚出生的娃娃，揉着惺忪的睡眼，不愿意在大地的怀抱中醒来。不一会儿，一缕刺眼的阳光照在菜苗的叶瓣上，像星星一样闪烁着。

为了让一家人早早吃上新鲜蔬菜，母亲每天都要到菜园子里浇几次水。眼看着蔬菜一天天长大，然后开花，母亲随便找来几根木棍插在菜垄上，就搭好了藤架。在她日复一日的精心呵护下，藤架上不久就挂满了西红柿，黄白色的豆角花张大了嘴巴尽情地吮吸着露珠，西红柿的茎秆足足有半人高……果实累累，一派丰收的景象毫无保留地呈现在眼前。

母亲的菜园不大，却种出了我们一家人喜欢吃的各种蔬菜。嘎嘣脆的黄瓜，只需稍许的食盐便可入味，随即就被一扫而光；摘下几个西红柿，随便切碎拌上几勺白糖下肚，夏天的溽热马上就能消散；菜园里套种的一些土豆、小白菜之类的，亦是我们一家人最早尝到的鲜味……看着大家饱了口福，母亲脸上的皱纹也舒缓了许多。

母亲把对生活的希望都种在了她的菜园里，一年接着一年，一茬接着一茬。每次走进菜园，便能真正读懂母亲身上的善良、勤劳和淳朴。她佝偻的背影，眼睛里蓄满了骄傲与满足，那对土地的敬畏之情难于言表。藤架上挂满的收获，分明是岁月给予母亲无法割舍的爱恋，也是一个母亲尽其所能给予她孩子爱的供养。当岁月静好填满了母亲眼角鱼尾纹的时候，一束来自母爱深处的柔软亮光，就照亮了她骨子里的坚强和倔强。

在草木繁盛的季节，菜园里招来了许多虫子，母亲也不打农药赶走。是啊，她生来便与土地相伴，一生打交道最多、最频繁的就是土地了。从某种意义上说，菜园亦是母亲守望的知己，在为一家人生计的日夜操劳中，她早已与这片园子融为一体。方寸之地旺盛的生命力，是无私奉献的母爱。在那个物质较为匮乏的年代，菜园不仅满足了一家人的营养，更是母亲精神的寄托。于母亲而言，那些随着季节生长又死去的生命，才是最值得尊敬的。

一钩弯月高高地挂在天上，月光穿过院外的杏树洒了下来。是母亲的菜园，让夏日的夜晚变得清凉；是母亲的菜园，让疲惫不堪的父亲每晚都能安然入梦。

母亲种的菜自家人是吃不完的。在蔬菜长得正旺的时候，她总要到园子里挑一些品相好的送给邻居。剩下来的卷心菜之类的容易保存，母亲会在霜降之前摘下来，一颗一颗储存到地窖中，等到过年的时候，与猪肉、大葱、粉条相伴，用来招待客人，简简单单，就是一道十分美味的菜肴。

就是这样一个平淡无奇的菜园，却成了我经年之后最值得回味的地方。生活在离家很远的城市，我曾不止一次地回味母亲的菜园的味道。面对生活的百般滋味，在一切变得索然无味的时候，母亲那原始而富有野性的园子，总会以另一种看不见的方式，不断地满足着我的味蕾。我才知道，母亲的菜园，亦是我的精神家园。

不经意路过乡下的一片菜园，熟悉的气息扑面而来，哪怕仅仅是似曾相识，也足以令人回味无穷，我蓦然感到眼眶湿润。母亲的菜园，永远是我魂牵梦萦的地方，那一片悠悠绿意，种满了爱与被爱，生长着我的童年……

一双千层底

去年，姐姐给了我一双千层底，我一直没舍得穿。前几天收拾行李，恰巧翻了出来，不由想起了去世的母亲，如果她还在的话，这会儿肯定坐在炕沿上为我纳千层底。

母亲有一个百宝箱一样的针线盒，里面装着锥子、顶针、拧车等各种各样的宝贝。她一年四季都闲不住，只要有一点儿工夫，就会拿出百宝箱，喊来邻居家的阿姨，坐在门前的杏树下，抱着千层底纳一会儿。和煦的阳光从树叶缝隙中洒落，划过母亲的脸颊，她长长的黑发随风拂动，瘦弱的身影定格在我的生命里，很多年过去了，却怎么也挥之不去。

慢工出细活儿，纳千层底也是，做好一双最少也要十来天。母亲拿出一笸箩叠得整整齐齐的碎布，放在长桌上，拼凑成长方形，再熬一大碗糨糊，一层一层将碎布粘好，在太阳下晒几天，一张袼褙就做好了。她的百宝箱里还有一本旧语文书，书里夹着一家四口人的各式鞋样，鼓鼓囊囊的。做千层底的时候，她就拿出袼褙照着鞋样剪鞋帮，一次能剪好几双。家里没有缝纫机，纳千层底全靠手工。纳鞋底的时候，母亲就喊我过去，拿出袼褙在我的脚丫子上比对几下，用香皂简单画个圈，剪出十几片大小相同的袼褙叠好，四周用麻线固定，就开始纳鞋底。

麻线纳出来的鞋底结实耐磨，母亲纳的千层底，能穿大半年。母亲将剥好的麻皮一头儿挂上拧车，一头儿绑在窗子上，缓慢摇动拧车，拧成细线后取下对折，在大腿上来回滚几下，一根麻线就搓好了。纳鞋底的时候，母亲要专门买上几盒大号针。屋里光线昏暗，麻线头较粗，好一会儿母亲才穿好针，在昏黄的灯下飞针走线，用顶针将针头顶穿厚厚的袼褙，牙咬不出针头，她会用拔针拔出，时光悄悄地向前走，一针一线都浸润着她对我们的爱。

母亲用磨起水泡的双手，为我铺平了儿时的梦。最爱穿的鞋是妈妈纳的千层底，站得稳、走得正，踏踏实实闯天下。用心品味这句话，穿千层底就好比走路，当我们习惯了城市里笔直平坦的柏油路时，时间长了，就会逐渐忘记曾经走过的山路，开始厌倦甚至躲避坎坷，理所当然想一帆风顺。但是请不要忘记，如果没有母亲的那一双千层底铺路，哪里有我们今天的安逸？我们所经过的路途，又怎么会没有坎坷？不管走得多久多远，我们都不能忘记来时的路，都不能忘记为什么而出发。

物资匮乏的年代，是母亲的千层底，为我铺起了一条舒适的童年路，让我在坎坷的道路上昂首阔步、风雨无阻。自打母亲生病后，我就再也没有穿过她纳的千层底，一晃十几年过去了，鞋店里买来的各式各样的鞋摆满了柜子，有时穿不烂就扔掉了，可穿再好的鞋，我却怎么也找不回小时候的那种自信，只要穿一双千层底，小伙伴肯定会羡慕不已。这是关于一个时代的记忆，也是母爱最为深刻的诠释。

现在每次去鞋店买鞋，店员总会不厌其烦地告诉我哪款鞋子价格多么优惠，穿着多么舒适，走起路来多么平稳。可他们哪里知道，真正让自己舒适平稳的，永远是母亲纳的那双千层底。行进在时间的一隅，我们都不是岁月的勇者，付不起失去光阴的代价，在被时间催促的旅途中，的确需要有那么一个时刻，把生活节奏放慢，就像穿鞋一样，抛却简单的物质层面，向更高层次的精神境界迈进，所有的不期而遇都会在路上，这其实也是对自己的宽容。

母亲去世后，那个针线盒就一直在床头放着，合上又打开，装满了慈祥，缝补了我的童年。那光线深处若隐若现的拧车，像摩天轮一样，在我心里不停地旋转，四季更迭，轮转而归。朝阳喷薄欲出，我用一生去追寻，那是文字无法描绘出的美丽，而这一切，终将随着蜿蜒流淌的溪水，注入更为广阔的海洋。

穿上姐姐送我的千层底，走出回忆，未来的路还很漫长，仍需独自走完。路的两旁花香弥漫，回望身后或深或浅的脚印，用深情填满美丽，我从来都不敢说自己走了多少路。因为穿上千层底的时候，不管走得多远，我所走过的路，都像这尘土一样平凡。

父亲与茶

父亲每天起床的第一件事就是烧火喝茶。

公鸡试探性地发出几声鸣叫，大黑猫睡得正香，父亲就已经盘腿坐在炕沿边上，喝起了茶。一个火炉、一个小瓦罐、一只茶盅子，就是父亲喝茶的全部家当。

每次喝茶，父亲都会将火钳子平放在炉边，不多不少烤两颗红枣，枣皮被烤得焦黄，散发出清香，这样煮出来的茶才更入味。灯火阑珊，炉中的火苗在小屋一闪一闪地跳动，偶尔几声狗吠，烟火的味道早已弥漫在房前屋后。

茶，只有慢慢煮，喝起来才过瘾。

一切准备妥当，父亲从衣兜里拿出装旱烟的小瓶子，不紧不慢地卷上一根，从炉中取根柴点燃，深深吸一口，吐出一个大烟圈儿。炉里的火慢了，他就撅起屁股“扑哧扑哧”吹几下，每一次都会被柴灰呛得咳嗽好一会儿，我怀疑，父亲的咳嗽病就是这样来的。

炉火照亮了黑夜。当瓦罐里的水快要开的时候，撮一撮茶叶放入，不一会儿，蜷缩的茶叶就伸着懒腰舒展开来，瞬间在翻滚的水中获得新生，像浮萍一样沉浮，和这麻麻亮的天一样，让人瞬间就安静了许多，这是只有在茶中才能找到的禅境。

在物质生活不太富裕的年代，劣质茶叶很苦，但特别有劲儿，喝了神清气爽。父亲端起茶盅子，咬一口干馍，喝一口酽茶，很是享受，真有“如兰在舌，沁人心脾，芬芳甘洌，清香怡人”的感觉。

农忙的时候，要是能喝上一杯茶，那是相当“攒劲儿”的。夏天天热，父亲有一个大瓶子专门用来装茶，干活累了，就拿出来“咕嘟咕嘟”痛快地喝上几口，能明显感觉到，几口凉茶缓缓下肚，父亲那沉淀在岁月里的疲惫便随之消散。

没有苦涩作为底蕴，哪里会有后来的甘甜？

喝茶喝的是对生活的态度。在家乡，人们一年四季都有喝茶的习惯，尤其是在冬天农闲的时候，家里来客人，父亲总会先煮上一壶茶。四五个人围着一个火炉，话题散乱却聊得起劲，浓浓的茶香弥漫小屋，一直到夜深人静才各回各家，这是最为温馨的时刻。用心品味生命的醇香，浅浅一杯茶，放进去的是岁月，熬出来的却是生活。

三毛说：人生如茶，第一道苦若生命，第二道香似爱情，第三道淡若清风。由茶至禅，苦与甜，最终却统一到余味回甘，这本身就显示了生命的永恒。

茶者，非南方之嘉木也。茶是大自然给予人类的恩赐，吸收天地精华，内敛平和、张弛有度，蕴含追求宁静、返璞归真的神韵。孕育了五千年的茶文化，与中华民族传统的人文精神和民族精神紧密相连、一脉相承，是我们在时间的荒原中追求平静的精神寄托。

当岁月渐渐老去，我还在深情品味生活的滋味、追求生命的完整和超然的时候，茶却早已成为父亲生命里的一部分，甚至超越了生命本身。

父亲如茶，含蓄悠长。在忙碌的生活中找个时间，泡上一壶清茶，与父亲拉拉家常，就是对父亲最好的报答。

一根扁担

如遗世独立的老者，似风华正茂的少年，一根瘦弱的桦木扁担静悄悄地立在牛圈墙角，身上积满了一层厚厚的灰尘，两头的铁钩早已锈迹斑斑。因为经年累月负重前行，那根光亮且富有弹性的扁担，早已不是年轻时的模样，此时的它显得格外孤独和冷静，似乎在期待着什么。

一根扁担，就如同水桶、筷子、箩篓一样，是庄稼人必备的生活用具，其实说它是家具也是没有错的，只不过一般立在屋外的犄角旮旯里，因为太过普通和平凡，平时鲜有人去关注它。一根挑在肩头随时随地都能使用的木头，一件不带有任何思想情感的物件，就这样被人们习以为常地使用着。

同使用铁锹、铁铲一样，扁担作为一种十分简单朴素的工具，是父亲最为忠实的搭档和助手。每天早晨天麻麻亮，繁星还在闪烁，一阵“叮叮哐哐”的响声就吵醒了清晨的宁静。狗吠声逐渐弥漫整个村庄，父亲哼唱着小曲儿，找来那根扁担就要去挑水。当清晨的阳光在山坳上渐渐升起，我从睡梦中醒来的时候，门背后的那个黑色大水缸早已被装满。

小时候家里吃水极不方便，要到一公里以外的地方去挑，走过一段下坡路，沿着河滩再向前走三四百公里，一股清泉正对着山谷喷涌而出。也不知道究竟是谁的功劳，几块大石头简单围成一眼清泉，清澈见底。若是在夏天，河滩边田埂上的蒿草一茬胜过一茬，沙石地里长出的黄芪苗密密麻麻，水草野蛮地向天空伸去，泉边几棵柳树竞相长大，泉水就这样在自然与生命的交织中随意流淌，被人们饮用、浇花、修缮房屋。

雾霭此时还未完全退去，泉边挑水的人们络绎不绝。有的一手拿着扁担，一手拎着水桶，村里的老李将两只水桶挂在扁担的一头，像荷锄一般，父亲则将水桶挂在扁担的两头挑在肩上，嘴里吧嗒着老旱烟。等到村里年纪稍大一点儿的老刘舀满后，父亲才弯下腰去舀水。别看那眼泉小，水从大山深处流下，即便是整个村子的人排队挑水都足够使用。身材矮小、双肩消瘦的父亲挑起扁担，像风一样穿梭于村头田野。

农村人对于黄土地的深情，与一根扁担密不可分。父亲半弯着腰杆，抓住扁担两头的铁钩钩住水桶提手，顺势将肩膀往前一倾，猛地一下两个水桶就悬在了半空中。扁担在他的肩膀上一颠一颠地，像蜜蜂扇动翅膀，辛勤地采集着花蜜。他挑着水桶摇摇晃晃地来到了山脚下，找一块平坦的地方稍微歇息一会儿，一口气就将装满水的桶挑到了家里。

相比邻居的富裕，我家的情况显然不太乐观，完全可以用贫穷来形容。在靠人力耕种的年代，村里外出打工的年轻人极少，谁要是出趟远门，在整个村子里肯定是一件稀罕事。那个时候，哪怕是多出一分土地，都会被种上不同的作物。一年下来能勉强解决温饱，对于一个普通家庭来说就是一件喜事了。我家只有两亩地，挑粪施肥、收获采摘之类的农活儿，父亲用一根扁担就可以轻松解决。

邻近村庄一户人家的三分地在我家对面的山谷里，与那口清泉对称分布，要再往对面的山上去一些。父亲和母亲合计着包下了那块土地用来栽种白条党参。每年春天来临冻土还未消融，父亲用那根扁担挑着柳条筐子，扛上那把被磨得锃亮的钢叉去地里试土，等到党参藤蔓被清理干净，钢叉就能轻易地插入沙土中。在春光作序、万物和鸣的日子里，父亲的钢叉摇醒大地，母亲戴着那条蓝色的头巾跟在后面翻找着。一根根白条党参汁饱水足，裸露在骄阳下。

太阳渐渐西斜，河滩里一会儿就凉了下来。父亲摇动着钢叉，母亲喊我从筐里拿出早就剪得方方正正的尼龙袋，一条尼龙绳轻易就被抽了出来，将整理好的党参苗一把一把绑在一起，装了满满两大筐。此时天色已经暗了下来，母亲扛着钢叉，父亲拿过那根扁担，挑起一天的收获往家的方向走去。我跟在后面漫不经心，母亲不时回过头来催促我回家。

我时常好奇父亲的身上为什么总是长着一个生物钟，受他的影响，我们一大家子早醒已经成了习惯。他醒来喝过早茶，将昨天挖的党参苗搬到屋子里，又重新装了一遍，还是用两个笨重的柳条筐，只不过现在变得更加齐整了。清晨的灯光影影绰绰，那花白的头发和压弯的腰杆儿，此时更加明显。他拿过那根扁担挑起筐子，就去了几公里外的集市上。

我曾期待想象中的自己，也曾梦想明天到来的模样，回过头来，父亲的那根扁担，才是最真实的存在，才是我情感的寄托。老屋西侧那半截院墙边，有我无数次等待父亲赶集归来的足迹。我期待着，父亲的身影，那根被生活琐碎压弯的扁担出现在我的视线中，装了满满一筐刚从集市上买回来的干脆面、火腿肠之类的，那才是我童年最美的梦。

静静地立在岁月风尘里的那根扁担，压弯了父亲山一样的脊梁，同时又支撑着后辈的精神。就像鱼儿离不开水一样，无论我们走到哪里，无论今天的生活有多富裕，父辈们的肩头永远都离不开一根扁担。一头挑起责任，一头挑起幸福。这便是庄稼人对生活实实在在的追求。有了这根扁担，他们的起居才会更加方便，生活才会更加充实。

十年前，在离那眼泉不远的地方，父亲花费半个月时间打了一口井，三四百米的自来水管接到了厨房里，家里没有水了，电闸一开，分分钟就能抽满一大缸水。他再也不用起早贪黑为吃水而烦恼了。那眼清泉，也早已被掩埋在厚实的水泥路面下，成了我们这一代人永久的记忆。在年近花甲之际，父亲似乎并不习惯城里的生活，他总是喜欢逃往连队。一片菜园子、一根扁担、两个水桶、一把铁锹，他能自在一整天。

轻轻抚摸那根被遗忘在岁月里的扁担，那浸满汗渍和污垢的扁担，是那么的熟悉，那么的亲切……

墙根边的菜窖

与砖房修建形成鲜明对比的是，我家的那口菜窖也随着土屋的轰然倒塌而被填平，从此再也找不到土屋旁的那口菜窖了。菜窖位于院子正中间，走的人多了，就完全没有了这里从前是菜窖的痕迹，如果不是有一段刻骨铭心的记忆，很难想象这里曾经是一口菜窖。走过春夏秋冬，养育了一大家子人，见证了艰苦岁月的那口菜窖，就这样消逝在岁月里了。

开春后，我们搬进了渴望已久的红砖瓦房里，没有一口菜窖显然是极不方便的。特别是对于农村人来说，菜窖比冰箱更为经济也更为方便，安全省电不说，平时也不用刻意去打理。随着时令从山里采回的一些野蔬之类的，哪怕是一些残羹剩饭，抑或是刚从集市上买回来的新鲜西红柿，都可以储藏在菜窖里。在母亲不厌其烦的催促声中，一口天然的大冰箱，再一次被父亲一锹一铲地挖了出来。

院子东面顺着墙根的一块空地稍高且又十分瓷实，是挖菜窖的好地方。春深夏浅的时节，冻土已经完全消融，喝过早茶，父亲拿着铁锹把表面的虚土铲干净后，先是用镐头在选好的那块土地上画出一个不是太大的圆来，然后再拿着铁锹一直往下挖。一锹一锹下去，很快一个土坑就被挖了出来，这时每挖一会儿都要看看四周是否整齐。随着逐渐深入，窖壁也从圆锥形向四周逐渐扩展开来。从半人深到一人深，再到踮起脚尖看不见地面，父亲双膝半跪铲土的模样，我趴在窖口被母亲训斥的情景，仿佛就出现在昨天。

一连好几天，父亲忙碌的身影被凌晨的灯光照得闪闪烁烁。菜窖越来越深，他的背影却越来越暗，那双一年四季都沾满泥土的大手，还没有等到秋天的到来，就已皴裂渗出血丝。那一把渗透着汗渍的镐头，伴随着灯光的闪烁越发锃亮。这是一个父亲对于生活的渴望。承载农人心愿的菜窖的意义，变得更加深刻。

菜窖一直要挖到三四米深，这样做不仅是为了扩大其本身的容量，更是为了防止大风直接吹到菜窖。相比水井对安全性和结实的考虑，菜窖显然没有那么高的要求，找一堆蒿草把窖口捂得严严实实，菜窖上方只需简单搭一些檩条麦秆，再围上一层塑料布就可以使用。假如再往窖口四周铺上一层湿润的黄土，用脚来来回回踏实，菜窖就显得更加精致了。

每年春天，家里都会腾出一大块地来种土豆，等到收获的季节，小的、不起眼的就会被挑出来拉到附近的集市上磨成宽粉，而大一点儿的、中看的就会被拉到河湾里洗去泥土，晾干后倒进菜窖里。和麦垛子的大小一样，要是谁家的菜窖里装满了土豆，不用看，这家子的生活肯定是不错的。过上两三个月，菜窖的作用才真正发挥出来，捡出半笸箩土豆，不去皮在炉火里烤着吃，在厨房里用大锅煮着吃，捣成土豆泥、炒成土豆丝、拌成面片子，一丝甜甜的味道，满足着所有人的味蕾。

刚开始的时候，父亲趴在窖口就可以轻易地将土豆拣出来。五六个月之后，即便拿着火钳子也够不到菜窖里的土豆。只要我看见父亲要进菜窖，也不用向他说，我就会提前站在窖口转来转去，父亲自是心领神会，把窖口的柴草铺在膝盖下，弯腰把我放进窖中，小心翼翼地再用绳子将笸箩放下。不一会儿，父亲将装满土豆的笸箩拉上去放到厨房之后，循着一阵呼喊声，就把我从窖里拉了上去，满身泥巴。

小时候我家的白菜套种在党参地里，日夜吸收着泥土中富含的各种营养物质，菜叶足足有三四十厘米长，等到完全长开的时候用蒿草捆扎起来，一棵白菜足以装满整个背篓。母亲生病后，为便于打理，就将白菜种在了家门前的菜园子里。每年十月份出头，她总会从晨雾中将一颗颗又大又嫩的白菜摘回家，剥去干枯的部分，用刀切掉泥根，整整齐齐地码放在厨房晾上几天，等到附着在叶子上的水分完全沥干，再装进大塑料袋里密封窖存，这样白菜才不易受冻腐烂。

五六年过去了，那口菜窖早已荒废，去年父亲回家平整院子的时候，墙根边的那口菜窖再次被填平。也许，那口菜窖再次消失的时候，父亲是不舍的。亦或许，他的心情是十分平静的，就像院子正中间的那口菜窖被填平一样，成了一代人最为深刻的记忆。每到收获的季节，一切都静立在原处，一切又都发生了极大的变化。墙根边的菜窖，成了我与土地最质朴的对话。

牛事

我已记不清那头老牛具体是什么时候被买回家的，只知道在我上小学的那年，母亲去新疆摘了两三个月棉花，回家后父亲就攥着她摘棉花挣的钱到邻庄买回了那头老牛。老牛原先的主人干着磨面的营生，十里八乡谁都知道那人不但抠门儿，脾气也是十分暴躁，哪怕有一点点不情愿，两三公里外的半山腰上都能清楚地听见他的叫骂声。哪怕是一头为他家干了半辈子活的老牛，他也动不动就对它鞭抽脚踢、恶语相加。

老牛到我家这件事，也许于其本身而言是梦寐以求的，快九岁年龄的它，已然到了迟暮之年，能够摆脱原先主人百般的不待见，也算是极其幸运的事情。更何况对于很长时间里买不起一头牛的家庭来说，牛是被格外看重的，拉车耕地等农活肯定没有以前那么重，而且我家的地本来就不多。有了老牛的帮衬，一家人就再也不用苦于春种秋收，父亲的腰杆子也挺了起来。一头牛，能让一个家庭的生计变得热火朝天。

常听老一辈人讲，二十世纪七八十年代，土地没有分到每家每户种植，归农村人民公社生产大队下属的生产队集体所有，大家靠着每天集体劳动记工分养家糊口。村里的牛、马、骡子和驴等牲畜也归生产队集体所有，由村里的老刘和老汪负责看养，后来土地改革，实行家庭联产承包责任制，土地、牲畜等生产资料包产到组再到户，老刘和老汪家各分到了一匹马，老李和湾下面老何家各分到了一头驴，湾上面的老何家分到了一头骡子，其他家庭也都分到了一头牛。

父亲比我大伯小十几岁，七八岁的时候我爷爷就去世了，是大伯把我父亲手把手拉扯大的。20世纪70年代，在没有包产到组到户前，大伯是公社生产队民兵连的连长，背着一杆长枪，派头相当足，大家见了都十分客气。也许是职业自豪感使然，也许是出于更深层次的考虑，大伯对我父亲的要求一贯十分严格，甚至可以用苛刻来形容，不论对于哪件事，哪怕有一点儿差错，他都会毫不留情地破口大骂，有时甚至会猛揍一顿，至于他对一件事情背后的考虑却不得而知。

我家分到了一头偏角牛，我只能凭着人们的描述去想象那头牛的壮实和温顺。在我大伯和父亲还没有分家前，那头偏角牛在父亲结婚的时候就被大伯卖掉了，一部分钱用来置办迎娶母亲的彩礼，剩余的则买了一头牛犊。以至于后来分家后，大伯每次和父亲在一起喝了酒都会提起这件事，母亲的气也不打一处来。一次又一次的争吵，一次又一次的和解，伴随着我的童年时光，与一头牛有着莫大的关系。

父亲成家后就被大伯赶出了原先那个土屋，在村口邻居家的一块田地里夯起了矮矮的两间土房。在我小的时候，父母都年轻，心劲儿也大，不料那年栽红芪亏了本，后来母亲又得了重病，一直到我大学毕业，父亲就再也没有翻过身来。我家的地虽然少，但春种需要牛耕，翻地也需要牛耕，平时随便拉个架子车之类的，都离不开牛。每年农忙，父亲东借西借，拼拼凑凑，等到别人家忙罢，他才开始耕种。

十几年过去了，田地边上的那间小厨房在修建新房的时候被拆除，另外一间稍微大一点儿的土屋则保留了下来，拆除屋内墙根边的土炕，顺着墙再盘一个槽口，就可以用来圈牛。刚买回家的老牛没有一点儿生疏的感觉，站在圈里仰头自顾地反刍着，脖颈上的铜铃发出清脆的声响，父亲坐在长凳上，“吧嗒吧嗒”地抽着旱烟，不时望向老牛。

有了牛，父亲变得更加勤快，好不容易等到播种的日子，他便早早起床赶着牛到田地里忙活开来。经过两三次的切磋磨合，老牛早已轻车熟路，还没等父亲喊出声，它便知道往哪个方向走或者是要到哪里去。在老家，有养骡子犁地的，但大多数人还是喜欢养牛，特别是喜欢养母牛，减轻劳力不说，一年下来生个牛犊也能卖个好价钱，对仅靠种庄稼勉强满足一家人温饱的农民来说，这可是一笔不小的收入。

整整七年，从小学到初中，我最美好的童年，是在那头老牛的陪伴下走过的。每到期待的周末，看到同龄人不用被父母逼着去放牛，整天有大把的时间聚在一起玩耍，我时常感到一股莫名的憋屈，自从有了那头老牛，我与同伴们嬉闹的时间就少了许多。夏天，下午五六点钟放学回家后，早早写完作业，赶着牛到附近的山上溜一会儿，一度成了我的职责。

在一个晴朗的午后，我喜欢把老牛带到几公里外的山坡上去，那里地势不太陡峭，草也长得旺盛，缰绳搭在牛背上，许多的空间和时间便由自己完全支配。我曾不止一次地躺在那片草地上仰望，脑海里一片空白。瓦蓝瓦蓝的天空下，老牛和一个还未成年的孩子，在大地上饱食抑或是思考着。

在老牛快十一岁的时候，为了给母亲治病，父亲终于狠下心卖掉了它和它所生的牛犊。那时我读初二，当听到这个消息的时候，老牛连同小牛犊已经被人给带走了，后来父亲给我讲那头老牛又回到了那个做着磨面营生的老头儿家。从哪里来又回到哪里去，也许这就是最好的归宿。也许老牛当时到我家来本就是平静的。再后来，我上了高中，关于那头老牛的事我也就不得而知了。也许它会有一个更好的归宿，也许不是，我想后一种的可能性会大一些。

在那头老牛之后，我家还养了三轮牛，但每一次养的时间都不太长，直到后来索性不再养牛。但给我印象最深刻的，还是那头勤勤恳恳、性格温顺的老牛，它作为一个时代的显著标志，在完成耕种使命的同时，见证了一个普通家庭为了生活努力奋斗的足迹，也亲历了一段艰辛的日子。老牛的价值不仅在于其能耕地、拉车等，更在于其与生俱来的忠诚和坚韧。

现在想来，家里有一头牛是幸福的，放牛更是一件极其幸运的事。没有童年放牛时对山川草木的亲近，也许就没有现在的思考。余晖下鞋子里塞满泥沙、坎坷的土路，远处山坳上野蛮生长的蒿草，还有那条日夜流淌的小溪，终将成为我生命中的一部分。我怀念放牛的日子，让我对走出大山充满希望，因为那头老牛，才有了这干瘪的文字和无边的回忆……

月光下的麦地

那时我还小，凌晨三四点钟，父亲早已喝过早茶。月亮还没有睡醒，母亲就叫醒我和姐姐去地里割麦子，在阵阵催促声中，我睡眼惺忪，极不情愿地起床，咬几口母亲做的热馍，跟着父亲翻过一座山丘，就来到了麦地头。

田地里，夜晚沉重的湿气还未退去，露水挂在干枯的麦叶上，一阵清香扑鼻而来，弥漫在银色的月光下，清清凉凉的。从麦秆到麦穗，轻柔的月光照亮了麦子的每一寸肌肤，麦叶像少女随风飘摆的裙子，眼看着一团亮光倾斜而下，那妩媚多情的眼神，随即又变得隐约模糊起来。麦地里瞬间游移的月影，从大地深处传来镰刀与麦秆碰撞的声音，几只蚂蚱被惊醒，一溜烟儿不知蹦到哪里去了。

满地的月光被踩得稀碎，父亲弯腰割下一把麦，将其分成两股，抓住麦尖顺势往怀里一拧，麦腰就打好了。把打好的麦腰平铺在地上，右手拿起镰刀，左手抓一大把麦子，把镰刀压在麦秆根部，再使劲儿往怀里一拉，一阵逼人的寒光闪过，麦秸秆断裂的声音，在月光下回荡。不一会儿的工夫就割好了一捆麦子，父亲把镰刀夹在腋下，双膝跪在麦捆上抓起麦腰使劲儿往前一拉，将麦头连转几圈拧紧压一下，麦捆就打好了。

割麦是个技术活儿。没有经验的割麦人，不一会儿就汗流浃背，手上也会磨出血泡来。在常年的劳作中，父亲割麦技术极为娴熟，镰刀握到什么分寸，麦茬要压多高，一把下去攥多少分量的麦秆，使多大的劲儿，都拿捏得恰到好处。

我学会割麦是在上初中一年级的时候，那年我十二岁，放了暑假，父亲外出打工，母亲便带着我来到田地头。习惯了使用柴镰，刚开始的时候，母亲看着我拿麦镰的样子担心极了，总是亦步亦趋跟在我后面不时看着我，生怕我被麦镰割伤。幸运的是，顺着母亲割开的麦茬，在一次又一次的尝试中，没几天我就掌握了割麦的本领。几天下来，我被晒得脱了一层皮。就像我知道母亲的劳累一样，母亲也知道我的劳累，只是没有说出口。

力尽不知热，但惜夏日长。在教室里，我们永远都不能体会农民的辛苦。走出象牙塔，当我们弯腰久了，感到彻骨疼痛的时候，才会理解父母的良苦用心。那种对生活的迷茫和清醒，要比老师教给我们的任何一堂课都生动具体。

割麦的时候，父亲总会穿上他那件旧得发白的浅绿色外套。天上的太阳高过头顶，毫不留情地炙烤着大地，拥挤的小麦蒸腾着溽热，麦芒逐渐变得坚硬起来，像针一样在父亲的胳膊上扎出许多细细的血印，麦穗上的锈粉吸入鼻腔，阳光直射，汗水像河流一样从额头上滚滚而下，渗入每一寸皮肤。

割麦不怕晒，秋风吹来喜洋洋。在经年的劳累中，父亲似乎早已忘记了汗渍渗入伤口时的剧烈疼痛。听着麦镰清脆的声音，他心头总会莫名感到兴奋，那洋溢在晴空下温暖而深沉的笑容，是历经苦涩后对生活的满足，是对未来的渴望和期待，是黄土高原川坳里割麦人迎接收获的喜悦。

累了，父亲就拿起母亲晾好的甘水，“咕嘟咕嘟”一口气喝完，拿出一块油石将镰刀磨得锃亮锃亮的。地头不远处有一泉活水，我拿上水壶去打水，父亲拿起镰刀，朝手心里吐口唾沫，弯腰撅腚，又隐没在了低矮的麦穗下。等我回到地里的时候，一大片麦子已经割完。父亲圪蹴在田埂上，慢悠悠地拿出他的旱烟瓶，仔细地卷上一棒旱烟，“吧嗒吧嗒”地抽起来。即便太阳已经高过山顶，麦穗在微风的吹拂下“唰唰唰”地响着，父亲依旧不紧不慢。那深邃的眼睛，比远处的山还要远。

母亲和姐姐正在搭麦撑子，我也毫不犹豫地加入其中。一捆一捆地把麦子从四下拉到一片地势较高的地方，不一会儿，麦撑子就搭好了，远远望去，就像梦中的城堡一样，崭新的院墙，整整齐齐、威武庄严。麻雀成群结队地觅食，我和姐姐提着父亲手工编制的篮子，把遗落的麦穗捡完，捆得也不是太紧，随便放在哪个麦撑子底下，就沿着回家的方向走远了。

月光下的麦地是父亲精神的守望。在那个物质贫乏的年代，我曾目睹狂风暴雨让整个村子颗粒无收，也曾看见丰收之年父亲脸上甜蜜的笑容。然而这一切，都要归结于父亲对生活的热爱。有了希望，生命才能延续，生活才能继续。

如今，大型收割机早已解放了人力，很少能再看到麦客的身影，家里也不再种麦子。在遥远的月光下，麦香的味道，镰刀撞击麦秸秆的声音，永远在耳畔回荡，依然是那么的清脆，那么的悠远……

麦垛子

八月，进入麦收时节。数不清的麦子从远处的山上被拉回家，平日里坑坑洼洼的麦场变得干净整洁起来，家家户户门前一夜之间就长出了大大小小的麦垛子。

在庄稼人眼里，有了高高垒起的麦垛子，才算得上实实在在的生活。哪家今年收成好，哪家不好，一看麦垛子大小就能知道。要是村子里谁家有个大麦场，都不用看麦子实际种得多不多，这家子人生活水平肯定是差不了的。谁家的麦垛子最大最高，谁家的最细最小，大家心里总有一本明细账。

等到天气晴朗的时候，挨家挨户，今天你帮我、明天我帮你，轮着碾麦子，直到一粒粒新麦入仓，大家脸上才会露出久违的笑容。垛麦是个技术活儿，考验的不仅有体力，还有一个人的心性，一般由村子里较为年长的人来完成。麦垛的底子一般要堆得很大，这样基础才能打好，等到麦垛子越垒越高的时候，就要用脚一点儿一点儿地踏实，这样堆起来的麦垛子才稳固，才能够经得起风吹雨打。

为防止麦垛子被雨淋湿发霉，通常会在麦垛子快要收顶的时候，扎上几个洋麦捆子撑开盖在上面，或者是找来一大块早就准备好的塑料布用轮胎圈在顶上，然后再从旧麦垛子上扯下一些麦草堆在新麦垛子周围。

麦垛子是牛羊一个冬天最主要的营养来源。在农村，各家的牛圈、羊圈前，永远都堆着房顶一样高的麦垛子，这样不仅取食方便，更能证明家境殷实。其实，庄稼人早已把麦垛子看成了生活中不可分割的一部分，融入朴实无华的血液中，看着山一样的麦垛子，心里总会踏实很多。

麦垛子可以用来烧火做饭。在物资匮乏的年代，冬天是悠闲的，同时也是比较难熬的，要是谁家没有个麦垛子，引火取暖、烧炕做饭之类的，就会憋屈许多，要到别家的麦垛子上扯下一把麦草来做自家的事。这在大家眼中是丢面子的事情，所以哪怕是为了烧火这个事，麦垛子也不会小到哪里去。

麦垛子还可以用来和泥。哪家盖新房子，或者是墙皮脱落，在麦垛子上扯下一背篓麦草，随意撒到泥浆里翻搅几下，用来盖房顶或者把院墙抹一抹，质量也挺好。在人类千百年来与自然的磨合中，泥土早已成为一种精神慰藉。夜晚睡在充斥着泥土味道的老屋里，那呛人的麦草味，才是我们生活的真正意义所在。

如果说高楼大厦是城市的标志，那么草垛子就是农村的象征。如果没有草垛子，乡下、大山、故乡也就缺少了烟火气息，而没有烟火气息的地方，在人们眼中是何等孤独落寞？小时候每当放学回家，远远望见的，总是母亲灶膛里袅袅升腾起的炊烟，那房前屋后弥漫的饭菜香味，里面一定混杂着麦草的味道，是那样的清澈，那样的醉人。

冬天阳光明媚的日子，是一年之中最为悠闲的时候。村子里男女老少，三三两两，陆续来到麦垛子前，随意从谁家的麦垛子上扯下一把麦秸，垫在屁股下面，就东一阵西一阵拉起了家常。谁家的娃娃今年考上了大学、谁家的孩子在哪里工作，甚至谁家的地里种的是啥、谁家养了几头猪……这些都是逃避不过的话题。

靠着麦垛子晒太阳闲谝的人们，看似混乱，实则自成一体。妇女们通常带一个笸箩，里面装着针线物件，有的纳着鞋底，有的织着毛衣，不一定是麦垛子下的常客。老人们则只要有一会儿闲工夫，家里待不住，几乎每天都会到麦垛子下坐上一会儿，戴一副老花镜，卷几棒旱烟，“吧嗒吧嗒”地抽着，烟瘾极大，也不去关心一日三餐，这似乎成了他们约定俗成的规矩。小孩子们则在麦垛子前后跑来跑去，你追我赶，肆意的笑声回荡在村庄上空，让寒冷的冬天热闹了不少呢！

春天的脚步越来越近，麦垛子渐渐变小，这也是它的新生。它成为牛羊的一日三餐，化作母亲灶膛里温暖的火焰，燃烧出人世间最为醇厚、绵长的味道，点亮了从前那个拮据的家庭，给予我们奋进的力量。也正是那一股呛人的烟火味道，使得穿枝拂叶的行人，踏着荆棘，不觉痛苦，有泪可落，却不是悲凉。

在漫漫历史长河里，麦垛子见证了农村生活的酸甜苦辣，守望着我们贫瘠的精神世界，透着恬淡与温暖，期待着淳朴敦厚的乡村岁月。它的深刻，就像月色伴着星光，闪闪发亮，让人难以忘怀。

麦场往事

碾场，是我国传统农耕实践中重要的农事活动之一，也是西北农村地区秋天一道独特而亮丽的风景线，寄托着农民丰收的愿景，成为农耕文化中一种特殊的情感符号。每年将麦子从田地里拉回来以后，都要在麦场垛上一段时间，等潮气完全蒸发之后，再选择一个晴朗的日子，将所有麦捆摊晒在麦场，开始打碾。碾场，独属于农村，独属于农人。

早晨，公鸡还没有打鸣，院子里就传来母亲叫我起床的声音，像闹钟一样，每隔几分钟就会重复响起，“起床，起床，快起床”，而我实在是瞌睡得睁不开眼，真想翻过身去按停这略带几分不耐烦的叫嚷声。我极不情愿地穿好衣服，不紧不慢地洗漱过后，就来到了麦场里，父亲已经开始忙碌了起来。他拿着前几天刚从集市上买回来的那把竹扫帚，仔细地打扫着麦场，哪怕是一片刚落下来的树叶也要清理出去。

我家的打麦场在半山腰上。太阳刚刚越过山坳，照在了对面的山坡上，红彤彤的，像是一束燃烧的火把，渐渐地照亮沉寂了一夜的村庄。不一会儿，麦场上的人就多了起来，左邻右舍都跑来帮忙，为的是在自家碾麦子的时候父亲也能够去帮忙。这种在碾麦子、婚丧嫁娶等重大活动中自发相互帮忙的习

俗，也不知延续了多少年，从我记事起就是这样。几千年来自给自足的小农经济，传承至今的朴素收获方式，时至今日依然能从碾场这件事上具体生动地体现出来，这也是农村区别于城市的一个显著标志。

简单招呼过帮忙的邻居后，打麦场的潮气已经退去，大家戴上草帽，就开始摊麦场。每个人自发地明确分工，父亲站在高高的麦垛子上往下扔麦捆，麦场上几个人负责拉麦捆，剩下的几个人负责摊麦。摊麦要从麦场的最中间往外一层一层地摊，抓住麦腰子轻轻往怀里一拧，放在地上的同时向两边均匀地铺开来，一层压着一层，摊开的麦子越来越多，麦场越来越大，圆圆的，像热锅里滋滋冒油的烧饼一样，让人心里觉得无比踏实。是啊，对农民而言，再也没有比眼前更令人踏实的景象了吧。就像摊麦子一样，每一个阶段的收获，都是一种力量的积蓄，都是为了下一阶段更好地播种。

为缩短碾麦子的时间，把麦子摊开来以后，还要再晒上一会儿，这样也是为了尽快把麦子装进口袋。其中蕴含着“慢即是快”的哲理。在岁月的积淀中，蹉跎早已经磨平了父亲的急不可耐，一味地追求节奏，反而等不到想要的结果。其实这也是农人顺应自然规律的外在体现。从容自信，一切按规矩做事，才会事半功倍。

在晒麦子的空隙，几个人从麦场边拉来刻满沟槽的大碌碡，父亲找来拨枷，把牛轭挂在老黄牛的脖子上，挂上套好的碌碡，父亲一手牵着牛缰绳，一手拿着鞭子，时不时地吆喝几声，就碾起了麦子。老黄牛不紧不慢地向前走着，随着碌碡的滚动，楔子发出“吱吱呀呀”的声音。母亲早就张罗着做起了午饭，帮忙的人也闲不下来，拿着木叉在麦场里翻动着。不一会儿麦秸秆就变得弯曲起来，部分麦粒脱落在了麦秆下。

父亲把碌碡停到了麦场边上的树荫下，老牛鼻孔中冒着热气，闭上眼睛反刍。圪蹴在杏树下抽烟的邻居，拿起自家的木叉，一个跟着一个，从外向里，弓起腰杆使劲儿叉一捆麦秆抖一抖，再将碾好的麦草扔到一旁的空地上。就这样反复几遍下来，翻出来的麦场才干净。一上午，父亲牵着老黄牛在麦场里不知转了多少圈，眼看着打麦场一圈一圈变小，大家会把碾碎的茧一层一层用木锨刮到麦场边，忙着堆起麦草垛子来。堆麦草垛子和堆麦垛子在程序上是差不多的，

麦草垛子的底子一般要堆得很大，等到麦草垛子越垒越高的时候，就要用脚一点儿一点儿地踏实，直至收尾。

家里有盘木磨，攒麦粒的时候正好派上用场。父亲找来绳子系在木磨的两边，我站在木磨上面，两个人扯着木磨向麦场中央走，饱满的麦粒像浪花一样翻滚着，父亲额头上的汗水滴在了麦场上，妇女们用扫帚把剩余散落在各地的麦粒扫在麦堆上，打麦场不一会儿就洁净如新。

天气正好，吃过下午饭稍作歇息，就到了扬场的时候。把麦粒和麦糠彻底分离，这也是碾麦子的最后一道工序。大家戴上草帽，妇女们则把脸和鼻子包裹得严严实实，逆风站在麦堆旁，起风时，用木锨将杂物迎着风使劲儿向上抛洒出去，麦糠和麦粒就分离了，麦糠灰白，麦粒黄里透红，界限分明。在扬场的时候，妇女们便拿着竹扫帚，站在分离出来的麦糠和麦粒中间，将没有吹干净的麦糠轻轻扫出去。借着夏日的风，半天就可以将麦子收入袋中。看着成袋成袋的麦子运回家中，父

亲的脸上就乐开了花。

等到冬天农闲的时候，母亲从厨房里卸下做饭用的大锅，搬到院子里，挑来一大缸山泉水，用簸箕把麦子一点儿一点儿地淘洗干净，将较为饱满和干瘪的麦粒分开，铺在一块塑料布后晾干后，再一次分门别类地将麦子码在了偏房里。饱满的麦粒磨出来的面很筋道，是平时招待客人的主食，较为干瘪的麦粒磨出来的是麦麸，主要用来喂猪、养鸡之类的。

那个时候，碾麦承载了我大部门关于家、关于父亲和母亲的记忆。如今，碌碡碾麦的场景逐渐淡出了人们的视线，但不论经济怎样发展，关于碾麦的文化内涵始终都不应该改变，这不仅是农村生活应当保留的独特记忆，更是一种文化的传承。这种传承，超越了历史，超越了时间。

土地的歌声

秋收一过，不等将麦子拉回家，趁着田地还潮湿，父亲就盘算着尽快把麦地耕完。即便麦子已经割倒，父亲也没有一点儿要睡个好觉的迹象，似乎早起已经成了习惯。还是和往常一样，天还没有亮，父亲起床先喂好牛，就开始笼火喝茶。

家里有两把犁，一把是步犁，铁的犁壁，犁铧用钢铸成，只有犁梢是用木头做成的，犁身则涂了一层薄薄的绿漆，分量却很重，铧可以两边转，常用来翻土。另一把是木犁，犁壁是父亲从木匠那里定制的，用杏木做成，再套上从铁匠那里买回来的铧，八九岁的小孩就能扛得动，是专门用来播种的。

父亲喝完茶，拾掇好翻土的犁具，赶着牛，就往田地里去了。天像一只瓦数很低的小灯泡，发出微微的光来，晨雾笼罩了乡下寂静的清晨，百米开外牛乳一样的白。老牛鼻孔中冒着热气，父亲肩上挑着犁具，头发变得更加花白了。不时听到几声铜铃的叫声，清脆响亮。老牛很通人性，似乎早就知道去往田里的路该怎么走，缰绳搭在牛背上，也不用牵着，就能一直往地里走，都说老马识途，其实老牛也是识途的。

晨雾渐渐退去，太阳露出了半边脸来，此时田地里的墒情正好。翻过一道田垄，父亲和牛就到了地里。父亲给牛戴上用细柳条编制的笼嘴，将牛轭架在牛脖子上，用一根不太粗的仰子绳将牛轭系牢，绑好牛肚带，套上拉土棒，犁与牛就连接在了一起。再将两根引绳一头拴在牛的笼嘴上，一头挂上犁壁，就像拖拉机的挡杆一样，牛的速度和方向全靠这两根引绳确定。

犁地时，一般从较长的边开始，这样回犁的次数就比较少，犁地的速度也会快很多。父亲穿着母亲做的胶底布鞋，挽起裤腿，左手提起步犁，右手拿着鞭子、牵着引绳，顺势就把犁铧插进了土里，吆喝声过后，牛铃在田野里渐渐地回荡起来，继而弥漫了整个深秋的清晨。当万物经历了夏天的炙热，即将归于平静的时候，父亲、老牛和犁，仿佛一首描绘寂寥秋天的赞歌，缓缓耕耘着时光，让我的童年变得丰富多彩。

太阳渐渐升起，泥土混杂着散落的露珠和麦秸秆的清香，使人精神不禁为之一振。犁铧所到之处，沉睡的蛐蛐儿和蚱蜢被惊醒，蹦蹦跳跳四散开来，有几只逃得慢的被埋在了泥土中。看着眼前的情景，我不禁感到惋惜，明明知道秋天渐渐深入的时候，它们依然逃不过生命的轮回，可即便这样，它们要是能在时间的交替中安然地死去，是不是会公平很多？

可想这些又有什么用呢？对于地球上的每一个生命体而言，时间本来就是公平的，从不因主观因素偏袒谁。经过自然界的优胜劣汰，人类处在食物链的顶端，蚱蜢则处在较低的一个层次。在时间的荒芜里，与土地生死相依，也许这才是它们真正的归宿。想到这里的时候，我不禁又释然了许多。

那年我十二岁。看着父亲犁起地来娴熟的动作，我也想去尝试，在我再三的恳求下，父亲终于让牛停了下来。小时候不管干什么，凭的都是好奇心。我高兴地接过父亲手中的牛鞭子，扶正犁壁，慢慢抽打了一下牛背，没走几步远，突如其来的力量差点儿让我摔倒。父亲忧心忡忡地跟在我后面，眼看着老牛受惊，一把牵住引绳，老牛才停了下来。父亲告诉我："犁要悬提，不能太深，这样才好耕地。"那个时候，我才知道生活的重量，犁地只是其中之一，真是"犁地深一寸，等于上层楼"。

山顶像担子一样挑起了光明。我来到了对面不远的山上，父亲的吆喝声断断续续。转身望向麦地，以牛和父亲为界线，一边是刚翻过土，黑压压一片，另一边是麦茬地，苍白萧瑟，黑和白的对比尽数显现了出来。仿若秋天里一幅美丽的风景画，给人迹罕至的大山增添了不少乐趣。

犁，带来了物质产品的剩余，促进了经济社会的发展，更丰富了我们的精神世界。在人类文明的发展进程中，犁是中华传统农耕文化的重要组成部分，是一种刻骨铭心的记忆。从最初的耒耜到曲辕犁，再到现在的步犁（木犁），每一次深入土地，都能引发我们对朴素生活方式的眷念和柔情。在那个艰苦的年代里，犁代表着一家人的生计，有了犁，庄稼人就更加自信，腰杆子就更加硬挺。

今年"五一"劳动节回家，无意间瞥见了父亲的那把木犁，挂在早已布满灰尘的牛圈墙上，犁铧锈迹斑斑，犁壁也不再光亮，引绳更是发了霉。我久久地站在院子里，那些曾经的岁月，是多么温暖迷人，睡意蒙眬中父亲笼火喝茶时的咳嗽声、犁铧插入土地的声音，是多么让人沉醉。随着经济社会的发展，父亲、老牛和犁这种和谐统一的画面已经很少能见到了，取而代之的是机器轰鸣。但这种精神和记忆，却应该永远传承。

犁完地，老牛缓缓顺河而下，尾巴像钟摆一样，不时猛地一回头，吓走了“嗡嗡”响的牛虻。父亲也缓过了乏，吃力地站了起来肩挑犁具，回头望了一眼那厚重的土地，步履蹒跚，渐渐隐在了时光的尽头……

一顶草帽

走过一片麦地，田野的肌肤在太阳的照耀下金光闪闪，微风夹带着热浪，麦香馥郁扑面而来，让人倍感亲切，我想起了父亲的那顶草帽。

从集市上刚买回来的时候，那顶草帽是金黄色的，还带着淡淡的麦香味。母亲将一根软绳系在帽眼，挂在墙上，压扁的秸秆像湖面散开的涟漪，含蓄、简单、明净。枕着父亲的新草帽睡觉总是很踏实，一觉醒来，口水溢湿了帽檐，抖一抖，像清晨荷叶上闪闪的露珠。

一把镰刀、一顶草帽，这是庄稼人的标配。毒辣的阳光下，被翻滚着的麦浪簇拥，戴上新草帽，父亲干活的劲头更加充足，像田间移动的花朵一样鲜活显眼，俯仰之间，满含生活的起承转合。饱满的麦穗焦急地等待收割，当时光与汗水交织，看着身后整齐的麦捆像匍匐前进的士兵一样认真接受劳动者的检阅，父亲的脸上就乐开了花。

午后的天空没有一丝云彩，就连空气也是热烘烘的，整个夏天都是无精打采的样子。不一会儿，汗水就浸湿了父亲弓背上的衣襟，尘土挂满了他的额头。父亲圪蹴在小土堆上，用草帽扇着凉风，“吧嗒吧嗒”抽着老旱烟，腾空而起的烟雾融化着疲劳，望着远处的山坳，若有所思，不知道在想什么。

这让我更加渴望山的那边。

当月亮不声不响地爬过树梢，父亲才哼着秦腔回到家。弹弹草帽上的灰尘，挂在墙上，舀一盆母亲刚打回来的泉水，结束一天的疲惫，在“扑哧扑哧”的洗漱声中，白天的燥热顿时消散了许多，晚风微拂，像一场深深浅浅的梦。

在露天打麦场，父亲戴着那顶早已无法分辨出颜色的草帽，像一个圆圆的蘑菇，铲一锨麦子撒向天空，金黄的麦粒哗啦啦落在地上，极力张扬生命的活力，麦衣被风吹向远处，帽檐下那张黝黑的脸颊上，汗水像珍珠一样散落，父亲的脸上泛起一朵朵浪花，宛如他闪光的心灵。

那顶草帽，像时光一样旧，又像春天一样新。

夜幕降临，散落的晚霞披在天空。父亲坐在小板凳上，光着膀子，不时拿起草帽扇着凉风，我们一家人围着小饭桌，用心收割秋色。在老练的岁月里，母亲每个夜晚舀起的月光，都编织着父亲对生活的迷恋和信心，只有那被父亲的汗水浸润过的麦粉，才更有嚼劲。在那充满泥土和汗水味道的草帽里回味，就会湮灭时空的来往，这是超越生命本身的诗意和哲学。

父亲的那顶草帽，像喷薄的朝阳，在头顶升起又落下。当系在草帽上的那根软绳变得油光锃亮时，那顶草帽终于耐不住风吹日晒，帽顶破了一个洞，一圈一圈地脱落，父亲的白发也露了出来，脸上的皱纹也愈加清晰。就在弯腰的一瞬间，我才发现，父亲真的变老了。

岁月冲淡了麦秸的清香，酿成了生活的美酒。每当看到戴草帽的人，总是倍感亲切。父亲的那顶草帽，就像战争年代的钢盔，抵挡了烈日的攻击，将生命的亘远与辽阔吐纳殆尽，芳香明丽着我们对人生的认识和感悟，永远赞美不尽。

一顶草帽，一代人的缩影。站在来时的路口，望着天边不肯离去的晚霞，带着阳光和汗水掺杂的亲近，父亲年轻时的模样，像掩藏在时光深处的歌谣，听了一首又一首，哼了一遍又一遍。

麦秆上的蚂蚱

秋收时节，母亲带我到麦地，金黄的麦子铺满秋天，一阵清香袭来，令人心旷神怡。我站在麦田里，和风吹拂麦浪，涌动着收获的气息，蚂蚱嘹亮的奏鸣曲响彻大地。

我拿起草帽，循着声音悄悄走近抱着麦穗欢叫的蚂蚱，快要靠近的时候，它突然机敏起来，停止了欢叫，我站在原地一点儿也不敢动弹，屏气凝神，等它放松警戒，迅速用草帽将蚂蚱连同麦秆扣了起来，一把逮住。绿色的蚂蚱身长三五厘米，有六条毛茸茸的腿，长着一对笔直的触角，针眼大的眼睛像玻璃球，锯齿中间不时吐出绿色的口水，背上两对透明的翅膀不停地扇动，分明是想逃跑。

编蚂蚱笼是个手艺活，考验的是心性。将蚂蚱扣在草帽底下，摘下麦穗，把麦秆外皮剥掉，啪的一声，抽出一节油亮光滑的麦秆，再将抽出的麦秆折成一样长，整整齐齐码在一起，然后洒上一点儿水，等柔性十足，就可以用来编蚂蚱笼了。拿出三根麦秆在中间位置交叉，从最底下的一根开始，沿着同一边缠绕，几根麦秆用完的时候，笼底就打好了。然后拼接好用完的麦秆，与笼底垂直，向上缠绕，每一圈都往里收一点儿，收口再打结，一个蚂蚱笼就编好了。在侧面稍微扭出一

个缝儿，蚂蚱就被装进笼子里了。

我把蚂蚱带回家，从母亲的菜园里摘下几朵葫芦瓜花，撕成几瓣塞进蚂蚱笼，挂在院边的杏树枝上。可能是因为陌生的缘故，一连好几天，我都没有听见它在麦地里那种肆意的欢叫声。于是，我又把装着蚂蚱的笼子挂在了菜园里，尽可能让它与自然亲近。果然，一天午饭过后，在温暖的阳光下，我再一次听到了它嘹亮的歌声，听着那回荡在菜园里的洒脱与孤傲，我好生羡慕。现在想来，它被我硬生生地捉回家，离开了自然、离开了那个秋天，就像断了母乳的孩子一样，又怎能不想起自然母亲呢?

笼子禁锢了蚂蚱的身体，却禁锢不了它对生命的热爱。天越热，蚂蚱叫得越欢。它像训练有素的乐手，极力唱着自己对大自然无限的热恋和礼赞，似乎早已知道自己的生命即将走到尽头，为了给生命的繁衍做最后的奉献，它把自己全部的能量释放出来，变成延续的感动。听着蚂蚱清脆的叫声，我的心头不禁微微一颤，谁说这不是撼动人心的丰收赞美诗呢?

在这个如诗如画的季节里，在每一次丰收的感动中，我们的心灵不断接受庄严与神圣的磨砺，对自然的敬畏早已融进了每一个生命的血脉，季节的张扬与活力，从每一个毛孔渗进，那掩藏着无数条通往过去和未来的路，不断升华着对自然和生命本真的认识。不为收获而沾沾自喜，不因灾难而丧失继续前进的勇气，这是时间赋予我们最大的清醒。沉浸在这欢叫声中，忽然发现，生命的壮丽，其实就是此时无声胜有声的浑然与通透，在时间的酝酿中，潜藏在心中的那份敬畏，也会因此而愈加甘洌醇厚。

时代在进步，记忆却远去。如今，麦田里的收割机早已取代人工收割，麦收时节愈加短暂，生活在车水马龙的城市，蚂蚱的欢叫声逐渐遥远。于冷静中思考，当失去被赋予更高层次含义的时候，我们就会发现，那被冰雪覆盖的小草，终将以另一种更加高贵的形式，将生命的热烈与奔放演绎得淋漓尽致。拭干模糊的双眼，满怀信心、昂首阔步向前迈进，我们就会从失去中找到收获的快乐。

心怀无限朴素的敬畏，走在充满尊严与阳光的道路上，当我们用一双清澈的眼睛去发现和赞美生命的时候，就能让每一次感动都有光明的未来。假如能回到过去，我一定会把那只蚂蚱放归自然。

药香

中秋节一过，父亲就开始拾掇钢叉准备挖黄芪，自家只有两亩半地，算上承包地也不到五亩，除了用来种小麦、胡麻和土豆之类的部分，剩下的全部栽上黄芪，一家人一年的经济收入大部分指望的就是这些黄芪，可不敢大意。哪家要是家境殷实或栽种黄芪比较多忙不过来，一般都会从集市上找来几个零工帮忙挖药，我家肯定是不用找的。

特殊的地质构造赋予这里湿润的气候条件，尤其是在草木繁盛的乡下，秋天的早晨更是寒气逼人。天还没亮父亲就起床捣鼓起了火炉，喝过早茶后从草房里找出被磨得锃亮的钢叉，肩搭一根五六米长的粗绳，拿起镰刀，哼唱着秦腔就去了地里。此时的夜幕还沉醉在昨日的辉煌中，刚开始偶尔能听到几声狗吠，紧接着是公鸡打鸣的声音，再是邻里之间碰面后短暂的寒暄，一直到整个村子都忙碌起来。

四野静谧。父亲来到栽种黄芪的那块地头时，雾气还未完全消散，他拿着镰刀、卷起裤腿开始割黄芪蔓。逐渐失去生机的黄芪蔓显然没有了先前的那般傲气，像枯叶一样铺了满地，要半蹲下来割才行。在凝结成霜前，秋日的露珠还在做最后的挣扎，冰冷冰冷地渗入骨髓。没过一会儿父亲的那双旧胶鞋就湿透了，黄芪蔓上掉落的叶片沾满大腿，那汗津津的额头上热气染白了他的头发，随晨雾飘散。

钢叉是父亲从村里的铁匠那里买回来的，像手掌一样，前端有五根粗叉，叉把则是一根梨木，几年下来已被磨得十分光亮。钢叉足足有二十来斤重，叉身约三十厘米长，父亲提起钢叉也不用出太多力，半截叉身就钻进了泥土里，双脚站在叉脊上前后摇摆直至整个叉身没入，再猛地向后翻去，这样整根黄芪就被挖出来了。在地势比较平整的田地里，挖黄芪尤为吃力，个头大一点的要两三叉才能完全挖出来。

我在大学毕业后，也曾扛起钢叉亲身体验挖黄芪的辛苦，第一天下来手心就磨出了血泡，腰酸背痛，夜晚更是难以入眠，那时我才真正体会到父亲的劳累。在我出生以来的二十多年里，家里年年栽种黄芪，父亲每年都会重复挖黄芪的动作，经年累月，他那原本挺直的脊背被那把钢叉压出了弧线。可面对生活的困苦，作为孩子的父亲，他又能说什么呢？又有什么可说的呢？即便那些当初看起来粗糙的将就，时间也总会将它变成最恰当的选择。

清晨的雾气此时已经完全散开，金色的太阳从山顶缓缓升起，照亮了对面的山梁，让这个秋天更加光彩动人。山谷里的黄芪地还没有被阳光照耀，却也少了先前那般寒意。父亲的额头上渗满了汗珠，他停下来向四周张望一阵子后，从衣兜里拿出旱烟，蜷缩在一丛蒿草背后抽了起来。一双沾满泥巴的大手，似乎在微微颤抖，显得笨拙生疏。

一颗种子要成为果实，少不了时间和土地的馈赠，黄芪也是。从种子到药苗，从药苗成长为真正的药材，最快也要经历两年时间。每年春天冻土消融后，父亲将黄芪籽一粒一粒地埋进土里，锄草或是施肥，一刻也不得清闲。第二年元宵节前后又要将药苗挖出来移种到别的土地精心呵护，直到中秋节前后才能长成药材。将药材挖回家之后，还要剪药、搓药、扎药、晒药，这样下来直到第三年才能变现。

那个时候家里没有养牛，每当春天来临的时候父亲总会犯愁，栽药要等到别人家的田地里安顿好之后才能借到牛耕地。为了能顺利借到邻居家的牛，父母都会去帮上几天忙，其实不论哪家，这都是约定俗成的。等轮到我家之后，人自然也不少。步犁摇醒沉睡的春天，一块田地里，大家你一段我一段相互衔接均匀地摆放药苗，然后再将胡基疙瘩磨平，这样用不了一个上午，黄芪就能全部栽完。

剪药和晒药相对简单，搓药和扎药不论是从时间上还是从人力的投入上，都需要花费大量的功夫。搓药主要是将黄芪干上的绒毛清理干净，让成品药材的成色更足一些，只需要找来一根绳子绑在小板凳上，几张木板搭一个斜坡，将黄芪捆好反复滚搓即可。到了扎药的时候，父亲从集市上买来几斤铁丝，每段剪成相同的长度，再将已经搓好的黄芪按长度、大小分类，一根一根地摆整齐，用钳子将铁丝的两端轻轻一抽一拧，一把黄芪就扎好了。

在我刚上初中的时候，一斤干黄芪能卖到四五十元，那个时候靠栽黄芪发家致富的也不少。而我的父亲和许多人一样，等到第二年扩栽的时候价格已经回落，就像父亲年轻时栽种红芪亏了本一样，只不过这次稍好一些。经过这两次挫折之后，他依然对生活充满希望。即便到后来我们一家人仍然只能凭借着一亩三分地自给自足，但在他下决心来到新疆之前，不管我和姐姐怎么劝说，他都要栽种几亩黄芪。他似乎早已习惯了忙碌的日子，那被钢叉压弯了的腰，却怎么也割舍不下曾经的苦难。

父亲抽完烟，呼吸变得均匀起来，额头上的汗珠渗入他的皮肤，脸颊因为劳累而变得通红。他拿起钢叉重复起了先前的动作，摇晃、猛翻、起土，每一次都显得沉稳娴熟。在一个秋日的午后，一股浓烈的药香扑面而来……

炊烟

记忆中那一缕轻而薄的炊烟，在时间的流逝中，似乎已经飘得很远了。小时候，炊烟是温饱，承载着一家人的期盼，不管生活多么艰苦，只要看见炊烟，就知道一日三餐有了着落。赶着牛羊回家的孩子，循着炊烟一路走下去，不管多远，总是能回到家。炊烟升起的地方，就是人们心中最向往的方向，总是那样神秘，让人充满期待。

炊烟独属于农村。没有炊烟，就像饭菜里少了食盐，再美的村庄，也不过是一幅没有内涵的风景画，没有生机，更没有灵魂。沉寂的冬日，有了炊烟，整个村落马上就会活跃起来，瞬间充满生机与活力。贫穷的家庭，有了炊烟，就算是几棵白菜，也能做成人间美味，果腹充饥。生来平等的炊烟，以辽阔的心胸和智慧，宽容着每一次生命的热烈，芬芳着每一瓣生命的花朵。有了炊烟，街头巷尾便富有诗意。

忙碌的一天，从黎明的第一缕炊烟开始。当零星微弱的灯光渐渐亮起来，沉寂的夜褪去满身疲惫，换上轻盈的晨装，母亲早已起床，找来一大捆柴火，系上围裙，叮叮咣咣地在厨房里生火做饭。不一会儿，厨房里就散发出慈祥，香喷喷的饭菜馋醒了公鸡，催促着我从温暖的被窝里爬出来。热气腾腾的饭菜里，总有一种特殊的调料，让人垂涎三尺、难以忘怀。

月色溶溶，一缕炊烟渐渐走进夜幕。低矮的屋舍里，干枯的树枝在灶膛里化作呛人的烟雾，顺着烟囱爬出来，或浓厚或轻薄，或浪漫或严肃，缥缈在院子里，覆盖在村庄的上空，填满了春夏秋冬，在落日的余晖中升腾、古老，以最为原始的生命状态，摇曳着无数人的心帆。想来，陶渊明笔下的“暖暖远人村，依依墟里烟。狗吠深巷中，鸡鸣桑树颠”也是恰到好处了。元曲作家马致远在《天净沙·秋思》中用最简练的文字，描绘出的那一幅动人秋郊图，千百年来脍炙人口，抛却当时特定的情景，如果再加上炊烟，是不是会更有神韵？

炊烟升起的地方，一定有故乡，也一定有回忆。我曾想，假如我在一望无际的塔克拉玛干沙漠里迷了路，在水尽粮绝的生死边缘，看到一缕炊烟，一定比找到一滴水更喜出望外，因为于我而言，炊烟就是山穷水尽时的生命绿洲，炊烟就是勇敢面对困难的精神力量。穿过岁月的廊桥，生活的酸甜苦辣，也在炊烟的缥缈中不断演绎，它在悄悄告诉世界，生命的精彩不在于时间的长短，也不在于它现实的美丽，而在于质朴真实。炊烟让我们短暂的生命变得更加厚重。

自打我工作以后，吃住都在单位，倒也图个一时方便。但时间久了，现在每次到食堂吃饭的时候，总觉得少了些什么。是食堂的饭菜味道不好？还是吃腻了？其实这都不是理由。真正少了的，是呛人的烟火味道。烧火做饭的故事，早已掩埋在了城市化的进程中，再也寻不见，一座没有炊烟的城市，正在被我们所欣然接纳。一阵孤独感突然涌上心头，在追求所谓的幸福生活的过程中，我们已经失去太多，故乡的亲人，还有那熟悉的烟火气，难道真的就这样渐行渐远了吗？

人间烟火气，最抚凡人心。见惯了车水马龙，听惯了机器轰鸣，炊烟反而成了我们精神的寄托。当我们感到孤独的时候，想起院子里的炊烟，就像有了亲人的陪伴，会感到很温暖，心情也会好起来。不管离家多远，心中有一缕炊烟，是一件很幸福的事情，它能给予我们喧嚣过后的宁静，让我们深刻体悟生活的甜蜜，放下一切执念，坦然接纳痛苦和快乐。

每个人心里都有一缕炊烟，或醇厚绵长，或热泪盈眶。想到炊烟，我的身体里就会莫名腾涌起一股暖流，只有在炊烟升起的地方，才算得上是故乡。

村里有家小卖部

我大部分的童年时光是在坡儿小学度过的。清晰记得当时学校还没有围墙，教室是用土坯垒成的，操场东西两面有两个用钢管焊接成的木板篮球架。那时候校园里的路面还没有硬化，大大小小的草垛子紧挨着操场，中间仅有一条小路通往学校。唯一显眼的，就是那面随风飘扬的五星红旗。

从学校操场出去，走过一段五六百米长的胡同，再往北就到了小卖部。铺子的前面是一条宽阔的马路，人们来来往往。后墙倚着埂子，其余三面墙也是用土坯搭建的，一棵高大的老榆树长在屋后，枝干一直伸到门前。外墙的那层白灰已经失去了光泽。不到三十平方米大小的土屋硬是被隔成了两间，一间用来摆货，另一间里面支着一张床、一个火炉和一口锅。昏暗的光线让那间本就狭小的土屋再也容不下其他任何物件。

经营小卖部的是两个老人，上了年纪，平时行动不太方便，他们的儿子又常年出门在外很少回家，这家铺子便成了老两口生活的全部指望。邻里之间或是路人，不论是谁来置办东西，哪怕是赊账，他们也总是笑脸相迎、十分客气，因此生意也是好得出奇。家里要是少了柴米油盐之类的，母亲一定会再三叮嘱我到这家小卖部去买。

记忆中的小卖部就像一个神奇的百宝箱，货架上摆满了各种各样的商品，总是让人目不暇接。有能嚼上一天的西瓜味泡泡糖，撕开里面的胶面图案贴在手背上能炫耀好长时间；有让人嘴馋的小肥羊辣条，还有汽水、干脆面、棒棒冰、麻辣锅巴之类的。每隔一段时间母亲总会给我几毛钱，一般也不超过一元，每次还没到小卖部，我心里就已想好要买什么了，那时候一毛钱能买来好多东西。

有一次下课后，我跑到那家小卖部，买完东西刚到操场就听见了上课铃声，跑到教室门口的时候老师已经讲起了数学题，那时他还没有发现我没到教室。大声喊了几声报告后，老师终于走出教室，气呼呼地问我迟到的缘由，我自是不敢说去了小卖部，将一根棒棒冰折成两段塞进袖口，支支吾吾半天答不上来，被罚站了一节课。多少年过去了，关于村里小卖部的往事，总会随着我被罚站这件事而全部被记起。

每一个雨天，我总会碰见来往的行人在小卖部里躲雨，即便那间小卖部的空间已经被全部挤占，但从老人的脸上可以看出他们早已习惯了这样的场景。天放晴的时候，在小卖部门前的凉棚底下，常见的就是几个白发苍苍的老人拄着拐杖，嘴里抽着老旱烟，悠闲地坐在板凳上掀牛九，再者就是远行的路人在这里歇脚，至于谝什么，谁也不会去关心，什么时候离开，也没有人会在意。

这家小卖部在我姐姐上学的那个时候，大概是2000年之前就已经存在了，一直到我小学毕业后上了初中，也就是从2012年的夏天开始，我就再也没有去过那家小卖部了，关于那两个老人我也鲜有回忆，直到去年我回家的时候路过那里。低矮的土屋已经坍塌，瓦片从房顶掉落，窗子上的玻璃也已破碎，显得杂乱无章。我不知道那两个老人还在不在人世，十多年过去，那间小卖部就真的成了难忘的记忆。

唯独那棵老榆树还在那里，遒劲的枝干似乎比先前长大了许多，也没有人再去修剪，就这样一直延伸到我记忆的荒芜里。小卖部前那条宽阔的土路，也不再是尘土飞扬，一条崭新的通途，连接起了这里的过去和未来。只是那么一瞬，我仿佛看见小卖部前熙熙攘攘的行人，还有老人们慈祥的脸庞。一群少年尽情奔跑，和小草一起疯狂地成长。

与那间小卖部一同发生变化的，还有坡儿小学，记得在我读小学五年级的时候，学校盖起了新教学楼，操场也被围了起来，一切都是崭新的，不再是之前那般破旧潦草。我上初二的时候，村里的学生大部分都转去了镇里读书，许多乡村教师也随之被调走，目前在坡儿小学读书的学生不到十人。在我国义务教育事业蒸蒸日上的大背景下，我不知道这所小学还能存在多久，但我坚信，一代人的蜕变终究会影响下一代人，并且是朝着好的方向去的，这便是整个社会发展的意义所在。

包书皮

2004年的秋天，父亲把我送到了坡儿小学读一年级，那年我刚满五岁。仍清楚地记得第一天上学时的情景，我背着母亲前几天从集市上买来的新书包，坐在教室中间一列靠后排的位置，眼睛直勾勾地盯着前面的黑板。上课铃声响起，同学们都在盼着快点儿发新课本，班里大胆一些的孩子趴在窗子上，透过玻璃看到班主任提着一捆新书走进教室，立马高兴地大喊起来，也不去注意老师有没有听见。

刚发到手的新书散发着一股浓浓的油墨味儿，自是爱不释手。那个时候的我并没有饱含太多对知识的渴求，而是像开盲盒一样，对于一本新书，只是觉得好奇。我最喜欢的是语文和科学课本，里面各种各样的插画，足以满足一个孩子对未知世界的期待。捧着一本新书，我像捡到宝一样，生怕弄丢或是弄脏。即便到后来我才发现，一学期还没过去一半，那本新书早已被涂鸦得认不清字迹，甚至连原本的封皮都被撕了下来，只剩下空白的扉页。

等到放学回家，向父母炫耀完我新领回来的课本后，就嚷着父亲给自己包书皮。家里没有牛皮纸，找来几张报纸或是几张挂历纸剪裁好之后，将书脊放置于纸张中间，按原先折好的印子压平，四角用胶布粘上，或是抹一点浆糊，棱角分明、方方正正的书皮就包好了。父亲拿出他那根洗得发白的毛笔，在刚包好的书皮正中间写下语文、数学等字样，再在右下角写下我的名字，这样一眼便能分清科目名称。

包书皮的时候，父亲的每一个动作我都看得十分清楚。“纸张大小要比照书本的尺寸来裁剪”“包边要恰到好处，太紧了书皮容易起皱，太松了又容易脱落”，昏黄的灯光伴随父亲均匀的呼吸闪闪烁烁，一字一句，一个父亲对孩子的疼爱在此刻展现得淋漓尽致。看着饭桌上码着的那摞包着书皮的新书，我的心里别提有多高兴了。

小时候的快乐真的很简单，不需要昂贵的礼物，也不需要奢华的享受，哪怕只是一点儿平淡中的新奇，也足以让孩童的世界充满阳光。就比如包书皮这件事，在我们的生活中是多么微不足道，可偏偏就是这样一件从来没有人去刻意关注的事情，当我们在一个不经意的时刻想起，总是能够让人倍感温暖。也许，这才是时间的价值所在。

那个时候，我特别羡慕一些家境好的孩子，他们每学期都能买各式各样的纸用来包书皮，红的、绿的……总是那么吸引人的眼球。但每当从书包里拿出父亲为我包好的新书，看着他那遒劲有力的毛笔字，我的心里总会充满力量。不去羡慕别人，只管做好自己，这是父亲打小就教会我的道理，陪伴我走过了所有的童年时光。

著名作家孙犁爱书是出了名的，他自己曾说：“因为我特别爱好书，书就成了生死与共之物。”他还喜欢自己包书皮，报纸、糊墙纸拿来就用，甚至连水果包装袋也不放过，

“呜呼！爱书成癖，今包装又成癖，此魔怔也”，连他自己都觉得颇为滑稽。而鲁迅喜欢请琉璃厂的师傅包书皮。

一层简单的书皮，赋予书本独特的灵魂，寄托着人们从小就对知识的尊重和追求。每一本书里，都藏着一个未经唤醒的生命和精彩的世界……

上㘭去

㘭上那两块紧挨着张大伯家的田地还不到半亩，是父亲用镢头一下一下开垦出来的，那个时候我还没有出生。一条山沟从山脚一直绵延到山顶，沟里长满了荆棘野草，将面积本就不大的两块田地分割开来，哪怕是在天气晴朗的日子里也总给人阴森森的感觉。离㘭下最近的上沟村还要走两三千米的路程，因此除了种地锄草，平时鲜有人到这里来。

平日里除了赶集，或者是走亲戚串门，记忆中邻里见面听得最多的就是这句“上㘭去”。这样想来，坡儿村这个名字倒也是十分贴切的，在垂直高度足足有三千米的两座大山中间，十几户人家错落有致，几代人顺着一条河沟安居乐业、繁衍生息，倒也是怡然自得。㘭，这个深深烙印在黄土高原深处的原始地理形态，早已成为一种特殊的文化符号。

从家里往㘭上去有一个多小时的路程，沿着河沟一直走到上村头，路变得越来越窄，要走过一条不到一米宽的小路才能到那两块田地。夏日里紧挨着小路左边的田埂长满了野草，右边则是一道笔直的悬崖，没有任何生命的迹象，只有几只乌鸦在天空伺机而动，不知是谁家的坟地那样显眼，大喊几声，空荡荡的回音总让人感觉不寒而栗。听村里的老一辈人讲，不止何大伯家的那头牛，从这个悬崖掉下去的其他家畜也不在少数。

小时候每次往屲上去经过那段窄路，母亲或是父亲，抑或是姐姐，都要背着我走过那一段记忆犹新的坎坷之路，往往要花费很长时间。他们瘦弱宽大的脊背永远像一道避风的港湾，总是在我需要的时候出现，让我不再惧怕关于悬崖的一切，反而更加坚定了我走完一段坎坷之路的信心。即便这一切终将要我独自面对，但至少在那个时候我是幸运的。

在一个阳光灿烂的日子里，几个月前播种的黄芪药苗长得正旺，路边的野百合散发出一股淡淡的药香，似乎屲上的一切都是热烈的。转过了一个大弯，圪蹴在自家田埂边上的张大伯，嘴里叼着水烟瓶向四周张望，烟袋子晃来晃去，看到父亲后立马呼喊着打起了招呼，那浑厚的男中音顺着眼前的山沟一直传到了山脚。田埂边上堆满了张大伯刚从豌豆地里清锄出来的苦荬菜和灰藋菜，用不了多长时间就会被一群山羊扫个精光，连根都不剩。

一年接着一年，一茬接着一茬，那两块贫瘠的田地里栽过红芪，再就是种一些土豆之类的，如果像张大伯家一样种上豌豆的话，肯定连本都收不回来。当时家里连辆架子车也没有，父亲只能拿根粗绳一点儿一点儿地将浸满汗水的果实背回家。下屲比上屲更加难行，何况还背着百余斤的重物路过那段窄路。即便生长在大山，现在回想起来也不免让人担惊受怕。

劳碌了一整天，从屲上往家走的时候，母亲总会不紧不慢地跟在父亲身后，背着背篓或者是提着父亲编制的柳条筐子，边走边打点儿青草，有的时候再拾些干柴火，这样家里的几张嘴就都有了着落。对大半辈子走在山上的母亲来讲，点燃柴火后的那一缕腾空而起的炊烟，才是最为踏实的日子。也许这当中本身就隐含着农人对土地的敬畏和虔诚。

说起家里的那辆架子车，还是在我小学快要毕业的时候，父亲从集市上买回家的。那个时候，村里只有两三户人家没有架子车，我家就是其中之一，一方面是因为我家种的地确实少，另一方面是家里的经济条件不好。那个时候完全不像现在，哪怕是一辆摩托车也足以让人新奇，要是谁家买个黑白电视，也要张罗着庆贺一番。在贫穷落后的乡下，架子车就自然而然成为一种财富的象征。

有了新的架子车，父亲干农活就方便了许多。那个时候家里还没有拉车的牛，父亲曾不止一次拉着那辆架子车往返于田间地头，离山上不远的地方，总能看到父亲拉车的背影，像极了老舍笔下车夫祥子的模样。走过春夏秋冬，是为了将来能过上幸福的生活，仅仅就是这样一种再朴素不过的期待，未来也是有奔头的。

在我小学即将毕业的时候，村里人经过商量一致同意从邻村借来了一辆推土机，前后不到一个礼拜的时间，就将通往山上的那条小路推宽了不少，能容纳一辆大三轮车行驶。自此，那条小路就被淹没在了一代人的记忆里。十几年过去了，再也没有人记起曾经走过的那条小路，而这才是我们这代人应该铭记的故事，并且永远都不能忘记。

自打我上初中以后，山上的那两块田地里就再也没有种过庄稼，很快变得荒芜，地里疯狂地长着野草。父亲对生活的信心似乎比以往任何时候都要大，他从邻居家承包了三四亩土地，那是比ㄓ上那两块土地距离还要远、山势更加陡峭的地方，种出的庄稼也更加茂密茁壮。

在母亲病情加重的那段时间，父亲总是一个人拉着架子车出门，逢人便说“上ㄓ去”……

拾地软

站在老家门前，远远就能看见河沟对面那个立起来的山坡，也不知道是谁起的名字，村里人称为“白岴”，岴顶一直延续到山那边的村子就是上寨。其实离我们村头不远的地方还有一条宽阔的大路通往上寨，在我的记忆里，本村或是邻近村子的人们，大多喜欢走白岴中间那条两三千米长的小路，即便是一段早已长满了荆棘和蒿草的陡峭山路。只要是谁想翻过这个岴，从来没有听说过刻意绕道走的。这条留下我童年足迹的小路，我至今都难以忘怀。

在我还没有上小学的时候，有一次发高烧，父亲背着我翻过白岴去冯家湾打针的情景至今记忆犹新；上了初中，白岴中间这条窄窄的小路是我回家的必经之地；我亦曾在这里放牧，望着山那边的人来人往，听惯了岴上的虫鸣鸟叫，向往每一片云彩都是那般自由浪漫。白岴，白岴，且不去猜想这个名字的深刻用意，只从字面意思理解，不仅在于它地处河沟阳面，我想更多是因为那未经任何修饰的白，要不是一抹葱茏的绿色覆盖了这原本贫瘠荒凉的土地，谁也不会在意这区别于黄土又与之有千丝万缕关系的颜色。

白岴以北有一道凸起的山梁，像极了舷窗外的祁连山脉，延续的沟坎像血脉一样伸展开来。每年进入腊月一直到来年开春，总会看到村里的妇女拾地软的场景。三三两两戴着最常见的蓝色或是红色头巾，一会儿圪蹴在山梁上，一会儿又消失在蒿草里，佝偻的背影与贫瘠的山梁紧贴在一起，像大地的孩子来回穿梭于荒野之上，寻找自然的馈赠。不光是村里的妇女，生活在这里的每一个人都是大地的孩子。

地软在乡下随处可见，在城里却成了尤物。记得那是在一场春雨过后，我也曾跟着姐姐到白屲以北的那道山梁上去拾地软。此时大地还未完全苏醒，虫子还在蛰伏，一切还都是安静的。而在这样一个湿润的好时节，埋在草丛深处早已干涩的地软会舒展开来更容易捡拾，轻轻掀开蒿草，就能看到成片成片的地软，一会儿就能拾满一大盆。在天气晴朗或是气候干燥的时候，却很难将粘连在柴草上的地软分开来，哪怕只是稍微用点儿力，也一不小心就会将其捏成粉末。

回家后，母亲把捡回来的地软挑拣干净，用簸箕过一遍沙子和草屑之类的杂物，倒入那个大花脸盆里，用温水淘洗直到没有明显的浑浊，然后再浸泡两三个小时，地软就会变得柔软且富有弹性，形状与木耳相似，颜色却像碧玉一样，吸收水分之后比先前多了一大半。沥干水分倒在案板上，撒一些食盐搅拌均匀，也不需要再添加其他多余的调料，做成饺子或是包子，不一会儿满屋子就散发出细软诱人的香味，泥巴里透着一股淡淡的蒿草味道，让人直咽口水。常听母亲讲地软是羊粪蛋变成的，这似乎已然成为其与乡村情感联结的天然纽带。

其实不光是在白屲以北的那道山梁上，地软在乡下也是随处可见的，远处的山坡上、蒿草中，还有去往屲上的崖顶，哪怕是在村庄人家的院子里都有它的存在。从来没有人刻意种下它，也从来没有人悉心照料它，不论荒芜还是繁华，它总能从泥土里生长出来，又归于季节的轮回，在满足人们味蕾的同时，留下难忘的乡愁。也许，这正是拾地软的乐趣和价值所在，还是一辈人面对贫困生活的希望所在。

山坡上的红豆草

听村里的老一辈人讲，二十世纪七八十年代实行家庭联产承包责任制以后，土地、牲畜等生产资料先是包产到组，然后再到户，村里原来归生产队集体所有的牛、马、骡子和驴等牲畜，按土地面积和人口被分配到了各家各户。养了牲口的人家都要种上一大片苜蓿或红豆草，除了喂猪和鸡之外，农忙的时候还能用来喂牛羊，省下了满山割野草的大把工夫。

还记得那是在我小学五六年级的时候，村里何大伯家的那头老牛因为早晨吃了带露水的苜蓿，当天夜里便胀气不治而亡，这件事情第二天一大早就在整个村里传开了。即便现在看来，一个生命的逝去是再正常不过的一件事情，但在那个物资匮乏的年代，一头牛不仅是他们的好帮手，更寄托着一家人大部分的生活希望。没了牛，何大伯整个人显然没有了之前那般精神矍铄，眼睛里也再无往日的光芒，逢人谈起这件事便垂头丧气地说一句“别提了”，也就真的没有了下文。

除了何大伯家，刘大伯家也发生过这样的事情。经历了这两件事，村里人对于喂牛这件事变得越发仔细，种红豆草的人家也逐渐多了起来，但直到现在，村里还是或多或少地种着苜蓿，哪家做浆水抑或是养鸡喂猪，都离不开它。那年秋天，母亲到新疆拾棉花回家后的第二天，父亲就拿着母亲挣的钱从朱家坡社买回了一头老牛，第二年春天便承包了一块沙石地种满了红豆草，秋天的时候那片红豆草就开出了粉红色的花。

那片种满红豆草的沙石地就在我家房屋对面的山坡上，不过两公里远，每年春天来临，冰雪消融的时候，最先入眼的除了路边的野草而外，就是那片红豆草地了。一片被赋予生活色彩的沙石地，在季节的变幻中给人以莫名的踏实感，即便这种期待似乎与时间的变迁没有太大关系，我们也总能从中找回早已失去的记忆。我想，这便是一片红豆草给予所有农人的莫大安慰，尽管它是那样普通的存在。

红豆草从春天到秋天能割两三茬，秋收的时候，村里人通常会将一部分红豆草晒干，冬天磨成粉，再加上一些麦麸，用来养鸡喂猪是再好不过的。清晨，当月光还在依恋昨夜的温柔，父亲就已磨好镰刀、背起背篓去山坡上割红豆草。此时湿气还在爬升，露珠睡得正酣，每走一步脚后跟就带起沙石，连同冰冷的露珠，一会儿就打湿了父亲的裤腿。去年春天我回老家路过那段山坡，即便那片沙石地早已被它原先的主人遗弃，可地里的红豆草却疯狂地生长着，似乎在诉说无尽的往事。

父亲背着满满一背篓红豆草回家后，随即从草房里搬过铡刀铡起了草。家里的那种铡刀在其他地方并不多见，至少在我离开家乡的十几年里再也没有见过。铡床是一根一米多长的白杨木，中间挖出一道细槽安放铡刀，铡床和铡刀的顶端用一根铁棍连接，槽口两侧包了一层铁皮，被磨得锃亮。除了铡饲养牲畜的草以外，村里人建房用的麦秸秆，也要用铡刀铡碎。一抬一按间，展现出农人丰富的想象力和创造力。

那个时候我还在上学，也曾在无数个夏日的清晨，学着父亲的样子，背着那个大背篓去山坡上那片种满红豆草的沙石地里割草。刚开始的时候觉得新鲜，时间长了那个山坡就成了我再也不想去的地方。我曾站在那片有着随风浮动、摇曳心旌的红豆草的山坡上仰望蓝天和白云，从没有想过多少年以后竟成了我再也回不去的梦。红豆最相思，一棵草亦如是。

十多年过去了，直到去年我回老家再次见到了何大伯，他在河滩里牵着牛饮完水后正往家走，那头牛是后来又买回来的母牛生的牛犊，十分壮实。在与他长时间的攀谈中我发现，他似乎早已淡忘了那头老牛胀气不治而亡的事……

欢欢和果果

在过去的十多年里，不论我在哪个地方，尤其是离开老家的那段时间，每次到姐姐家去，或者是看到城市里瘦弱的流浪狗，再或者是在某个痴想的空隙，欢欢和果果的影子总会在我眼前晃来晃去。它们成天摇着尾巴，一会儿在院子里蹲着，一会儿又跟着母亲去了田地，有时候好半天过去也看不到它们的影子。不用说，肯定是到河坝边消暑去了。

大家肯定已经知道欢欢和果果其实是两条狗了。它们当中，欢欢不论是从年龄还是从资历来说都要稍长一些。欢欢出生不久后我就见过它，那是在我晚上放牛回家的路上，它偷偷从原主人家的院子里跑出来胡乱溜达。后来得知那时它出生还不到两个月，不经世事也不敢轻易走远，只是在路边的几棵大树下嗅来嗅去，好像在寻找着什么。一身白茸茸的毛发更加凸显出它的娇小和在原主人家的地位。

除了可爱之外，当时我就觉得它于我而言是十分熟悉的，总觉得在哪里见过，可一时半会儿又说不上来，毕竟在偏僻的乡下，生活虽然十分拮据，但狗还是随处可见的。毛发或白或黑或棕，也有黑白相间的，除了身材大小外，其他没有太大的差别。对于农村人而言，除了猫狗，平时也没有什么太多的乐趣。完全不像城里人，有专门的娱乐场所可供消遣。只要听到几声鸡鸣狗吠，也就心满意足了。

我清晰地记得，那天欢欢看到我的第一眼就低着头悄悄躲在树后面，直到我走远才追赶狂吠。那时它完全没有成年大狗咄咄逼人的气势。看着它蹦蹦跳跳的样子，就连声音也是稚嫩的，不免多了几分滑稽，好像在告诉我：要不是主人没有拴牢我，今天肯定追上你，把你咬死。所有的巧合其实都是命中注定的，后来欢欢就真的被母亲抱回了家。

找来小纸箱放几件破烂的衣服，放在炕头前，就成了欢欢温馨的住处。离开了母亲的欢欢，刚来我家那几天自是十分胆怯，不敢正眼看人，胃口也不好，半夜里还会莫名其妙地叫，一度让人感到腻烦。在母亲的悉心照料下，一个星期左右它就完全适应了新的环境，能看得出它的眼睛里明显有了光彩。一颗小铃铛挂在欢欢的脖颈上，它有了属于自己的名字，成天跟在母亲身后，冷清的家也热闹了起来。

母亲学问浅，欢欢或果果这两个名字当中的任何一个，都不是她自己想出来的，而是邻庄有人家的狗先前就取了这个名字，只是觉得好听，索性就这样叫了，我们一家也从来没有人反对过母亲这样的命名方式。在日复一日的相处中，那两条狗似乎也早已习惯了这样的称呼，反而直呼其狗的时候便觉得有些生疏，欢欢和果果只是竖长了耳朵听着，也不去理会说了些什么。

那是在母亲患病后，具体是哪一年我已经想不起来了，只记得欢欢那时已经长成了一只大白狗。外公的三个女儿嫁得都不远，相隔不过两三里地，平时有什么事情也方便互相帮衬。有一天母亲去看望大姨，回来的时候就将果果抱回了家，自此我家就有了两条狗。出于天生的母性抑或是长者的慈爱，欢欢并没有欺负果果，而是时不时地站在门槛上怜惜地望着这条还没有断奶的小崽，希望它赶快长大。

几个月过去，长大后的果果和欢欢个头一般大，约莫有三十厘米高的样子，没有邻居家的大黄狗那般高大威猛，平时声音也比较纤细，生得一副娇小玲珑的模样，对生人的威慑力与邻居家的狗相去甚远。果果的毛发比欢欢要长一些，四肢却稍短，两只耳朵也是经常耷拉着的，眼睛几乎被毛发覆盖，看不出喜怒哀乐，外形显然没有欢欢精干。

仔细想来，除却人类本身，好像再没有比狗对人更忠诚的动物了。家里要是来了生人，这两条狗一个比一个叫得厉害。母亲闻声走出门厉声呵斥之后，它们顿时转过头来摇起了尾巴，似乎失了颜面，伸长舌头，灰溜溜地蹲在墙根东张西望，比红眼打架的孩子还要委屈，眼巴巴地看着生人走进院子却无可奈何。不得不说，狗将看门这一件事真正做到了极致，也正是这种极致才有了它们生存的底气。

在那个信息闭塞的年代，在那个贫穷落后的乡下，邻居家的狗大多是自由的，欢欢和果果也一样，除非它们耐不住野性或者是有过咬人犯罪的前科，否则一般不会被一根铁链死死拴住。

在果果长大后的两三年里，欢欢和它相依为命，不论何时何地、去往哪里，都是成双成对的，谁也不会落下谁。于它们而言，那是一段最美好的时光。直到有一天，果果整天没有回家，不知道是什么原因死在了邻居家的草房里，第二天才被

发现，被邻居放在了那个草密林深的山沟里。没有见到果果的第二天，欢欢就急疯了，任凭母亲怎么呼唤，它都像丢了魂似的上蹿下跳、哀嚎传遍了整个村庄。

狗与狗之间是心灵相通的，欢欢似乎已经知道了果果悲惨的结局，坐卧难安。在第二天中午时分，它竟然一路嗅着味道找到了果果安身的地方，母亲也没有过多挽留。就在那个小山沟里，欢欢带着对果果的想念，安然地离开了人世。前后不到一天时间，原本热闹的家里又恢复了往日的平静，我从此再也听不到那纤细的声音，这种平静曾让我感到害怕。也许，那个杂草丛生的野树林，才是它们最好的归宿。

两三年后，我家又养了一条狗，名字也叫欢欢，是父亲从邻居家抱回来的，长大之后和原先的那条狗俨然是一个模子里刻出来的。它陪伴母亲走过了最后的时光。我大学毕业不久，父亲一个人在外打工，平时也没有人去给它喂食，即便饿得骨瘦如柴，它也依然不离不弃地守着老家，这便是一条狗的忠诚。后来父亲准备去新疆，欢欢被送给了邻村的一户人家。后来就再也没听到过欢欢的任何消息了。

这是我所亲历的关于养狗的故事，本以为时间会冲淡一切，然而很多年过去了，欢欢和果果围着母亲在院子里蹦蹦跳跳的场景，一直在我的脑海里浮现，挥之不去、忘之不却。我想，如果它们还在的话，一定会在平淡的日子里相依终老。

家里的黑白电视机

20世纪80年代村里才通了电，家里那台黑白电视机是1990年左右买回来的，那时候我还没有出生。姐姐回忆那年她还小，家里栽种的党参价钱相当不错，卖掉之后父亲就咬紧牙关从镇子上背回了那台电视机，那个时候哪怕是一台黑白电视机，在村里也绝对算得上是一件稀罕物了。20世纪90年代，六百块钱可不少，小时候常听父辈们讲，他们小时候几毛钱就能买来好多东西。

自打我记事起，那台黑白电视机就一直摆在老屋正中间的那张供桌上，直到我八岁，那个时候我刚上小学三年级，村里家家户户都有了彩电，那台黑白电视机才不得不退出历史的舞台。并不是潮流使然，而是它真的再也修不好了，想来那台电视机已经使用了足足十多年。老屋里摆放电视机的那个柜子，是分家时父亲从大伯家里抬回来的，并排左边的柜子稍小一些，上面摆满了坛坛罐罐，还有一个柜子放在厨房，里面装着米面之类的。

那天我问父亲，家里之前的那台黑白电视机多大，他告诉我十七英寸。上面有两根天线，电视机关闭的时候隐藏在靠后上边缘的凹槽里，打开电视机或信号不好的时候，将那两根天线拉出来，就能收看电视节目。和彩电不同，那台黑白电视机没有遥控器，电视屏幕右边是一排旋钮，中间的用来调试频道，下面的用来调节音量，上面几个较小的旋钮我已记不清它们的功能和作用，平时也很少能用到。

那时家里的黑白电视机完全不像现在的液晶电视，除了图像颜色上的差异，体积也很大，通俗讲就是比较笨重，像一个大箱子，后面整个是凸出来的一根显像管，斜靠在墙角，要是不仔细观察的话，并不能看清它的全貌。电视机后面的空隙处藏着一个小小的玻璃瓶子，里面装着各种各样的铜钱。我曾不止一次地想拿出那个玻璃瓶子一看究竟，但每次都以失败告终。直到后来家里换了彩电，我才有机会摸到它。

那台黑白电视机只有七八个频道，开机的时候，屏幕上闪烁的雪花总会伴随一阵“呲呲”的声音。天气不好的时候，光靠电视机上的那两根天线根本收不到台，后来父亲从集市上买来一根天线。院墙边有棵毛桃树，裸露在地面上的树根像绳索一样交错着，父亲找来一根细长的木杆，将天线绑在顶端，另一头插在那棵毛桃树的根叉里，用一根细绳将天线杆绑在树干上，这样简易的电视天线就做好了。

老屋的院墙边并排长着几棵毛桃树，具体是几棵我已经记不清了，我问父亲，就连他的记忆也已经模糊。他告诉我，那还是20世纪80年代，母亲刚嫁过来不久，且已经和大伯分家，他从火烧沟的外公家挖回来几棵小树苗栽下，等我长大后，那几棵毛桃树每年都能结出密密匝匝的桃子，我也每年都能吃到那甜到心里的果实。那时候，村里其他人家都没有一棵像模像样的毛桃树，和同龄人相比，这是我的口福，也是我小时候足以骄傲的一件事。

通常情况下，刚打开的时候，那台黑白电视机是没有信号的，“哒哒哒”反复调试过几个频道，即便是抽出天线，电视屏幕上也依然闪烁着雪花时，可把父亲急坏了。用力拍几下后机盖（后来我怀疑那台黑白电视机是父亲拍坏的），电视机还是没有任何图像，他跑到外面抱着那根天线杆子边调试边问：“听见声音没有？现在有图像了吗？”我站在电视机前，有了图像立马大喊：“出来了！出来了！”

父亲喜欢看《新闻联播》，每天都准时准点。母亲最喜欢看《新白娘子传奇》，她虽然不识字，但对于电视里的情节能从头讲到尾。而我最喜欢看的莫过于《西游记》了，以至于到现在我还能清晰地记起其中的每一个细节。每当看到两个戴着眼镜的老头儿从电视屏幕右边闪出来，嘴里喊着“今年过节不收礼，收礼只收脑白金”的时候，就知道广告快要结束了。小时候的浪漫与那台黑白电视机密不可分。

前面我就说过，二十世纪八九十年代，在偏远僻静的农村，哪怕是一台黑白电视机，也足够吸引同村人羡慕的眼神，即便彩电很快就得到了普及，每天放学回家后，同伴们也都会到我家看一会儿电视，直到爷爷奶奶抑或是父母扯破嗓子喊的时候才会回家。一台黑白电视机，装满了一个未成年孩子对这个奇妙世界的无限向往和憧憬。

那个时候村里除了我家有一台黑白电视机外，只有村里的何大伯家有一台彩色电视机。很多年过去，有些记忆已经变得模糊，可那时挤在一间小屋子里看电影的场景依然清晰。听到何大伯家要放电影，在一个冬日的晚上，村里的老老小小拿着板凳，都来到何大伯家看电影，一间本就不大的屋子里挤满了人。等到播放电影的时候大家都静悄悄地，生怕错过哪个情节。

犹记得在我家的那台黑白电视机坏掉后，我和姐姐去邻居家看电视，一直到深夜，无论父母怎样呼喊，我们都没有回应，那天可把父母急坏了。第二天一早，父亲就从镇子上买回来了一台彩色电视机，自此我们家又变得热闹起来了。看着彩色电视机里逼真的图像，自那以后我就再也没到邻居家看过电视。也正是在那个时候，前后不到两年时间，彩色电视机很快就取代了黑白电视机，成了一代人的记忆。

前几天我跟同事聊天，我说我最近想写一篇关于黑白电视机的散文，他惊奇地问我，“在你那个年代还有黑白电视机？不应该是七八十年代的事了吗？”不得不说，我是幸运的，我亲历了一个时代的巨大变化，这也为我写下这篇文章提供了坚实的底气。随着信息技术的高速发展，我小时候迷恋电视机的那种感觉却再也体会不到了……

故园

辑三

渭河源

渭源地处西秦岭余脉与黄土高原交会地带，属古雍州之地，秦时为陇西郡豲道辖地，古称首阳，因境内有商末周初伯夷、叔齐采薇于首阳山而得名。西魏文帝大统十七年（551年），始改首阳县为渭源县，兼设渭源郡。此后一千多年间，渭源以极其厚重的文化底蕴、朴实的民风和强大的凝聚力，见证了十一个王朝的兴衰更替却仍旧意气风发。

渭河有三源，南源为发源于锹峪峡的锹峪河，居中的是发源于豁豁山的清源河，北源则是发源于鸟鼠山的禹河。《尚书·禹贡》记载："禹导渭自鸟鼠同穴山，渭水出焉"，一般认为北源为正源，也就是说渭河的源头是鸟鼠山。这条造福于秦陇人民、激荡于陇地山川的大河，是黄河最大的支流，它流经陕甘两省十几个市县，是我国最古老的河流之一。

鸟鼠山来脉于昆仑西倾，是洮河与渭河的分水岭，在渭源境内称为"鸟鼠"，是我国文献记录最早的名山之一。它不仅是古代中原通往西域的咽喉之地，更是古丝绸之路和唐蕃古道的必经之地。之所以叫鸟鼠山，是因为很早以前山上有很多鸟类和鼠类，加之地理环境特殊，没有可供鸟类搭窝产卵的树木，鸟类为繁衍后代便在鼠穴安家，山也因此得名。

从县城出发到渭河源景区大约一小时路程，刚下车，“渭河源”三个大字赫然映入眼帘，字里行间无不透露出时任陕甘总督的左宗棠收复新疆经天纬地的雄才大略。来到禹王拜谒区，恢宏的禹王殿随即挡住我的视线，四角的四个塔楼镇守着四方。走过玉龙景观道进入大殿，大禹治水的主体场景雕塑居中排列，左右两侧分别按古代最高祭祀礼制设置天坛和地坛，上面分别供设九鼎八簋和黄琮玉璧，两组祭坛上部的屋顶没有顶龛，龛底饰中国传统的日月图案，寓示着“与天相通”和大禹之功绩与日月同辉。

禹王殿的东西两侧有两个耳房，里面供奉着人文初祖伏羲、女娲和人文始祖黄帝、炎帝。东耳房墙壁上画着的据说是魏晋壁画墓画像砖中的伏羲、女娲形象，伏羲右手持矩，女娲左手持规，一个画方，一个画圆，“规矩”一词的来历一目了然。站在祭渭坛边，领悟着这座现代建筑天人合一的古代朴素哲学思想，金戈铁马的长风鼓角犹在耳畔。

顺着溪流溯源而上，大约五公里就到了生态探源区。两座陡峭的山峰迎面耸立，清泉淙淙而下，一抹动人的色彩尽收眼底。“大禹导渭”的故事便从这里开始。爬上石阶穿过一线天就到了渭河的源头——品字泉，因三眼清泉呈品字状分布而得名，分别为遗鞭泉、吐云泉、禹仰泉。“长流渭川水，溯到源头只一盅。”不禁感叹日夜奔流不息的渭河源头，竟是这山上仅能容下一只碗的石穴。

再往前的一段路程就是依山而建的小路了。置身于深林幽谷中，一路鸟语花香，俨然已经忘记了夏天的溽热和尘世中的烦恼。山上长满了各种各样的植被，陡峭的石壁像漏网一样流出一股清泉，竟然看不出具体从哪个地方流出，随手掬起含在嘴里，清凉清凉的。这天然孕育的化外之地，竟连水都这般带有野性。想到此，渭源能得到“千年药香”“药材故里”的美誉也在情理之中了。

走过雍州亭、冀州亭、豫州亭和梁州亭，九州亭还剩下五亭未走，下一个就是徐州亭了。炙热的阳光烘烤着大地，偶有一片云彩遮住刺眼的太阳。远远望向对面的大山，一片绿色的麦海，在一片云的作用下苍翠欲滴，微风过处，花草树木整齐划一地点头然后又变得笔直，似乎与风倾情对话。忽然发现这里所有的景色不在远方，就在脚下。

爬上山顶的时候，我已满头大汗，太阳却依旧刺眼。在这鸟鼠同穴的神秘故地，在这人与自然和谐共生的梦境当中，聆听伯夷、叔齐不食周粟的典故，我不禁再次赞叹大禹疏渭的宏大功业，狄戎羌部落融合成的秦，亦曾兵临渭首气吞万里。融会贯通仰韶文化、齐家文化和马家窑文化的渭河源，此刻竟以如此景象呈现在我的眼中。一条华夏文明的中轴线，连接起渭源的过去和未来。

渭水浩浩汤汤，一条由西向东的生命之水，是中华民族五千多年灿烂文化的缩影，这里的一草一木、一山一水，从历史的最深处走来，独自守望着千年沉淀的厚重，一条饱含华夏民族厚重历史和人文的大河，正以它宽广而博大的胸怀，蜿蜒八百多公里，滋养着两岸，造福于秦陇。

灯影里的清源河

清源河是渭河的三大源头之一，发源于渭源县西南的豁豁山，流经五竹、清源两镇的十余个村庄，宛如绿带，蜿蜒淌过渭源县中心，将整个县城一分为二。《读史方舆纪要》记载，清源河“出县西南之五竹山，东流入渭。其水甚清，因名”。

我从小就喝着清源河的水长大。曾仰望过鸟鼠山的伟岸和高大，于时间的荒芜中感悟首阳山的奇秀和天井峡的幽静。听惯了清源河的浪漫和澎湃，亦曾无数次在昏黄的灯光下沿河寻觅精神的皈依。渭源的一山一水、一草一木，早已融进了我的血液，成为我生命中最宝贵的精神财富。

仲夏的黄昏，我卸下心灵的包袱，也不急于寻找前方的风景，独自漫步于清源河边，于时光的流逝中，聆听河水流淌的声音。晚霞透过树叶的缝隙，零零碎碎地斜射在清源河面上，泛起一圈圈波纹，那光温暖地进入我的心田。听，清源河在安静地说话，她宽厚、沉稳的嗓音，像是一把小提琴，含蓄典雅、细腻集中的感情贯穿每一根琴弦。

入夜，路边的灯亮了起来，漫步于清源河边的闲人也越来越多。他们或三五成群，或形单影只，或倚着护栏极目远

望，总能感受到独属于渭源人的悠闲。四野静穆，月光藏在云层后面伸着懒腰，清源河矜持地抖落出无限风光，这是从《诗经》之中吹出的秦风，让人怎能不为之倾心。

夜渐深，完全没有了白天的溽热，弯弯的月亮挂在天上，像画一样。昏黄的灯光下，小孩儿的哭啼声断断续续，老人们拿着小板凳团坐在一起不知在寒暄着什么，几个七八岁的孩子跑来跑去，似乎在注意着每一个人，也不愿意走远。静静的清源河，在灯光的照耀下闪着微光，与天上的星星遥相呼应。风儿从夜里苏醒，我固执地将历史与现实混为一谈，竟分不清这是天上人间，还是人间天上。

清源河上的灞陵桥，穿越六百多年的历史，宛若雨后彩虹，静静地横卧于清源河上，在灯光的照耀下，水面倒映成一个圆形，这分明是下凡的月亮在慢数人间烟火。这座中国历史上唯一完整保存下来的纯木结构、双坡式飞檐、卧式悬臂叠梁拱形廊桥，像一位饱经沧桑的老人，在岁月的风雨中一路走来，却依然精神矍铄，昭示着渭源人自强不息、勇于进取的铮铮风骨。

河两岸种满了不知名的花草树木，绿油油的草坪呈带状分布，清香扑面而来。参差错落、大小不一的亭台楼阁，给清源河平添了几分韵味，让桀骜不驯的灞陵桥多了几分阴柔之美。回眸之间，在左公柳树上剪一河灯影，任思绪翻飞，风情万种的清源河，传递出黄河文明的源远流长。

不远处就是与清源河遥相对峙的老君山，是早期道教圣地之一。相传，老子常年骑青牛入山采集中草药救世济民，百姓感念其功德，遂命名为老君山。从历史的最深处走来，跋涉千山万水，老君山承载的不仅是渭源深厚的文化底蕴，更彰显着中华文化的博大精深。以文化为支撑，一个诗意的渭源、一个朝气蓬勃的渭源正昂首阔步走向未来。

循着一股熟悉的味道，来到清源河边的小吃街，各种色彩的灯光装饰着夜幕下的人影。夜虽然已经深了，但我还是很乐意随便买点儿什么小吃，坐在柳树下，感受着从老君山上吹下来的凉风，看着清源河水日夜流淌、奔流不息。对面坐着的几名中年男子，脸上微微泛着酡红，荡漾在心底的那种满足感，是独属于渭源人的浪漫。

风吹过，这被波澜惊起的几缕光线，缓缓穿过我的心窗，铺满了清源河。静静地，静静地，那逝去的往事，还有我童年的记忆，都无关这灯影里的河流。

每个人的身体中，都流淌着一条江河。也许这条江河就是家门前流淌的那条小溪，也许这条江河就是我们心中无限腾涌的自信，但它始终流淌在我们的心里，和我们的生命融在了一起。跨越一程山水，每当回首，流淌在心间的眷念和崇敬，就像清源河的水一样，清澈明亮。

灯影里的清源河，万世奔流的清源河，是丝绸古道上的驼铃悠远，是人生迂回的大道。

重游首阳山

站在历史深处演绎华夏悠久文明的首阳山，仿若巍峨的脊梁，在晨雾中静悄悄地守望着，若隐若现的山峰像戴着面纱的新娘，披着人世间最洁净的一抹颜色。嗅着花香与土壤的气息，一幅充满希望和生机的画卷，一种超越世俗的宁静与祥和，静静地矗立在我的眼前。在旭日的照耀下，山体呈现深浅不一的色调，仿佛一首清新淡雅的诗篇，绘色于天地之间。

高山深谷与清泉流瀑浑然天成，丹山碧水交相辉映，美不胜收。君子道两侧，门帘般的红心柳刚吐出嫩芽，像披着长发的姑娘，随风晃荡，“秀发”轻轻抽打着树干，灌木、乔木、云杉随着地势的抬升层次分明。一株天南星羞答答地躲在五角枫后，路边的野丁香花香四溢，山白杨、青冈树张开双臂热情拥抱来自四面八方的游人。置身幽静，凝神细思的片刻，四下山野屏息，唯有鸟兽草木与我深情对话，没有任何言语，却足以让人感动。

每一次的山水相逢绝不是偶然，也许是我从小就对山川无比挚爱的缘故，仿佛此刻的邂逅早已是命中注定，就像突然碰到一位素未谋面却神交已久的朋友一样亲密无间。那平凡却又暗藏着许多动人之处的细节，正极力展现着一域的万千变化，一棵四季常青的华山松，似乎正昭示着大自然的永恒与不朽。所幸春光并没有遗弃哪怕是一棵小草，万物也没有辜负人间的期望。

站在集三教于一体的莲心广场，大山（一台山）、二台山和四台山向周围逐渐散开，宛如起伏的波涛，拔地而起，相互簇拥。攀往三座山顶的大道赫然铺展开来，或求佛，或立德，或问道，一种不经雕饰的自然之美、朴实大气的人文之美，顷刻间氤氲开来。此刻的首阳山历经千百年却始终如一，险峻与秀丽并存，古朴与现代兼具，竟以如此沉稳的姿态矗立在大地之上，见证沧海桑田，生动诠释空寂中的壮美与神秘。

沿着求佛路线拾级而上，穿过佛缘自在林，从万佛崖的右侧再往上走就到了不二法门。不二是佛教认知世界万事万物的方法与观念，指超越差别的一切平等真理之教法，是僧人能达到的最高境界。法门则是一种门道或途径，所有修行的人依着这样的途径不断修炼便可以获得正果。当我们将眼光放开，立定脚跟往前走，心中清净，这里自然也就清静了。

大山顶的八卦楼是这里现存最古老的一座建筑，两侧的两眼清泉与八卦楼共同组成了龙头，整座大山是一条龙，镇守着一方水土。已经有四百多年树龄的几棵细叶云杉浓荫蔽日，爬上八卦楼顿觉豁然开朗、神清气爽，一棵紫果云杉竟野蛮地舒展到了亭台楼宇间。梵音弥漫，铜铃清脆，沉浸在这苍山云海间举目四望，山天连接成一色，几朵纤云隔着霞光在人间流浪，或妖娆，或妩媚，或婉约，如羽毛般轻盈。绕八卦楼转一圈儿，不仅能看到首阳山全景，据说也能为自己转来幸福。

再往前的观景游廊里摆放着一棵雌雄异株类紫果云杉枯木，距今已有一千九百多年历史，前几年的一个夏天自然倒地却未腐朽。相传东汉杨虚侯马武征西羌时，曾驻扎在山下，每次上山休息时都会将马鞭挂在这棵树上，人们遂将这棵树命名为马武挂鞭树，因此首阳山除莲峰山、马鹿（麓）山及西五台的别称外，又叫马武山。站在马武挂鞭树碑记前矗望，一棵古老沧桑、形神磅礴的大树，那苍劲的躯干爬满岁月风尘，追溯昔日树木成林的哲理，让人久久难以释怀。

拜谒过圆明寺，从石碑的一侧下到半山腰，水泥小道仅能容纳一人正身通过。开凿于南北朝时期的石窟群，与天水麦积山石窟、敦煌莫高窟属于同一时期。过了钟鼓洞和地藏洞，就是大佛洞，俗称卧佛洞，坐像前是佛陀的涅槃塑像，头朝西方象征圆寂后进入极乐世界，坐像后是舍利塔，据说里面有元代首阳山圆明寺住持的舍利子，两侧的十八罗汉形态各异，观照着世间的一切善恶美丑。

石窟外，崖缝间渗出的水清冽甘甜，透过参天的云杉，远处那条发源于五嘴崖的莲峰河贯穿古今，一路奔腾至三河口汇入黄河最大的支流渭河，勾勒出华夏文明辽阔的版图。此时此刻，这座神秘的山峰，兼具去时的期待和归来的风范，比任何时候都更加清醒。从未在这里俯视，也从未在这里冥想，我的生命一瞬间生机盎然，恍然明白海棠花开本就在此心之外。

穿过凌空亭，从二台和三台间的羊肠小道折回，石阶两侧长满了各种草木，自是带着灵性，首阳山更加幽深。寻访伯夷、叔齐耻食周粟的德源文化，经过八德文化园、二十四孝林和儒家三礼堂，从莲心广场左侧上去就是具有道教特色的望仙亭。站在这里，四面八方尽收眼底，飞雾腾涌，宛如置身仙境，假如再有一壶好酒，那真是胜似神仙了。

三清崖位于皇洞，拾级而上共有九十九层台阶，分五级平台到达洞窟群，取意上天梯。三清崖洞窟群第一层最大的是玉皇洞，左侧是三官洞，右侧是三法洞。第二层有三清洞、观音洞、李爷洞等，最上层则是洪元洞。崖前九棵错落有致的细叶云杉飒然临风，吸收着天地灵气，一段美丽的传说，让这方满含人文意蕴的道教圣地越发神秘。

登云台位于老君山峰顶，分如意、青云、长生三级，代表福、禄、寿，山顶的临渭亭是俯瞰莲峰山全景的绝佳之地。首阳山的无限风光，此刻全部在这里了，抑或大气磅礴，抑或温婉秀丽，谁又能在不经意间描摹出这般独一无二的风景？当我们站在一座山顶，望着另一座比这更高的山的时候，山川便赋予了我们攀登的自信，这便是山的智慧。

五峰云散尽，涌出碧莲花。倘若要深情邂逅首阳山，仅凭一两次的到此一游远远不够。攀登一座山，需要的是勇敢和定力；爱上一座山，需要从它的故事入手；钟情一座山，那就要将自己的心留在这里。我期待着有朝一日，自己能够再次到这里与一座山相拥，村深林密间，我与这里的故事还在继续。

伫望一座丰碑

走进渭源县莲峰镇坡儿村烈士陵园，顿时被一种肃穆庄严的气息包围。高大的纪念碑上方镶嵌着一颗红色五角星，中央篆刻着“红军烈士永垂不朽”八个大字，像山一样巍然屹立，让人肃然起敬。郁郁葱葱的松树和白杨相互推搡着直入云天，在一片静穆的丛林中，没有名字的烈士墓碑整齐地排列着。一座永恒的丰碑，在阳光下熠熠生辉。

1936年8月8日，红四方面军前卫三十八军八十八师沿红一方面军行进路线冲破天险腊子口，以岷县为中心分散到漳县、陇西、渭源、临洮及宕昌、卓尼、临潭等地开展革命活动。8月24日，红军侦察队在渭源县城东单家泉阻击了向陇西方向运动的国民党骑兵连岳团副部，25日，红四方面军三十军八十九师经漳县进入渭源，与鲁大昌部激战夺取官堡镇（今会川镇），革命之火从此在渭源这片土地上点燃。

渭源县境内的红军分队陆续进驻莲峰（旧称汪家衙，在恢复渭源县名前，由陇西县管辖）、锹峪、五竹等地开展革命活动。8月27日，红军组织三十多名当地群众在渭川小学（今清源一小）宣布成立渭源县苏维埃临时政府，一区汪家衙、二区锹峪、三区五竹、四区官堡、五区渭北相继成立区苏维埃临时政府，各区还建立了一百人左右的抗日义勇队，后集中到会川合编为渭源义勇军团随红军西进。

在红四方面军三十六团北上后，10月2日，一支由八九十人组成的红军后卫部队从漳县三岔镇穿越猪槽沟进入渭源，准备从汪家衙绕道北上追随红军主力部队，驻扎在首阳镇一带的国民党反动派孟世权闻讯，命令张英杰部骑兵团突袭红军。红军后卫部队在汪家衙坡儿村上寨堡子内与国民党匪军和反动地主武装共七百余人展开殊死搏斗，经过四个多小时的顽强抵抗，终因寡不敌众、弹尽粮绝，大部分红军壮烈牺牲，仅有十余人突围而出，也被当地反动民团残忍杀害。

初秋的渭源寒意袭人，染红了道路两旁的野白杨。当天夜里，时任汪家衙区苏维埃政府主席的李茂冒着生命危险带领当地群众掩埋了红军遗体。直到新中国成立后，按照坡儿、下寨等地广大贫下中农革命群众的心愿，当时的莲峰公社（1962年设莲峰、张家滩公社，后合并为莲峰公社）组织收集烈士遗骨，在坡儿村冯家湾社修建了莲峰坡儿烈士陵园，以永远纪念为人民幸福献出生命的烈士。

微风吹拂，一抹新绿让大地焕发盎然生机。站在上寨堡子内远望，我只能凭借着文字的描述去想象当时激烈战斗的场景。当数倍于自己的敌人包抄合围，红军战士拿起大刀和木棍与敌人殊死搏斗，那被敌人拖到麦田里用机枪疯狂扫射倒下去的躯体，一个个十几岁的孩子，他们坚定的信仰和刚毅的性格，在夕阳的映照下，凝固在了为全人类解放而英勇牺牲的大无畏里。

上寨堡子与红军烈士陵园隔沟相望，那掩埋着红军英灵的麦田，那被鲜血染红的土地，此刻正以无比的自信养育着这里的每一个人。可曾记得，他们是千千万万为人民解放事业献出生命的一分子。不远处那条发源于旗杆山的南岔河澎湃热烈，这里的人民永远不会忘记，那八九十位在这里永远安息的红军战士。他们用自己的鲜血和生命换来了渭源的解放，他们是最可爱的人。

2022年，当地有关部门对莲峰坡儿烈士陵园进行了整修，将梁家坪陵园的红军烈士回葬于此，并在陵园旁边新建了革命纪念馆。望着两把早已生锈却血迹斑驳的大刀、几支长矛、一门土炮、几杆土枪……我不禁冥想，假如烈士们能看到此时此刻的繁荣景象，也应该是欣慰的。

再一次站在烈士碑前，阳光穿过树叶的缝隙留下斑驳的影子，那碑剑合一的塑形影影绰绰，仿佛重现了红军长征的艰苦岁月，那翻越和踏过的无数雪山和草地，人类战斗史上的奇迹，此刻都凝聚在了这里，化作守护人类和平的一柄长剑高悬于此，昭示着理想的火焰和奋斗的无悔。那是一个人的理想，同时也是一群人的理想。

伫望一座丰碑，我想，更多的应该是我们对烈士的缅怀，还有对未来的期待……

回乡偶记

河谷两岸长满了高大的白杨树，阳光渐渐西斜，树影缓缓落在了道路中央。我眼前的山丘，此时已经混沌成黄昏时分巨大的阴影。冰面下日夜流淌的淙淙溪水，是辽阔草原啃食鲜草的羊群。在这样的僻静之地，冬日里的积雪还未完全消融，山川草木都在沉默着，似薄薄的冰块掉进深渊，蜷缩在初春凛冽的寒风中，回溯着潺潺的溪水和哒哒的马蹄。

记忆于我而言，有些如同海底蚌壳里孕育的珍珠，永远洁白光亮；有些如同海滩上的脚印，当浪花袭来的时候，便消逝得无影无踪。无比幸运的是，即便时空交替更迭，我也始终与这里的一草一木彼此忠诚与信赖。犹记得在无数个水草丰茂的季节里，一群玩伴赶着牛羊，挽起裤腿嬉闹忘记回家的情景；还有原野中肆意燃烧的烟火和那件沾满蒿草味道的小背心，都满含着我对过去那段时光的向往和执念。

冷清仿佛是精神的无限补偿，让我越发平静起来。长期离群索居在远离故土的喧嚣中，我们跨越坎坷回首驻足、忘情山水，这似乎是除了呐喊以外更加有力量的沉默，让一切混沌的心灵在片刻间就能得到释放和净化。这显然比思考后的冷静来得更加直接，也更易于让人接受。听，树梢欢唱的鸟类，正讲述着黎明前动人的故事。

我们村原先有二十多户人家，本就是个小村，加之交通条件极为不便等多种原因，这些年大家搬的搬、迁的迁、走的走，现在仅剩下十一户人家，整个村子不到六十号人。我站在远处的山坳上，望着错落分布的瓦房上空，炊烟渐渐升起，心里咯噔一下，母亲慈祥的面容，还有弥漫在院子里久久不能飘散的饭菜味道，仿若稀疏的人家一样遥不可及……

寒风吹过每一个空白和缝隙，吹在脸上，直入心底，使我顿觉神清气爽。山坳上干枯的蒿草倔强地挺立着，白杏般的阳光拼了命挣扎着，这一切和平时并没有什么不同。可我知道，这个世界正以我察觉不到的速度匆匆行进着，这一切又无关乎每一个富有生命意义的个体。生命的终端如此苍凉无言、寂静壮美，而它的生长又何尝不是年轻美丽、令人赞叹！这就是时间能给予我们最好的收获。

初冬一场大雪覆盖了河谷，溪水流在上面就结成了一层薄冰。还没等几天，河谷周围的冰面就越来越高，所幸的是，人行道上并没有结冰的迹象。此时已是立春过后，在路边站稳，脚猛地一踩，扑通一声，水花就溅了出来，瞬间就淌满了冰面，头也不回地一路高歌向前，这分明是春渐行渐近的脚步声。

沉静中，内心的一阵震颤让我不自觉地走到了河谷对岸，掰碎一块沉睡已久的薄冰，几棵鹅黄的水草扎根在黑色的淤泥中，在水面上闲散地漂浮着，此时已是赤铜色的阳光照在它的身上，晃动出朝露般的光泽来。它将整个肌肤裸露，全然不怕冬天的寒冷。这个从我们性格中抽离而出的鲜活形象，正

似镜子一样引导我们照见自己。

暮色渐沉，我身在其中，似乎又不在其中。这个我无数次离开又回来的地方，还有那些已经被时间的浪花掩埋的脚印和记忆，连同我最深沉的欢喜，不知道会不会如此时的我这般所思、所想、所盼？那些早晨的清新、阳光的灿烂和黑夜的宁静，还有那些草木的生长、麦子的成熟、老人们的笑脸，以及那些曾经出现在我生命里的长者们对儿女的期待与祝福。

父辈们常说，花草树木皆是有灵性的，你对它好，它都知道。久久凝眸，夜幕渐深的河谷与山坳上的小村庄完全融为一体，用心去感受一棵水草生长的力量，心里莫名生出一种久违的情愫，朴实的、纯粹的，抑或是迷茫的、无助的。抬头望向天空，无垠的天际缀满了繁星，一颗流星悄然划过心海，照亮了我回家的路……

生命与自然的交响

清晨，在睡意蒙眬中打开窗户，一阵清凉袭来，我不禁打了个寒战，霎时间，秋色满屋。

刺眼的阳光照进来，我闭上眼睛，张开怀抱，深呼吸，把自己的一切毫无保留地交给自然，停留在秋天的那些美丽，伴随着生命的气息，思绪便如潮水般涌上心头。原来，喜欢秋天是不需要任何理由的。在生命与自然的交响中，用心倾听感悟，我们才能真正读懂秋天所特有的文化气质。

看山、望水、听风，秋天的美是冷静的。她没有夏天的张扬与奔放，更像是一位洞明世事的学者，总是沉浸在理智与思考中，解开一道道生活难题，还原生命本来的模样，在极致的绚烂后，散发出沉静迷人的气息，简单清爽，让人心动。

秋天，象征着成熟，意味着收获，不带有丝毫修饰。凝望远处的山色，在时光的背影里，重叠了生命的模样，蔚蓝的天空，像被拭过的玻璃一样明净；麦田里的守望者戴着草帽，汗水顺着脊背流进泥土中；路边的海棠果，露出红彤彤的脸颊；像火焰一样随风飘动的枫叶，让人振奋……这是秋本该有的颜色，每一个生命都在极力向大自然昭示自己的存在和灿烂，不经意间就构成一幅精美的秋日画卷，引得无数文人骚客诗意缱绻。

我印象最深刻的是唐代诗豪刘禹锡，在他最为落魄的时候，竟写出“我言秋日胜春朝”的千古名句，昂扬向上、激荡人心。不得不说，是秋风解了刘禹锡之意。这是一个时代对秋独有的见解，诗句所表达出来的乐观和豁达，是无数文人骚客对现实和命运的双重回应，也是大唐王朝欣欣向荣、蓬勃发展的有力印证，更是中华民族几千年历史积淀所形成的独特文化魅力。

秋天比其他任何一个季节更富有哲学意义。收获、清冷、质朴，是繁华落尽的至高境界，是不需要任何点缀的洒脱，是从不在意世俗的繁华与孤傲，漫步其中，会让我们更加懂得生命高层次的美丽与责任。她以极其博大的胸怀，把热泪盈眶的感动写进每一个人生命的诗行里，如痴如醉，亦梦亦醒，这是由浅及深的认知与感悟所形成的超脱。

只有在秋天，我们才能静下心品味生活。借着秋月，伴着浓郁的秋色，待心情豪放，约三五好友，泡一壶清茶，把心门敞开，雅然生性，一直聊到天亮，我们便领略到生活的惬意。冉冉秋光留不住，满阶红叶暮。把时光折成两半，一半是生活，一半是自然，我已然忘记光阴辗转，秋天就成了我生命的全部哲学。

无论时代如何发展，秋所天然具有的独特精神内涵都不会改变。走进秋天，我们所有的热情和泪水，都会在这瑟瑟秋风中，化作对自然的敬畏和对生命的感动。等到下一个轮回，我们会惊喜地发现，季节用质朴的颜色勾勒出了生命清晰的轨迹，犹如一幅动人的画卷，徐徐铺展于天地之间。当我们用有限的生命探寻人间盛景无数的时候，一幅写意挥洒的笔墨，任时光流转、岁月变迁。

静下来，用心去倾听生命与自然的交响，黄叶慢慢落下，我们就能尽情享受阳光下的浪漫。

铁匠

村里有个铁匠，背影瘦弱，个子却明显高出一般人，黝黑的面容让陌生人一时难以分清他的喜怒哀乐，平时见了人也很少说话，他给我的印象是慈祥可亲的。从我记事起，他就一直在镇子上干着打铁的营生。20世纪八九十年代，在偏远的乡下，能够在镇子上有一间铁匠铺，的确是一件很光彩的事情。

铁匠养着一头大花牛，每天早上他都会背着背篓早早地给牛喂草。此时整个村子还未完全“睡醒”，即使躺在被窝里，也能听见铁匠咳嗽的声音，那声音有一种不可抗拒的穿透力，让还在酣睡的黑夜顿时精神了不少，似乎总是在提醒着村里的年轻人：新的一天就要开始了！

发源于莲峰镇西南方向五嘴崖的莲峰河穿镇而过。我的整个童年都没有离开过莲峰河。跟着父母赶集，以及在我读高中的时候，这条河一直都陪伴着我。每当周末放学回家，站在河边望向远处的大山，听着莲峰河奔流不息的声音，总能莫名给我坚持下去的力量。

那个时候的镇子规模不像现在这么大，铁匠铺就在莲峰河边，在河床往西几百米的拐角处，再往里走十几米就到了。每到农历单日逢集的那天，铁匠肯定要比平日起得早。那时候交通极不方便，他拄着拐杖，可还没等开集，铺子里的烟火就已经升了起来。其实不光是铁匠，只要是做生意的人，大都会起得很早。要是卖凉皮、包子之类的，前一天夜里就开始做起了准备。

那间铁匠铺很大，里面的陈设却极其简单粗糙。铺子中间靠墙的位置是一个用泥巴裹成的火炉，左面安着木头风箱，旁边放着凳子，凳子上放着一个铁疙瘩，我曾不止一次地看见，烧红的钢铁块就是放在那个铁疙瘩上面锤打的（后来我才知道叫铁砧）。几把铁锤靠在火炉边上，顺手就能拿起来，旁边还放着一个水桶。铁匠无疑是聪明的，火炉边的土墙上挂着几把锯子，再就是打好的锄头之类的，吸引着人们的眼球。

铺子右边靠后的地方是一间被隔开的屋子，没有窗户，除了放置被褥衣物，还是以铁器为主，于铁匠而言，那间小屋并没有什么秘密，这一点儿从高高挂起的门帘上就能看得出来。那被溅起的火花烧出密密麻麻洞口的门帘，已经好久没有清洗过了。这似乎也正符合铁匠铺给人的印象。

铁匠铺里除了铁匠之外，总是少不了一个人的身影。据父亲讲，这人打娘胎里生出来，神志就不怎么清晰，走路歪歪扭扭，总让人觉得快要跌倒，有时候还会平白无故地骂人，大家都躲着他。从他的穿着以及比铁匠还要瘦弱的身影就能看出来，他的生活过得十分拮据。

唯独铁匠，从来没有嫌弃过他。每到逢集的时候，他也会早早地起床到铁匠铺里去，帮忙生火，或者是打铁，或

者是干一些其他杂活。每天干完活的时候，铁匠也都会给他工钱。不得不说，铁匠对他是极好的，远远超出了对待其他人，哪怕是同村人的态度。他似乎心里也知道这件事，从来没有听说他给铁匠添过乱子。

铁匠在整个镇子上都很有名气，十里八乡的人都会找他打一些铁铲、煤钳子之类的家当，我家的那把斧子就是从铁匠那儿买回来的，现在在牛圈里放着。每到逢集的时候，铁匠铺门前的那把大长凳上总是挤满了人，不论是熟人、还是陌生人，只要坐下来，总少不了聊各种各样的话题，而这些话题总是离不开孩子、土地、庄稼。显然，这是他们刻在骨子里的记忆，少了这一类话题，大家还能谈论些什么呢？

随着风箱的拉动，铁块被烧得通红。铁匠站在火炉前钳起了铁块，随即放在那个铁疙瘩上，右手顺势拿起了小铁锤。到铁匠铺子里帮忙的那人迅速拿起一把稍微大一些的锤子，随着铁匠来回翻转那烧红的铁块，一阵叮叮咣咣的声音。一锤一锤，火星四射，一把菜刀就这样打好了。等到形状完全固定之后，再用火烧红刀刃，猛地放到那个水桶里，只听见呲呲啦啦的声音，一股黑烟飘在屋顶上，随即又散了去。

后来我才知道，这个过程叫淬火。就像人一样，不经淬炼很难成器。那些原本胡乱摆放在铁匠铺里的废铁，经过岁月的侵蚀早已生锈。可经过铁匠的精心打磨，顿时焕发了顽强的生命力。都说是金子到哪里都会发光，可即便是一块废铁，经铁匠耐心打磨抛光后，也会散发出夺目的光彩。

从一定意义上来说，铁匠要比农民更为应时，每年春天即将播种或是秋天麦子快要熟透的时候，他们都会赶着旺季提前打上几把镰刀和犁铧，这样既不耽误农时，也满足了大家的需求，当然于铁匠而言，更重要的是为了抢到好生意，其中也蕴含了他们感恩收获、感恩播种的一面。其实，在黄土高原上，除了养育我们的父母——这是从亲情层面来说的，最能代表这里风土人情的，当属铁匠了。

就在这样一个时刻，请你闭上眼睛想象，在一间简陋的铁匠铺里，一个光着膀子的老人，还有一个为生计发愁的打工人，炉火烧得正旺，当一颗颗汗珠从他们的身体上滑落，我们似乎能清晰地看见他们额头上的皱纹。这不就是黄土高原上的工笔画么?

铁匠已经去世很多年了。去年路过，莲峰河边的那间铁匠铺已是快要坍塌的样子。在岁月的风尘里，我似乎还能听到铁匠的咳嗽声，还有那叮叮咣咣敲击铁块的声音，打破了一切空洞与沉寂……

路边的白杨

老家门前路边长着许多白杨树，却完全不像茅盾《白杨礼赞》里所说的有“笔直的干，笔直的枝”，生得十分不规律，虬枝从根部肆意伸展开来，一副歪歪扭扭的样子。

每当春天来临，白杨灰色的芽苞中就会吐出绿中带黄的嫩芽，没过几天枝叶便长得郁郁葱葱，如同一把绿色的大伞盖住了原本苍凉贫瘠的土地。一场春雨过后，叶片上滚动着晶莹剔透的小水珠，似是用清水冲洗过一般，实在是绿得发亮。“系马倚白杨，谁知我怀抱”“绿酒醉来春未歇，白杨风起柳初晴”，古人吟咏白杨的诗句可谓多矣，也不记得这两句诗是我从何处得来，竟一下子涌上心头。

夏日的阳光把大地炙烤得发烫，麦子正拔节生长。在一排疯长的白杨树下走过，阳光透过树叶的缝隙，一层光斑随即洒下，迷人却不张扬。村里的何大伯戴着草帽，坐在白杨树下的石墩上，双手紧握拐杖，逢人便要寒暄几句。

前些日子回家，走到村口的时候，我看到何大伯的儿子正拿着斧头砍掉自家门前白杨树上多余的枝条，短短的枝杈上只留下几个芽点，过不了几天又会长出新的芽和枝来，自是比先前杂乱的枝条旺盛。水桶大小的枝干，在风雨中挺拔不屈、昂扬向上，经过几十年甚至上百年的锤炼，根茎早已深埋地下。清风徐来，白杨树的叶子婆娑作响，宛如大自然的交响乐章，绵延在季节深处。

仔细一问，得知何大伯一年前就已经去世，我的心里不由地“咯噔”一下，那个曾经坐在白杨树下的大石墩上乘凉的老汉，那个与我没有太多交集的长辈，永远地走了。我再也不敢追问关于他的一切。淹没在时间的荒芜里，我仿佛看到他站成了路边的白杨。

也不知是谁撒下的种子，河沟对面的田埂上几棵小白杨已经悄悄长大，枝干依然如此蓬勃。几只斑鸠站在枝头，叽叽喳喳叫个不停。蓝天白云相依，人影在树下穿梭，一幅山水画卷在这片土地上徐徐铺展，越发夺目。

“白杨十字巷，北夹湖沟道。”古人赞美白杨，也有以白杨取名的传统，浙江绍兴、安徽歙县都有白杨村，位于新疆生产建设兵团第九师白杨市一六一团的小白杨哨所，更是因一首代表边防军人无限情怀的军旅歌曲——《小白杨》而被人周知，西北之北，几棵小白杨像界碑一样，扎根在祖国最需要的地方，永远屹立。

我生长的村子里没有名贵的花草树木，在山坳上的沙石里，抑或是在长满蒿草的田埂边，白杨随处可见，根脉扎进大地的深处，仿佛早已与村落融为了一体。四季轮回，白杨始终与这里的人相守相依。

灰藋菜

这里所说的灰藋菜，其实就是我们常见的灰灰菜，光其别名就有十多种，比如灰藜、灰苋、灰条、涝藺等，但大多都带有灰字。之所以带灰，并不是因为其本身颜色为灰，而是在它的叶片背面，有一层细细的银灰色物质，看上去就像灰尘一样，所以称之为灰菜。其实这个叫法更容易被人接纳，符合绝大多数人对它的第一印象。而在我们老家管它叫灰藋菜。

灰藋菜在乡下随处可见，不论是房前屋后还是田间地头，抑或是犄角旮旯，更有甚者，在人来人往的马路和院子中间，只要稍稍留心，随时随地都能看到灰藋菜的身影，它太过于普通和平常。在一个草木繁盛的地方，万物竞相生长，如果不是路过或有意看见，平时鲜有人能够记起它。然而它似乎并不在意世人的眼光，就在我们看见或看不见的地方，肆无忌惮地生长着。

现代化的耕种方式兴起，只需要在播种的时候用机器喷洒一遍农药，就能有效抑制杂草生根发芽。而在我小的时候，播种、锄草等全靠人力完成，特别是在一片栽种黄芪和党参的田地里，灰藋菜更是像野草一样随处可见，假如在其刚探出头的时候没有及时锄掉的话，短短一两天，田地里密密麻麻的一层灰藋菜就会极大地影响药苗的生长和一家人的收成。

清晨的露水聚集在一片绿油油的田地里，晶莹剔透，泛着微光，默默给大地带来蓬勃生机。母亲一大早就来到了田地边，一只手提着柳条筐子，另一只手拿着铁铲，从田地的一头到另一头，哪怕是灰藋菜上的一片叶子也要收拾干净。母亲弯着腰在田地间劳作的样子像极了成熟的麦子，是那样谦逊和蔼，似乎只有眼前的这片土地才是她永恒的归宿。从早到晚一连好几天，一块条田愣是被她翻了个遍。

不光是母亲，在农村，没有谁愿意看到自家的田地里长满了灰藋菜。与其说它是一种菜，不如用杂草形容更为直接可观。灰藋菜似乎比任何一种农作物更加适应乡下的土壤环境，它的生长速度很快，从生根到发芽，不到半月就能长出枝杈。等它长到十几厘米高的时候，就开始结籽，茎干也会以肉眼可见的速度失去水分，直到干枯。要是把灰藋菜籽不小心撒到土壤里，那这个地方来年一定会长出一片灰藋菜来。

每个事物都有其两面性，灰藋菜也一样。因为它太过于普通和平凡，所以经常被人们视而不见；因为它极大影响了农作物的生长，所以被庄稼人斩草除根；因为它破坏了人们心中期待的美好，所以遭人讨厌……不待见它的理由成千上万，但同时，它给予人类的恩赐也不在少数。在饥寒交迫的年代，它能让人饱腹；在锦衣玉食的时候，它能让人回味无穷……正是这样一种不起眼的植物，却给我们的生活带来了这么多帮助。

常听村里老一辈人讲，他们就是灰藋菜的帮衬下，一路见证了现代生活的日新月异。那个时候的生活完全没有现在这

般滋润，平日里勉强能饱腹，偶尔吃上一顿擀面条，逢年过节有肉吃，也是相当奢侈的一件事情。每当春天来临，还没等灰藋菜叶子完全舒展开来，村里的妇女就争先恐后地到田地里捡拾灰藋菜，拿回家挂在房檐下，晾干后可以储存很长一段时间，即便是在寒冷的冬天，也能帮衬一阵子贫苦的生活。

听他们乐此不疲、津津有味地讲过去的生活，我只能凭借着言辞去想象，感同身受的同时我只能尽力去描述，因为自己终究还是没有亲身经历过那一段艰难的岁月。一代人有一代人的使命，我们这一辈人，已然告别了那个年代，未来更加美好的幸福生活还在等待着我们共同去创造。但不论何时，父辈们那种勇于开拓、积极进取的精气神应该永远地被传承下去。

那还是在我上小学的时候，距今已经二十多年了，我家就有一个白色的尼龙袋子，再确切点应该说是专属于母亲的白色尼龙袋子，里面装满了晾干的灰藋菜，是母亲从田地里专门采集回来的。那个时候家里生活拮据，母亲沿袭着上一辈人的传统，每天都要从栽种党参和黄芪的田地里带回一些品相稍好的灰藋菜，一部分用来做拌菜，另一部分则挂在房檐下，晾干后装在那个袋子里。在我的印象中，那个挂在墙角的尼龙袋子，一年四季都满满当当。

母亲将带回家的灰藋菜嫩茎叶一片一片摘下来，倒入厨房里拿出的一个大盆中，用山泉水搓洗干净，泡上一段时间后沥干，再放入滚烫的开水中，加一点儿食盐煮沸，焯水后捞出在冷水中过凉，挤干水分切成长段，佐以调料搅拌均匀，一盘香喷喷的灰藋拌菜就做好了。我最喜欢母亲做的酸菜饭，就着灰藋拌菜，真算得上是人间美味。那个时候逢年过节，每家都有一盘灰藋拌菜，这样的生活才更有烟火气息。

灰藋菜性味甘苦，是凉性的药物，具有清热祛湿、解毒消炎的作用，还可食用，从田地里刚刚清除出来的灰藋菜可以直接用来喂养牛、猪等胃口较大的牲畜，要是哪家子比较讲究，将菜根上的泥土清洗干净再用来喂养家禽也是常见的。其中鸡有所不同，不但需要将菜根上的泥土清洗干净，而且要切碎后拌上麦麸之类的才肯就食。我家养的鸡，平日里的吃食都是灰藋菜伴着麦麸。不得不说，是灰藋菜让家里的牲畜家禽有了大快朵颐的机会。

随着生活水平的逐渐提高，灰藋菜作为一种简单朴素的食物，似乎早已淡出了人们的视线。但我们对于一个带有鲜明时代特征的事物，总是要从它与人的联系讲起，或好，或不好，终将归于历史的尘埃，也许此后再也无人提及。

从我上初中后到现在，已经好多年没有吃过灰藋拌菜了，要是能吃上一口，肯定会很幸福。

只此青绿

在城市里待得久了，偶尔远足漫步，哪怕是看见一抹毫不起眼的绿色，也觉得十分亲近。眼前这令人无比喜悦和动容的色彩，一定就是季节轮回中最为深情的颜色。

经历了乌鲁木齐漫长的冬天，当天山脚下吹来阵阵暖风的时候，我对这一抹毫不起眼的绿色更加敬畏。青涩的年华已然逝去，而立之年渐近，此时的我，似乎比以往任何时候都要期待一抹走进生命深处的颜色。

我曾喜欢冬天的洁白无瑕，望着寂静的炊烟和生命叶落归根时的模样，总觉得繁华后的孤独和寂寞才是人生的常态和本质。但随着年龄的增长，我逐渐开始期待春天的颜色，哪怕是阳台上一个小小的花盆，只要能看到一点儿绿色，便觉得自己是十分幸运的，顿觉神清气爽、身心愉悦。

自然赋予生命体独特的视觉和触觉感官，即便是同一棵大树，它所生长的叶、开出的花、结下的果也不尽相同。哪怕是一片还没有来得及舒展开来的绿叶，也足够给人无限思考和想象的空间。思考与自然，便在一片绿叶的生长过程中统一起来。

在自由与自律间徘徊，终于能够读懂陶渊明“久在樊笼里，复得返自然”的那种欣喜和轻松。他对山水田园生活的赞美和向往，以及通过与自然接触寻求内心安稳，以超然态度面对困难的至高境界，都离不开一抹绿色的加持。

世界因差异而美丽，生活也因色彩而绚烂。抛开我们所能直接感触到的物象，对于生活中的喜、怒、哀、乐，似乎都可以自由地视为颜色，红色充满喜庆、紫色则十分浪漫、黑色有时让人恐惧……抽象的色彩搭配在生活中随处可见，一抹绿色总能给人精神上的振奋和情感上的依托。

看惯了冬天的苍寂和荒芜，便觉得一切都索然无味，这个时候，来自春天的一抹青绿恰恰最能打动人心。漫山遍野的生命之色，没有任何征兆，恍惚间就呈现在了世人眼前。走近季节的深处，我们便能够深切地感受到自然给予人类的恩赐。一抹青绿，在满足我们视觉需求的同时，让我们对生活充满期待。

绿色是春天的主色调，也应当是我们生命的主色调。这种象征健康、生命、环保、和谐的颜色，寄人类的信仰、志趣和感情于山川大河、日月星辰，同时也是农耕实践的精髓所在。当我们极力寻求客观世界与内心和谐统一的交汇点时，绿色便自然而然地成了两者产生共鸣、相互联系的纽带。

“我们在沙漠中跋涉的自律，就是为了在绿洲中欢愉的自由。”眼前萌动的这片绿色，此刻飒然临风于天地之间，几天过后，这里就会成为一片绿色的海洋，供人们纳凉休憩、寄情山水。一片充满自由气息和草香的化外之地，静卧于大山的怀抱，等待着一场春雨的到来。

远山起起伏伏，如波涛般汹涌澎湃，在一片草原的映衬下显得格外醒目，山坡上的树木也都竞相绽出青绿，即便此时还不是苍翠欲滴的样子，也平添了几分娇羞和妩媚。一颗发芽的种子，正义无反顾地向着春天的深处走去。

眼前这一抹青绿，传递着自然与人的爱，融入青山碧水的巨幅画卷里。星星点点的牛羊在山坡上啃食着鲜草，农人应着时节在田地里开始忙碌，布谷鸟也在一棵古柳上搭窝。隔着时空的远，满眼的春色勾画出春回大地的无限浪漫。

春天以极其强大的意志驱走了寒冬，为了这一抹青绿，我等待了很久很久。尽管每一个人喜欢春天的理由都不尽相同，但往往都是在经历过冬天的磨砺和生活的种种考验之后，才会对绿色充满欣赏与向往，在苦难之中选择去追寻希望。这便是一抹绿色带给我们最为质朴和纯真的馈赠。

抬头仰望眼前一棵挺拔的白杨树，阳光穿透树叶落下斑驳的影子，几声布谷鸟的叫声不知从何处传来，树下几只蚂蚁跑来跑去，一抹绿色，悄然点缀于我的心田……

杏花开了

过了清明，北方的气温仍然冷暖交替、忽高忽低，院子里的杏树偷偷探出一点儿嫩芽来，假如不用心去观察的话，决计是看不出一点儿生机的。没过几天，猛地发现光秃秃的树干上长出了几朵娇艳欲滴的花骨朵儿，先是一两个，一直到后来长满整棵树，仿佛就在一夜之间，原本萧瑟的院子顿时变得生机盎然。看，杏花正以其独特的方式，宣示着春天的到来。

每当杏花盛开的时节，我总是喜欢站在阳光下仰望一棵大树，置身其中，恍然觉得自己来到了一座浪漫而又典雅的古代园林。春光融融，那缀满枝头的杏花，像舞女的裙，摇曳成轻盈的舞姿。一树杏花开得旺盛，无数片花瓣像雨伞一样覆盖着整个园子，踮起脚尖轻轻摘一朵儿，满世界的馨香。循着一条幽深的小径缓缓向前走去，斑驳的光影便落在了我的眼中。

杏花介于桃花和梨花之间，既没有妖娆的外表，也并非完全拥有一颗素心，徘徊在入世和出世之间，自顾自地惹了满园的春色，完美地阐释了生命的意义。春天赋予杏花的那种淡淡的、优雅又不失风趣的味道，是根植于花瓣深处的自在，让人难免心生爱怜。杏花恣意舒展于天地之间，渲染着春天的活力。风一吹，整个院子里弥漫着一股浓浓的香味。

窗外下起了雨，心想这下杏花可要遭殃了。白色的杏花与淅淅沥沥的春雨紧紧交织在一起，伴随着一阵风，不一会儿整个院子里就铺满了一层花瓣。丝丝细雨中带着些许凉意，枯黄的草丛里竟泛起一抹新绿，杏花与雨的完美融合，在赋予这个春天无限诗情画意的同时，也给了我们无尽想象的动力。有杏花春雨的滋润，万物才有启程的自信和勇气。

杏树生得坚强，毫无媚骨，即使再恶劣的环境也抵挡不住它内心对山河的热爱和渴望。在我家门口的半山腰上，就有这样一棵树，生得十分古怪，从来没有人给它浇水施肥，几个小孩儿曾无数次爬上枝头使劲摇晃它，那歪歪斜斜的样子总让人感觉离枯死已经不远了。可历经无数个寒冬，这棵杏树反而长得更大更粗，每到春天来临的时候，都会迫不及待地绽放出花朵。就是这样一棵不起眼的树，让一座山不再孤单。

雨终于停了，太阳从云雾中露出半边脸来。此时的杏花如同刚出浴的美人，还未来得及擦拭身上的水滴，就以楚楚动人的姿态呈现在我的眼前。随手捡起一片花瓣轻嗅，吸收了天地精华、混杂着泥土清香的杏花，那种淡淡的、优雅又不失风趣的味道，变得更加浓烈。一缕幽香入心来，我似乎能清晰地感受到生命的轮回和希望的绽放。

我家的院墙边有两棵杏树，是母亲以前随手种下的，后来没想到竟然长出了树苗。在她的精心呵护下，这棵树伴随着我的童年长大又结果。去年五一回家的时候，这棵已经有三四十年树龄的杏树依然健壮，昂然挺立于院墙外面，遒劲的枝丫伸进院子里，豆子般大小的杏子挂满枝头，压弯了树干。

杏花的花期很短，从初放时的粉红色，再到盛开时的红白相间，再到凋零时的枯白色，前后不到十天。而在这短暂的时间里，杏花却以极其自信的方式，圆满地完成了季节轮回赋予它的使命，或悲壮，或豪烈，或苟且，这一切都将在接下来的每一天得到印证。从花开时的惊奇到收获时的喜悦，透过一树杏花，我们便能清楚地看到自己的成长。咬下一颗未成熟的青杏，嘴角泛起的是我们年轻时的青涩。

拥抱一树杏花，觉得自己是极其幸运的，能有这样一个时刻去赞美杏花的风骨与内涵，本身就已经难能可贵。更何况在这样一个季节，在这样一个地方，能有这样一树杏花可供我观赏，已是可遇而不可求的事情。回到那片杏花园里，我依然眷念它的芬芳与美丽。闭上眼睛，我仿佛触摸到了杏花的心跳。

河边上的柳

要说起像柳树一样婀娜多姿的植物，如果不是亲眼所见或是记忆使然，我一时半会儿还真想不到有哪一种植物能够替代它在人们心中的固有形象了。似乎有了柳树的存在，我们才会想起与其毫无关联的河岸和水草，以及来来往往的行人，还有在河岸上啃食鲜草的羊群。每一个春天的形态，也因为有了柳树才变得丰富多彩。

除了长在自家房前屋后的白杨树，村里的每一棵树都是有主儿的，即便是离家几千米的柳树也不例外。何大伯曾经告诉我，河滩两岸长在田埂边上那两排茂密的柳树就是他家的。一年四季，一条河流缓缓从河滩中间流过，在一片长满水草的沙石地上，两排柳树相互挤挨着竞相生长，对于它们的归属问题，村里也从来没有人与何大伯争。

除了我们村，邻近的几个村子还都沿袭着老一辈人不成文的规矩，也许是出于物质的满足或是心理安全的需要，要是哪家子的田埂边上长出了几棵树，也不管是谁种下的，大家都会对其属于那块田地的主人深信不疑，这是乡下与城市的一个显著区别。河岸两边的柳树偏偏就长在了何大伯家的田埂边上，因此他曾对我说的话毋庸置疑。

对于农村长大的我而言，柳树自是十分亲切。每当春天来临，嫩绿的柳叶挂满枝头，精灵一样闪烁着温暖迷人的光芒，柔软的枝条似翩翩起舞的少女，随风轻轻摇曳，似乎只有柳树才配得上“垂”字的修饰。在柳树叶子还没有完全长开的时候，折下一根柳条用力拧几下，然后抽出柳骨，将柳皮的一端用小刀刮薄后捏扁，噙在嘴巴里就能吹出声音来。那时候，苦涩的味道嘬在嘴巴里，心却比蜜还甜。

柳笛的声音与其长短粗细有关，细而短的吹起来清脆洪亮，似铜铃一般悦耳动听；长而粗的吹起来沙哑浑厚，像极了李大伯家那头老黄牛的叫声，给人一种稍显沉闷的感觉。每当一阵自由轻快的柳笛声响起，那在严冬垂守大地的执着，伴随着高低起伏的笛音，全部具象化了。小时候，一路吹着柳笛回家，是一件极其幸福的事。

清楚记得那是在我上小学的时候，每次都要从何大伯家田埂边的那两排柳树下经过，下午放学后和玩伴坐在树荫下看小人书的场景依然历历在目。路边行人来来往往，偶尔听到山坡上几只野鸡的叫声，也不知道是谁家的黄猫蹲在树下一动不动注视着猎物，那个时候的快乐真的很简单。从靠左的一排柳树中间穿过去，有一条长满了蒿草的小路直通村头，我和玩伴总喜欢走那条路。

听村里的老一辈人讲，河滩边上最初并没有柳树，是父辈们后来栽上去的，几十年来经过河水的滋润，才有了今天这般繁茂的模样，造福了子孙后代。有几次村里下大雨，山洪一泻而下，竟连邻居家的老黄牛也被冲走了，损毁的麦田更是不计其数，想来这柳树是为阻挡山洪和泥沙才有的。一排排

柳，总是与农人的生活息息相关。

在诗人的笔下，柳不仅是自然界的要员，更是情感的载体，寄托着人们对于生命的感悟。“碧玉妆成一树高，万条垂下绿丝绦。不知细叶谁裁出，二月春风似剪刀”，这便是我对柳最初的认知。年幼时就在我心里扎下根的柳，将自己纤细的生命埋藏于每一片荒芜贫瘠的土地，长得越高，头垂得越低，或许这才是其生命的精髓所在。

那年我离开家，那两排柳树上的枝干被何大伯全部砍掉拉回家晒成了柴火，根茎裸露在地面上。本以为它们会渐渐枯萎，两三年过去，直到去年我回家，看见那两排柳树比先前长得更加旺盛，我才知道，那两排不起眼的柳树早与何大伯、与这个村子融为一体、密不可分……

盼春来

乌鲁木齐的冬天漫长而寒冷，立春已经过去整整一个月，却仍然感受不到一点儿春的气息，要是在甘肃老家，早已是草木蔓发、春暖花开的时节了。当我们期待冬天来临，经历了初雪的欣喜，还沉浸在浓浓年味中的时候，冥冥之中总有一根线在暗处牵扯，连接起过去和未来，在乍暖还寒间感知自然悄无声息的变化，虽空无一字，却能在灵魂深处引起经久不息的震颤。

就在我以为这个冬天快要结束的时候，一夜之间屋顶上、院子里、树枝上又悄悄堆了一层厚厚的白雪，寒意袭人，这让我在欣喜之余又愈加感觉到这个冬季漫长。认真翻看地理书，乌鲁木齐市地处亚欧大陆中心，远离海洋，三面环山，每当冬季来临的时候，西伯利亚寒流和副热带高压常常相互厮杀，在这个时候下这样一场雪，也算得上是情理之中的事情了，但没想到这场雪下得这么没有征兆，这便在意料之外了。好在太阳一出来，雪就融化了，这让我又重新燃起了对春天的渴望。难道春天真的要来了吗？

其实，勤劳的古人早已消除了我们的疑虑，他们用智慧创造出了日历和节气，让我们对季节变化有了清晰的认知，这是不以人的主观意志为转移的客观存在。春天来或者不来，她就在这里，在春寒料峭间，看遍人间繁华，散发着沧桑与古朴的味道，演绎着关于生活的故事。

春天是播种希望的季节，这是人类逐渐适应自然规律后的妥协，也是面对物质生活极度贫乏的清醒。在漫漫历史长河中，春天不仅能播种庄稼，更能让人们重新拾起对生活的自信。在经历了冬天的荒芜和寒冷后，我们会更加期待春光无限时的惬意，也会更加懂得珍惜当下的含义，生命的厚度也会因此而增加，这便是时间给予我们最为宝贵的精神财富。季节将生命渐渐拉长，每当春天来临，在泥土中种下希望的时候，整个世界都会充满活力，孕育在自然腹心的生命，在冰雪消融的瞬间蠢蠢欲动，静静地守候着一场春雨的到来。

生命的起点将从春天开始。在忽地一声春雷中，树梢的泥垢被洗刷得干干净净，柳枝探出新绿，屋檐上缓缓落下几滴水珠，紫燕从远方飞来，衔泥绕梁，那些冬日里积攒的忧伤悄然褪去，大地顿时一派生机。在这场关于季节的轮回旅途中，一切花草树木都在此刻成长了许多，水木相依、山水相连，留得半颗素心，不与生命做灵魂的攀附，在跃跃欲试中茕茕桀骜，这分明是在告诫人们，不能沉湎于过去那条小路的风景，要自信从容地迈向更加光明的未来。

我们总是希望可以定义春天。但关于春天的话题，贯穿五千余年中华文化，连接中外不同文明对话，却始终没有一种确切的语义阐释，这有力证明了她与生俱来的包容性是不需要任何巧饰的，其海纳百川的特质，体现了中华优秀传统文化和而不同、和合共生的精髓。《诗经·出车》中“春日迟迟，卉木萋萋”表达对春天的期待，《题农父庐舍》中“东风何时至，已绿湖上山”展现春天来临时的生机，《泊船瓜洲》中“春风又绿江南岸，明月何时照我还”透露出浓浓乡愁，《春》中“盼望着，盼望着，东风来了，春天的脚步近了”表现出对春天到来的欣喜。不同的时代、意象和心境，每一种意义都直抵人心，但没有一种比春本身更有说服力。

胡适曾说，昨日种种，切莫思量，更莫哀，从今往后，怎么收获，怎么栽。这是得豆种豆、得花种花的大道，也是人与自然辩证统一的至高境界。在春光明媚的日子里，有时并不急于收获，当我们看到那些被犁平的土地，还有那些被铲除的杂草时，满足感就会油然而生。期待秋天的收获，却又享受当下的春光，这正是人与自然在相互对峙中的和谐统一，是在物质与精神平衡过程中最为公平的支点。如果能在我们的心田播下这样一粒种子，哪怕是微不足道的一粒，我们的心灵之河也会日夜流淌、奔流不息。

望着延伸的小路，我惊异于时光的重叠，去年此地此时，我也是走在这条平坦的小路上，走在这两排没有尽头的海棠树下，踩着缓缓坠落的时光，站在落日的余晖里，心情极度舒畅地期待着春天、思考着未来。这一轮一年后的落日，也是此前许多次挑拨我心弦后又隐匿山边的落日，挂在缥缈的地平线上，苍凉悲壮，牵扯出静静的黑夜，就连月光和星星都迷失在了万籁俱寂中。现在，我无须擦亮眼睛就能看到春天的身影，她不是别的，正是眼前的落日！她以一成不变的残忍，使尽浑身解数，渐渐唤醒我们心中的期待。

行进在彰显着生命荣光的神奇画廊，我感喟于春天的慷慨，这远道而来的浪漫，竟为了来年一抹蓬勃的青绿，不惜放弃酣睡的美梦，不远千里把春光赠予人间，即便是落日也挡不住她那颗披星戴月奔赴的心儿。是啊，为了这春满人间，为了生命的完整，我们理应把春天看作心灵相通的亲人，那些模糊的物象和景致，那抹极淡极淡的新绿，本来就是我们独一无二的心灵寄托。

又是一年春好处。迎春花还未开放，在冬天与春天的模棱两可之间，即便从节气角度讲，冬天确实已经过去，但我从情感上仍然认为冬天还在，离春天来临还有很长的时间。当太阳从地平线上再一次升起的时候，虽然草木还被积雪覆盖，尚未萌芽，但微风中已经弥漫着泥土的气息，提醒着我春天已经来到了身边。这个时候我才意识到，春天其实就在我们身边，只是时间的齿轮总会让我们遗忘，忽略一些暗藏在生命深处的美好，当我们敞开心扉去感受大自然的一切的时候，就会深刻领悟到信仰就在身边、美丽就在眼前。

春回大地，春意盎然。暖暖的春风告诉我春天真的来了，静静地守候春意的萌动，陶醉在这春色撩人的夕阳下，我们的心弦也随着时间的流逝，走过一程山水，走进那妩媚的春景，惬意着、赞美着、感叹着……

最爱深秋的颜色

霜降过后，秋色越发浓重热烈。唯独路边的那丛小草，似乎还没有完全屈服于时令的变迁，依旧闪现绿色的生命之光，昭示着这个季节最后的顽强和倔强。

沉浸在深秋无限的高远与淡定中，昨夜的雨珠依然停留在傲慢的草尖上闪闪发光。那远处连绵起伏的紫褐色山脉，此刻正横卧于冬夏之间，如同生命的跳板，一头连接着风华正茂，另一头早已迟暮尔尔，这是只有在经历了岁月沉淀后才有的绚烂多彩。当深秋以其独特的魅力摇曳收获的果实，沉浸在红黄绿三色交织中，生命的宁静足以令人心醉神迷，每一丝色彩都带着大自然最为厚重的情感，让人心情舒畅。

秋叶在阳光的照耀下像火焰一样疯狂地燃烧着，风轻轻一吹，树叶就极不情愿地落了下来。一缕金黄的光晕从叶隙中翩然而下，连同大地都被铺满了一层金色的地毯，顿时让周围的世界变得富丽堂皇。密密匝匝的虬枝极力伸展，把整个院子都遮盖起来，殊不知枝干再长，它的根还在土里。

不，不光是我们肉眼可见的绿色，抽象的秋色也是赋予生命活力的高级色彩。这种代表收获、孕育希望，给人以沉稳、殷实的自然之色，其变幻的每一刻都是不可复制的宝贵瞬间，它以无垠的深邃装点出超越生命本身的人文之美，终将留给我们深刻的人生洞见，以内心的反思和灵魂的安宁实现自我价值的升华。这种对立双方之间的相互依存和价值转化，也在另一种层面印证了人与自然和谐统一的辩证关系，揭示出理解自我的哲学特质。

浅秋褪去华丽的外表，以一种极其单调的色彩呈现在世人眼中，我们会更敬佩这个深秋在时光的轮回中依然灿烂地微笑，陪衬着远处苍茫的山影。那兀自彰显大地本色的朴实，便是一切生命存在的全部意义。

“自古逢秋悲寂寥，我言秋日胜春朝。”正如刘禹锡所言，这个深秋给予我的，是一种潜藏在季节深处昂扬向上的精神力量。依稀听见父亲肩扛沉重的钢叉，在瑟瑟秋风中摇醒睡眼惺忪的大地，每一声咳嗽都震得他胸口一阵钝痛，一切赞美都被隔离在这淡淡的秋色之外。那随处便可采撷到的充实，还有小路两旁堆积的落叶，总在不经意间就染白了父亲的头发。轻轻勾勒深秋的容颜，感动于每一次深情的相逢，我们总能够腾出时间不断地审视自己。

走进生命深处，当我们回过头来以极其平常的心态回望来时的路，在这鲜明的颜色对比中，我们能够学会沉静和内敛。这个深秋是灿烂的，抑或是萧瑟的，但无论如何，我们都将在这旷远的深沉里更加珍惜当下的时光。

种一滴露水

露是水的精魂，只有在草木繁茂的乡下才能种得活。如果是在城里，四周耸立着高楼大厦，机器轰鸣声整天不绝于耳，即便在一片开阔的自然之地，种出来的露水不仅没有清新淡雅之气，就连露水本身的内涵都不能够表现出来。短时间内可能让人觉得新鲜，时间长了难免心生厌倦。

露水是由水蒸气凝结而成的，本就是清静之物。并不是因为露水不含杂质，而在于它甘于寂寞、懂得沉淀，就像我们心灵的通透一样，不是因为没有杂念，而是明白取和舍的关系。它往返于天地之间，轻轻地来，又悄悄地走，宛若少女灵动的双眸仰望无垠苍穹，脸颊泛起一抹葡萄酒色的红，或静默，或凝视，或豪爽，或娇羞，总是好奇地窥视着世间万物。

只有在清晨，才能感受到露水离我们很近。一大早起来，我喜欢到老屋后的山上去走走。小路的尘土被昨夜的露水打湿，如同结了痂的皮肤，走在上面“咯噔咯噔”的清脆，这分明是踏过冬日积雪时的声音。牛乳一样的雾霭，感觉有几滴水在眼睫毛上停驻下来，打着转儿，脸上清清凉凉的，鼻孔渗入阵阵清新。太阳渐渐升起，山的轮廓变得虚胖，这是露水在对镜梳妆。草叶下镂空的地方，透出晃动的光芒，挂在叶尖尖上的一滴水，正贪婪地吮吸着清晨赋予的滋润，久久不愿滴落。

在夜深人静的夜晚，露水便开始降落人间，如果不用心去感受，仅凭感官是根本察觉不到的。夏日麦收时节，在空旷的打麦场上，一家人围着月亮吃饭，热气腾腾的饭菜里的水蒸气不一会儿就凝结在了碗边，像珍珠一样，颗颗晶莹饱满。这个时候拿出一张凉席铺在地上，躺上去，不一会儿，脚丫子就感觉湿漉漉的。露水总是在夜深人静的时候，在昏黄的灯光下，沿着麦垛子一寸一寸地往上攀升，隐匿其中的禅意，最终与泥土的芳香融为一体。

割麦要趁着露水形成的时候。记忆中，农忙时节，父母凌晨四五点就会起来去地里割麦子。“带露水的麦子不会浪费在地里”，母亲常这样讲。小时候，家里种的地少，种的麦子也是屈指可数，仅够一家人糊口，要是再遇上天灾，即便是省吃俭用也不够一家四口人的温饱。因此即便获得丰收，也不舍得浪费一丁点儿粮食，这是庄稼人勤俭的品质在母亲身上的具体体现。

大多数人忙起来便会废寝忘食，完全失去自我；而当闲下来时，又会觉得无所事事，在虚度光阴。把我们的一生放在宇宙浩渺的时空里，便如一颗晶莹剔透的露珠，守望日落日出，永远澄澈纯净，不去争名夺利，努力散发着自己的光芒。凝结的露水浸透的不是万物，而是万物的心。

露水是拯救我灵魂的一种可能吗？每当我清晨起来得很早，静下心写作的时候，那种逃逸与纠缠、兴奋与堕落、瞻望和怀旧，萃取的每一滴露水，皆是远处青山无限厚重的灵魂，皆是眼前草木无限深沉的柔情。清晨露水的空旷，只是我写作时一瞬间的宣泄，而我却停不下自己手中的笔。

“夜色凝仙掌，晨甘下帝庭。”于无声中，采撷一滴晨露咽下，当我们的世界里只剩下晶莹的时候，透过露水折射的影子，我们就可以完全看清自己。种一滴露水在心里，我们的生命也将因此变得简单甜蜜。

我期待着自己老去的时候，能够卸下心灵的包袱，轻装回到乡下的老屋，那是用泥巴围成的墙，周围种满了野白杨，小路两旁长满野草，清晨醒来的时候就能看到露水。毫不犹豫地踏过一片青色草地，任凭露水打湿我的裤脚，多少童年往事，在阳光的照耀下闪闪发光。望向远方，敬畏和感动的泪花在眼里飞速打转，回首来路，却不是悲凉……

一场秋雨

这是自然赋予农人繁忙过后短暂的休憩时光。一场秋雨来临，夏天的燥热一下子就减去了不少，“秋老虎”似乎已经没有几分余威了。雨滴断断续续地拍打在窗户上，溅起一串串晶莹的小水珠，那声音很轻，一点儿也不让人烦，仿佛天地间一场奇妙的交响乐，让我的心情顿时愉悦起来。

在中国传统文化中，秋雨不仅是一种自然现象，还与人们的精神状态紧密相关，成为文学作品中的重要元素。古人将秋雨称为俶露、梧桐雨等，赋予其特定的象征意义，以此表达个体丰富的情感体验。或热泪盈眶，或郁郁寡欢，或闲适宁静，都可以通过秋雨这个独特的意象充分表达。

“君问归期未有期，巴山夜雨涨秋池”，这是一场相思的秋雨；“飒飒秋雨中，浅浅石溜泻”，在王维的笔下，秋雨是闲适可爱的；“酒醒梦回愁几许，夜阑还独语”，秋雨叶落之时，依稀还能看见江边独自伤怀的苏轼……每一个人、每一次境遇都能够丰富秋雨独特的意蕴。如果说诗词赋予秋雨以生命，那么秋雨则让诗词变得更加深刻。

“细雨饶禾谷满仓，千层稻浪画秋凉。”在天气由热转凉的变换中，秋雨给即将成熟的农作物最后的浇灌，毫无保留

地滋润着大地，带来了丰收的喜悦。这种顺应天时的智慧结晶，是农耕文化宝贵的精神财富。“一场秋雨一场寒”，不由敬佩古人对于时节律令的观察之细、掌握之准。

秋雨没有夏雨那么热烈激昂，也不似春雨那般细腻温柔，却又不乏典雅浪漫的情怀。它像珠帘一般又轻又细，笼罩在山头上自由地飘散，没有人去注意它。一滴雨珠从瓦片上轻轻滑落，像缠绕在记忆里的丝线，每一个细微之处，或是一个难忘的场景，竟是如此清晰可见。

独自行走在乡间的小路上，两排柳树一直延伸到目光的尽头。虽已进入秋天，草木却依然繁茂，田埂边上成熟的海棠果红彤彤的，像少女害羞的脸蛋。泥土夹杂着蒿草的味道飘入鼻孔，一种悠远而深沉的美随即散发开来。或许，这就是一场秋雨带给我的敬畏和感动。

几朵深红色的玫瑰花瓣上残留着晶莹剔透的露珠，宛若天使的眼泪，带着一丝清凉。一场端庄而又沉静的秋雨，如同智者的低语，让我感受到了生命的脆弱和坚强，它启示和提醒着每一个人更好地理解自己和这个世界。在秋雨的轻抚下，我们逐渐学会珍惜、懂得放下、明白沉淀。

一层淡黄的晕染在大地悄然萌生，似凡·高笔下秋天的那棵白杨树，以其独特的色彩语言描绘出时节的淡然。当北斗星的斗柄指向西南，山川草木准备迎接寒冬的时候，一场秋雨将生命之源聚拢在一起，为来年的生长储备养分，这便是雨带给人们的哲学思考。

雨还在不紧不慢地下着，偶尔会停下来欣赏沿途的风景，但终归还是落在了时间的荒芜中。在忙碌的生活中找到片刻的平衡，从容不迫地应对各种挑战，这便是秋雨对生活独到的理解。当我们学会与自己独处时，就能专注于内心世界，远离外界的干扰和压力，享受片刻宁静。

我曾有幸在苏州感受南方的秋雨，但让我真正读懂秋雨的，是在生我、养我的北方。北方的雨不似南方那般含蓄温婉，它像是草原上的汉子，热情奔放、爱憎分明，带着豪迈与洒脱，径直落在干涸的土地上，踪影随即消逝。这雨来得着实有些仓促和执着，却被这里的人深深期待。

“雨打在树上和瓦上，韵律都清脆可听。”秋天的雨虽然短暂，却总是伴着我们对未来的期待植入童年的记忆。这场秋雨的降临是大自然最慷慨的馈赠，犹如一首赞歌、一片大海，让我沉醉其中不愿醒来。一个永恒的意象——那烟雨迷蒙中错落低矮的村庄，就是我苦苦寻找的精神皈依。

时光早已被这场秋雨拉得很长，听雨的人，却还在闭着眼睛，想着无限心事……

山缘

去年春季，得空去了趟玉都且末。乘车从县城出发，往南九十多千米，穿过一望无际的戈壁，冲出漫天狂沙，就到了昆仑山北坡的昆仑古村。

据当地人介绍，昆仑古村也叫库拉木勒克村，维吾尔语的意思是“巨石滩”，想必起这样一个名字与这座石山是分不开的。在漫长的地质变迁中，这里的地表形态不断变化，经过反复挤压堆砌，最终形成坚硬的岩体，被肥沃的黑土地覆盖，披上一层薄薄的银装。这里虽是早春，还没有游人来访，但被冰雪覆盖的土地下，却早已生机勃勃，到处都散发着古朴而又神秘的气息。

站在山脚下仰望昆仑山，绵延的层山在缥缈的云雾间忽远忽近、若即若离，相互推搡着一直到视野尽头，有关山的词语泉涌而出，我却始终无法找到一个准确的词语赞美她，只能悄悄地把感叹留在心头。刺骨的寒风吹过，且不说身在其中，只是路过，看一眼，也是无憾了。假如我与昆仑山不曾相遇，是否我也会像这蓄势的草木一般，在弹指年华中寂静行走，刻骨的刹那，迟滞的光阴，转角就能遇见昆仑雪菊花开的喜悦？

从地图上看，阿尔金山脉和祁连山脉横亘在北侧，与南侧的昆仑山脉相互对峙，中间镶嵌着阿尔金无人区和柴达木盆地。发源于昆仑山北坡木孜塔格峰的车尔臣河，一路浩荡北上，流入若羌县境内的台特玛湖，最终注入“地球之耳”罗布泊。这再次给昆仑山增加了神秘的色彩。那美丽的神话传说，从金戈铁马中走来，在冰雪消融间演绎，穿越了时空，掩盖了岁月，诉说着遥远的往事。向往她、贴近她，我们的心胸也会像那奔流不息的大河一样，奔放辽阔、自信宽容。

相比城市，这里的确少了些许喧嚣。寂寞的昆仑古村偏居一隅，依靠山势而建，满含历史人文气息，吸引着世人的目光。想来，这样的风水，这样的神韵，孕育出淳朴憨厚的生命，也是情理之中的事情了。在历史的长河中，昆仑山，已然成为中国独特的地理标志和精神坐标，在昆仑血脉的赓续中，在中华民族永续发展壮大的长河里，她焕发出愈加耀眼迷人的精神光芒，成为华夏文明的源头活水。

我出生在一个群山环抱、开门就能见到山的地方，打小儿就与山有缘。而我真正认识山，却是在走出大山之后。

看着远处的大山，我感到很遗憾，从小就生长在山里，却对山没有太多的留意。如今，离开大山已经好几个年头儿了，却突然发现山是如此活泼壮美。虽然一时间找不到恰当的言语形容，但那莫名的深刻却留在了心头，便觉得十分舒适惬意。突然明白：原来这山看似腐朽，实则神奇，那蕴含在山体里的内生动力，无时无刻不在教导着我们蓄势待发。想到这儿，人生也立即有了高度。

人以山傲，山亦以人而文明。古往今来，以山为姓名的志士颇多，晋时有竹林七贤之一的山涛，唐代有禅僧山康，明代有大将山云，近代有民主革命先驱孙中山，就连金庸武侠小说里也有以山为名的萧远山，可见山在人们心中举足轻重的地位。经过与时间的切磋磨合，山已经成了不可或缺的精神慰藉，“林尽水源，便得一山”“白日依山尽”“会当凌绝顶，一览众山小”便是强有力的佐证。

山无言，却有声。她从悠远的历史中翩然走来，历经世纪风雨，目睹人世变迁，感受着喜怒哀乐，在风雨沧桑中，以博大而睿智的形象，静静地矗立在我们的眼前。在季节变换中，用心呵护生长在她身体上的每一个生灵，不断启迪着我们对自己的认知，纠正着我们的偏见。我一直以为，山是生活的积淀，而平原却是时间的流逝。有了山，在月朗星稀的夜晚，伸出手便可摘到星辰与梦想。

远处连绵起伏的群山，酷似一条巨蟒，弯弯曲曲，吞云吐雾，逶迤向前，随便吃了什么东西果腹之后，就安然沉睡在自然的怀抱，给人以道理、哲理和学理的启迪。“山不在高，有仙则名。”当我写下“山”字的时候，我就知道，任何修饰都不能够完美表达她的厚重。俯仰之间，其实就是山的本身。

蓝月亮

我曾无数次仰望天空那轮蓝月，感喟于它的浩瀚和美丽，却又总是幻想着自己处在另一个未知的世界，那里有日月星辰永恒的光芒。似乎只要置身于这片蓝色的月光之下，就可以清晰地感受到自己同时空无形的联结，从更为宏观的角度审视自己内心的情感和外在世界。

此时的天还没来得及黑透，月亮就已经迫不及待地从山的那边升起来了。刚开始它的颜色有点儿灰，看上去并不是很亮的样子。随着夜幕的铺开，月亮逐渐变得清晰而硕大，月色也越来越蓝。静逸的夜空像电视屏幕一样，偶尔看到几颗星星在闪烁，最引人注目的当数蓝月亮。

这一轮清朗辽阔的月色，借助太阳的力量，将自己仅有的光明和温暖无私地带给人间。殊不知，地球上的每一次潮起潮落，都与这轮蓝月息息相关。在深邃迷人的蓝色里消融，心灵在虚静中托起生命的芬芳，此刻，又有谁能理解月亮的孤独？在月升月落间，我们得以感受生命的起伏。

“明月几时有？把酒问青天。”苏东坡端起一碗热气腾腾的烈酒，把悲欢离合之情纳入对人生的哲理性追寻，一轮中秋的月色见证了他胸襟的旷达。当一轮蓝月在那东山顶上缓缓升起，我仿佛听见仓央嘉措那穿越时空的吟唱，穿透原野和高山，奔向自由和浪漫。

犹记得那是在我上初中的时候，下了晚自习已是十点多，我曾不止一次地一个人往家跑。在上了山后即将转弯的地方，有一片坟地，再加上草木繁茂，每次路过，我的心里总会感到莫名害怕，但幸运的是有一轮蓝月指引着我回家的路。仰头看那月色，竟也一直跟着我在走。

夜色溶溶。蓝色的月光倒映在家门前那条清凌凌的小溪里，像珍珠一样闪着耀眼的微光，混合发出潺潺的声响。抬头望向无垠的天幕，几朵云彩衬托着蓝月，企图捕捉人间所有的喜怒哀乐，此时的月色显得更加幽深。在这黑暗与明亮的交织中，我逐渐克服了内心的恐惧。

蓝月亮不经意间就从圆盘变成了月牙，让本就单调的夜色更加美丽动人。路两旁茂密的白杨树轻易就能遮挡住它的身影，只有几片碎光穿过树叶掉落下来，四下里静悄悄地，除了几声狗吠，就是我的脚步声。当我们的心里只剩下一钩弯月的时候，便离家更近了一步。

“人有悲欢离合，月有阴晴圆缺。”在日常生活中有谁都无法控制的一些变数，无论处于怎样的状态，唯一不变的其实是变化本身。“艰难岁月铸就了人生的美好与辽阔”，守候那一轮蓝月，生命却如清晨的露珠，转瞬即逝，其实每一个瞬间都值得我们去回味、去珍惜。

在那轮蓝色的月亮下，不论多晚，总有一盏灯光为我而亮，那就是母亲的等待。当我推开门的那一刻，母亲总是静悄悄地坐在炕头，如炬的目光写满期待，在昏黄的灯光下微微闪烁着。看到我进屋，她心里的大石头才算落了下来，也不再多说些什么，一会儿便睡了过去。

今夜的月亮依然如此地蓝。我躺在热炕上，缓缓拉开窗帘，月色穿过院墙边的杏树，洒在院子里、落在窗台上，整个世界越发变得沉静。土炕里的牛粪猛烈地燃烧着，黑夜散落的湿气陡然升起却不觉寒冷。这清冷的蓝月，还有我未卜的理想和前程，都在朦胧中沉睡着。

二十多年过去了，我依然清楚地记得儿时和玩伴嬉闹的场景。在那轮蓝色的月亮下，我曾无拘无束，亲历一代人的回忆，在时光的间隙里慢慢长大。我亦曾为时间的消逝感到百般焦灼，眼看着长辈们老去，自己却又无能为力。不论怎样，那就是我最为童真的蓝色的梦。

“天空没有一片云。一轮圆月在这一碧无际的大海里航行。孤独的，冷清的，它把它的光辉撒下来。”望向那轮蓝月亮，我仿佛又回到了从前。

小河弯弯

说到河，我自然会想起家门前那条弯弯的小河，它没有名字，从五里开外的大山流出，是我心目中最美的河。

夏天的小河是一首动人心弦的赞歌，洋溢着热情，荡漾着生机，让人产生乐观积极的情绪。看到河，总能让我感到心潮澎湃，挽起裤腿跳进河里，清凌凌的河水没过了膝盖，十分清凉，舒服极了，掬起一捧水，凉意渗透全身，顿时倦意全无，闭目怡神，到处都令人感到轻松愉悦。站在小河里，感受着小河的自信，我真想化作一滴水，带上自由与希望，满怀斗志与激情，跋山涉水，义无反顾地奔向远方。

清晨，万物褪去疲惫，小河从睡意蒙眬中醒来，穿上金光闪闪的外衣，俨然一副富家子弟的模样。淘气的风，撩拨着水草，还有那不知名的野花，尽情吮吸着露珠的滋润，是那样贪婪。牛乳一样的雾霭化作玉露琼浆，渐渐融进大地，一不小心便醉意醺然，不知天地之间，又是谁在摆宴欢歌？站在稍远处，波光粼粼的河水，一闪一闪的，像极了女孩的眸子，明亮清澈，直抵人心。

夕阳缓缓睡去，村庄渐渐安静了下来，偶尔几声狗吠，滤尽旷古忧愁，让人倍感清静。夜晚的小河，显得成熟而又静谧，沁人心脾的水草香味，透着几分神秘，在月色朦胧中，此起彼伏的天籁动人心弦，那淙淙的流水声，倒映着时光，给漆黑的夜晚凭空增添了不少韵味。我卑微的躯体蜷缩在土炕上，任凭心事重重，任凭辗转反侧，小河依然是那么安静，那么美丽，竟没有丝毫同情之心，不由让人心生嫉妒，虽生来平凡，却又怎能轻易忘却人间二三事？

小河也有顽皮的时候。一到多雨季节，小河就一改往日的温柔，变得怒不可遏。我印象最深刻的，是十二三岁那年的秋天，正值麦收时节，突然天昏地暗，风狂雨骤，霎时间，河道就变得浑浊不堪，河水涨到田地里，淹没了庄稼地，冲倒了白杨树，冲毁了房屋，冲走了一切。我还听父亲讲过，在我不记事儿的时候，一场大雨卷着泥沙和树木从山上呼啸而下，场面令人心惊，冲走了公社的好几头牛，等第二天找到牛的时候，它们已经没有了生命的迹象。小河的脾气，有时候的确超出我们的想象。我不禁在想，难道它是在告诫人们不要恣意破坏它的清澈？

如果说夏天的小河是壮小伙，那么冬天的小河就是白须飘然的长者，脸上挂满慈祥。秋叶落尽成泥，漫天的雪花覆盖了山坳，一夜之间，河面上就结了一层薄薄的冰，轻轻掰下一块，含在嘴里，甜丝丝的。没过几天，冰面就冻得结实了，整个村子又热闹起来，三五成群的孩子，把自己包裹得严严实实，伸出冻得通红的小手，拿着刚拴好的鞭子，你一下我一下地抽打着陀螺，在光滑的冰面上来来回回，气喘吁吁好不热闹。冬天的空气中凝结着阴冷，旋转的陀螺像风火轮一样发出嗡嗡的响声，听起来是那么辽远而又亲近。

春夏秋冬又一春，我们依靠慷慨的小河洗衣做饭、嬉戏玩闹，安然地度过了艰难的岁月，它却从来没有得到任何回报。那条窄窄的小河，就像一条彩虹，在我和故乡之间搭起一座桥梁，目睹着家乡的变化，执着记录着我五彩斑斓的梦。我曾见过浩渺无垠的大海，我亦曾听过波涛汹涌的澎湃，但故乡小河潺潺的流水声，却是我童年最美的梦，清澈而单纯，滋润着情怀，丰盈着生命。

身为他乡之客已经有好几个年头了，本不该在风华正茂的年纪感喟人生，可思前想后，却怎么也逃不过羁旅之情。隔着一程山水，望着苍茫的月光，深深浅浅的记忆，总会在不经意间闯进我的心里。小河弯弯，见证了几代人的梦想，孕育了祖祖辈辈走出大山的期望，养育出朴实无华的诚挚，在时间的变迁中闪耀着迷人的光芒。

时间从来不语，却回答了所有问题。河水对我们的馈赠既是丰富的，也是无私的，但并非取之不尽、用之不竭，这不得不让我们冷静审视舍和得的关系。在经济社会快速发展、高度发达的今天，我们的确需要静下心来，感恩、呵护曾经养育我们的山水草木，只有这样，人类才能永续发展，我们的精神之河才会日夜流淌、奔流不息。只要想明白了这层逻辑，并付诸实践，河水也会变得越加清澈、温柔。

写着写着，我仿佛听到了小河在季节的变幻中慢悠悠流淌的声音，那被时间激起的浪花，不仅绽放着故乡的身影，还有我的童年，这些记忆是那么深刻。

屋顶的阳光

莫言说："只要我们心向太阳，其实无需多问何时春暖花开，因为，透过洒满阳光的玻璃窗，蓦然回首，你何尝不是别人眼中的风景？"世界既因差异而美丽，也因差异而充实。我们每个人心中的道德法则也许略有区别，但温润的阳光却始终如玉般地挂在蔚蓝的天空上，散发着浪漫和温柔，时刻提醒着我们要对生命充满敬畏。

寒冷的冬天最能打动人心、让人感到心情舒畅的，就是悠闲地站在人群中，等待着阳光从屋顶倾泻而下，自顾拥有整片洒满温暖的空间，几个熟人聊着无关紧要的话题，全然忘记了我的存在。几只麻雀在院子里东啄啄、西瞅瞅，若无其事地寻觅着食物，忽地飞起又落下，空气里充满了自由的气息，无数双消散在阳光里的眼睛，悄无声息地盯着院子里发生的一切。久居城市的人们好像只知道阳光是白天的代名词，却早已忘记了阳光还与个人彼时的心境有关。寻觅一个万里无云的时刻，仿佛早已是很久以前的事情了。仔细看吧，自然带给人们的信仰早已在忙碌的生活中悄然隐匿，那些充满阳光的时刻，还有内心深处的自我约束，都成了若即若离的梦想，渐渐在时间的荒芜中蒙上尘土。

一个人如果没有期待过屋顶的阳光，把心交给安静的时刻，便很难理解宇宙万物带给我们的永恒的感动和震撼，当然也无法深刻理解“寄蜉蝣于天地，渺沧海之一粟”的恒久和广阔。这既是客观的自然带给感性人类的恩赐，也是我们在历史的浪花中，不断走向未来的基础和动力。

我出生在一个群山环抱、万物竞相生长的地方，那里没有车水马龙，更没有机器轰鸣，自然也谈不上空气污染之类的。在太阳心情好些的时候，天空碧蓝如洗，看不到一丝尘垢。我早已习惯了清晨刺眼的阳光翻过矮矮的院墙，透过薄薄的窗户，拥满我狭小的土屋，发生在这里的一切，仿佛都是那么稀松平常、可有可无。在这远离海洋的内陆，背靠大山的地理环境，同样造就了阴暗潮湿的地域性气候，虽然这对于野草野树而言是再好不过的，却极不利于庄稼的生长，再加上夏秋季节雷雨无常，不管如何悉心照料，田地里的杂草都永远也锄不完，极大影响了农作物的生长速度，用“野火烧不尽，春风吹又生”来形容田地里的杂草再恰当不过，但对于农民而言，这里的意境却截然相反。我小的时候，家里种的地极少，都是小麦、玉米、土豆之类的，只能满足一家人基本生活需求，一年下来没有什么经济收入，只能靠天吃饭。在这种自然条件下，人们对于阳光的渴望，不仅仅是物质的满足，更多的是精神的寄托。

在我十岁那年，也就是2007年的秋天，正是收获的季节。但天空好像在为谁哀悼一样，一连好几个月，整个村子都被乌云笼罩着，天空淅淅沥沥地下着秋雨，泥泞的小路上积满了浑浊的水，鸟儿的欢叫声也淡了下来，寂静中透着丝丝凉意，沁入骨髓。本该在这个时节热闹非凡的村庄，一下子安静了下来，“这鬼天气哪天才能放晴”成了父亲的焦虑。刚从田地里拉回来的豌豆秆上的豆子，是家家户户一年里最重要的经济来源，零零散散摆满了打麦场，闲不下来的父亲眼巴巴地等待着天气晴朗，将农活收拾利索，好贴补些家用。可秋天越来越深，时间越走越远，雨滴依旧从白茫茫的天空上落下来，打麦场上的豌豆，渐渐长出了新芽，孤傲地向上生长，我看到，父亲眼睛里的光芒黯淡了下来。这一年，整个村子豌豆歉收，都在期待拨云见日。

我从未见过如此阴暗、死气沉沉的天气，当它正笼罩在我们头顶，在这个远离海洋、背靠大山的村子里弥漫，散发出浑浊而令人窒息的微光时，我才深刻感受到，原来阳光是如此珍贵，如此亲切。就这样，不知过了多长时间，等到天气放晴，太阳重回村庄的早晨，父亲说，今年收成不好，明年要再承包几亩土地，多种些豌豆，把它们都卖了一定会有个好的收入。说这些话的时候，父亲显得平和淡然，我看见晨曦的阳光又重新爬满了他的眼睛，炯炯有神，像火炬一样燃烧着，点燃了希望和梦想。满天星斗的夜空让儿时的我暂时忘记了对未来的恐惧和忧愁，我对无垠天空中星辰的排列深深着迷，在时间划过的声声滴漏中，不知不觉就进入了梦乡。清晰地记得，在一个流星坠落的夜晚，我被雷雨惊醒，睡意全无，静静地蜷缩在被子里，满脑子都是对未来的臆想，眼泪夺眶而出，等待着黎明的到来，守望那一抹日出。

一晃，快十年过去了。我大学毕业离开故乡在新疆工作已经四个年头，每当我在未来面前摇摆不定，内心充满矛盾和

恐惧的时候，我常常会想起很多年前的那个夜晚，在冬季寒冷的夜空下，我漫无目的地寻找着流星坠落的痕迹。当我离开那个群山环抱的地方，乌鲁木齐夜晚的星空却再也找不到流星划过的踪影，但我知道，即使沧海变成桑田，它一直就在里。

如果在我们的一生中，没有认真地注视过太阳从屋顶滑落的柔软，也没有深情凝望过太阳从天边坠落形成的晚霞，那么我们的生命就是不完整的。一个人的目光没有被清晨阳光的温柔清洗，便无法体会自律的个体在自然当中的位置，也无法理解那种发自内心的向往带给人的无限力量。

2016年，我有幸读了《平凡的世界》，这是作家路遥创作的一部全景式展现中国当代城乡社会生活的长篇小说。在这部书的结尾，孙少平离开省城回到久别的大牙湾煤矿，路遥这样描述那里的风景："他在矿部前下了车，望了望高耸的选煤楼、雄伟的矸石山和黑油油的煤堆，眼里忍不住涌满泪水。温暖的季风吹过了黄绿相间的山野；蓝天上，是太阳永恒的微笑。他依稀听见一支用口哨吹出的充满活力的歌在耳畔回响。这是赞美青春和生命的歌。"时隔将近七年，我还是能清楚地把这些话写下来。我想，路遥让平凡的故事以悲剧结尾，却以阳光的微笑来表明那个年代不平凡的人生，悲剧之外的喜剧，才是思考和玩味的价值所在。

行进在生活的海洋里，如果我们每时每刻都处于见山是山、望水是水、听风是风的清醒状态，这本身就是我们难得的福报。每一个等待阳光从屋顶滑落的人，都是幸运的，也是最应该被祝福的。因此，即便身处浩瀚无垠的塔克拉玛干沙漠腹心，我们也可以像《平凡的世界》里的孙少安一样，凭借着自己的勤劳和智慧，帮助他的父亲撑起那个风雨飘摇的家，创造属于自己的幸福生活。路遥笔下的孙少安和老舍笔下的祥子的生活有相同之处，孙少安在烧砖窑多次亏本、失败后，经过不懈努力，终于成功致富。不同的是，在经历了三起三落后，祥子却由一个体面的、要强的底层劳动者最终沦为堕落的、自私的个人主义末路鬼，而在孙少安身上闪耀着的，是生命的坚韧之光。这所有美丽和人性的一切，都是阳光给予的恩赐。

现代文学家巴金说："战士是永远追求光明的，他并不躺在晴空下面享受阳光，却在暗夜里燃起火炬，给人们照亮道路，使他们走向黎明。"阳光，不仅仅是指地平线上的日出和日落，也不仅仅与我们的心境有关，它既是人文价值的凸显，更是人类在漫漫历史长河中凝结形成的精神脊梁。以此而言，太阳所散发出的诱人光芒，带给人们的想象，本身就超越了物化之境，是真、善、美的赋形。我不知道，谁会和我在同一时刻、不同地点享受屋顶上的日出。我也不知道，看到日出后他们的真实感受。但至少有一点可以肯定，就是等待阳光的人们，尽管内心涌起的感情千变万化，但一定对生活充满了热爱和期待。当他们行走在茫茫人海中时，阳光就变得生动起来，就像《平凡的世界》里的孙少平一样，为了梦想积极向上、敢于拼搏。

走遍万水千山，我们终会找到自己的存在，循着流星划过的那抹记忆，重新审视来时的路，也同样会有一丝丝的感喟。当我们苦思未来究竟在哪里的那一刻，我们的眼界也将不再局限于孤立的个体，我们开始为自己跋涉，不断行走在追寻自我的征途上，慢慢忘记自己，把思想从复杂的情绪中剥离出来，站在自己之外来审视自己、观察世界，正视生活中的甘甜与苦涩、悦纳生活中的能与不能，不断与自己达成和解。这是我们时刻都不能忘记的清醒和初心。

当我们接受了生活的平淡，屋顶的阳光也会更加柔软。

冬日随想

在老屋度过的每一个冬天都是寒冷的，那时家里仅有一个蜂窝煤炉子，即便房屋面积不大，但仅一个小火炉也不足以抵挡严冬的寒冷，完全不像我在城里的房子，即便整个冬天都看不到一丁点儿火星，但屋里的温度却和夏天没有太大区别，一股持续的暖意总让人不大愿意出门。除了被冻得肿胀的双脚和双手，这也是我打小就不喜欢冬天的原因之一。那个时候一想到冬天的寒冷，心里总会莫名产生一种抵触的情绪，这也是我后来逐渐喜欢秋天最重要的一个理由。

我十分怀念上小学的日子，那时候家里生活虽然拮据，但对于我来说却没有任何经济方面的压力，当然对于学习这件事也完全没有现在这般如饥似渴。家离学校有三四千米远，每天中午要步行回家吃饭，从春天到冬天，每天早晨五点半出发，成了我和刚子（小时候的玩伴）彼此之间的默契，一直持续到我小学毕业。要说与学生和“吃公家饭的”不同，农民对周末这个概念似乎比较模糊。每个星期从周一到周五，刚子总会准时准点站在大路边喊我去上学。

在2011年以前，也就是我小学刚毕业不久，那个时候村子里那所学校的生源人数还不少，足足有上百号人，后来的那几间新教室就是为吸收更多学生筹建的。而在那之后不到三年时间，由于全县教育体制改革，不光我们村，下寨村的南岔中学、簸箕湾小学的学生大都转去镇上读书，在村里念书的学生逐年变少。小学毕业至今十多年过去了，去年冬天回家路过那所小学时，虽然校园里的人影变得稀疏，但教室火炉里的青烟还在随风飘荡，还有那面鲜艳的五星红旗，依然随风飘扬。

相比上学前的自由，那个时候学校要求比较严格，中午或是下午放学回家要排队才行，听见下课铃声响起后，我们迫不及待地站在学校的大铁门前，以村为单位排好队，等到老师点完名才能回家。与跑操不同的是，放学回家走在队伍最前面的那个学生个子一般比较高大，这样回家的速度也比较快，年龄或个子小一些的，要一路小跑才跟得上。几年下来，自然而然练就了一副好身板，那时候村里没有一个营养过剩的孩子。早晨或中午吃完饭上学的时候，一般都是三五成群，家境好一些的、调皮一些的孩子，自然成了一个村里的“娃娃头”，上学或是平日里便凑到一块儿耍闹，跟随的人也多。而我和刚子，却从来不随波逐流，在那条走了无数次的小路上，留下了我最为深刻的记忆。

在一个冬日的早晨，一轮圆月还在高山之巅流连，天空中的星星依然眨巴着眼睛，我和刚子打着手电筒走在河沟里，路面上的积雪发出“咯吱咯吱”的响声，一股寒冷的气息迎面扑来。透过手电筒，嘴巴里呼出的白气随即飘散。家里那把装着一号干电池的手电筒已经使用了很长时间，里面装着一个比老屋里的电灯泡还小很多的丝扣小灯泡，发出昏黄的亮光，以至于只能看清脚下的路面。从家里到学校要经过一段小路，路两边是百十来米高的黄土崖，每次路过那里，都感觉后面有人在跟着我们，吓得我不敢回头。

学校的火炉用生铁铸成，圆形的盘子，表面已被炭火熏得黝黑发亮，这种材质的炉子坚固耐用，能够承受长时间的使用和高温。每年国庆节前后，班长都会组织几个人随便从哪家的田埂边上取来一些湿润的黄土，将玻璃瓶子放在炉膛中间，在周围一层一层撒上黄土再压实，几天过后炉膛里的黄土就会被烧干，这样不仅节省了煤炭，也能够防止炉火过旺而产生安全隐患。

大卡车拉来满满一车煤倒在操场上，校长按照教室大小和人数多少把这些煤分配给每一个班级，教师则是按教龄来分配的。也不用班主任去讲，班里哪个同学拿铁锹、哪个同学拿袋子，家离学校近一些的同学拉架子车，这些班长在前一天下午放学回家的时候就安排好了。等到第二天下午打扫卫生的时候，这些煤装好后先是拉到班主任和代课老师的宿舍里，然后才将分配给班级的煤抬到教室的卫生角，码放得整整齐齐。然后争先恐后地跑到班主任的宿舍，舀一盆凉水清洗过后再回到教室里。生在黄土地，看惯了黄土地，那个时候似乎并没有人在意这些煤弄脏了谁的衣服或鞋子。

我上四年级的时候学校里才有了那口井，在这以前，学校老师每天的生活用水都是学生们从坡儿村头的河坝边上抬回来的。学校给每个老师、每个班级配发了一个铁皮桶，那个时候教室里还是黄土地面，每天下午课间打扫卫生的时候，两个学生要轮流去抬水洒在地面上。村头的河坝边上有一眼泉，老师平日里吃的水就是从那里抬回来的，洒在地面上的水则是从那条小河里抬回来的。每天下午，即便是不去抬水，那条小河边上也有不少学生嬉闹。

我印象最深刻的，就是班里同学围在一起烤火炉的情景。刚下课，同学们就都围了过来，谁也不让谁，抢到位置好一点儿的，拿个板凳坐在火炉旁，一副得意的样子，力气小的则只能摸上火炉烟筒。揭起炉盖，一阵火苗在半空中闪烁，成绩差一些的孩子，将撕下来的本子从火炉底部塞进去，一阵火花腾空而起，以至于每隔几天就要清理一遍烟筒。那个时候的好奇心驱使着每一个孩子都要学着同伴的样子，记得那是在小学三年级的时候，班里掀起了一阵煮茶风，每个人都带着一个用铝制饮料瓶做成的茶罐，将两根细铁丝缠绕在罐口就成了把手，再从家里偷来茶叶，每天下课挤在小铁炉旁喝上一口酽茶，再给同学倒一杯，是再幸福不过的一件事情。

已经很多年过去了，我知道，回到那个年代是再也不可能的事情了，即便是在我之后的一些孩子，也很难拥有这样一些宝贵的记忆，特别是在一个严寒的冬天，在那个烧着火炉的教室里……

清晨

在一个冬日的清晨，当我还蜷缩在被子里享受土炕最后一丝温暖的时候，就听见母亲拿起扫帚在院子里“刷刷刷”扫雪的声音。这个冬天的第一场雪，就这样毫无征兆地下了起来。一种从未有过的宁静与祥和，在村庄逐渐蔓延开来。

大雪下了一夜，足足有十来厘米厚，即便是在更靠近深山的地方，这种情况也是不常有的。暗沉的天空依然飘着雪花，纷纷扬扬地覆盖了整个大地。家门前那条被房屋挤歪的小路两旁，几棵野白杨睡意蒙眬，光秃秃的树枝上开满了洁白的花朵。远处的大路上隐约有一个晃动的人影，那是母亲的背影，是的，刚扫完院子里的雪，她又向更远处去了。

这雪来得突然，下得也足够猛烈，经过一夜的折腾，大片的雪花似乎还没有一点儿要停下来的迹象。刚刚清扫过的院子片刻工夫就又覆盖了一层薄薄的积雪，此时麻雀也不见了踪影，家里的公鸡将头塞进翅膀里躲在屋檐下，偶尔传来几声狗叫，万物都在沉睡着。大路上人迹罕见，此时的一切都是寂静的，这场雪带给了农人难得的清闲。

我家的大门与两三千米外的旗杆山遥相呼应，那山最高的地方恰好没有被遮挡，远远望去，“山”字的含义更加形象逼真了。假如是在一个阳光明媚的清晨，那山便近在咫尺，晨雾也清晰可见。要是遇到这样的大雪天气，那山的模样连同山的高度就只能凭借着固有的记忆想象。

过了许久，家家户户灶房里的炊烟在村庄里升腾了起来，与天空飘舞的雪花交织在一起，俨然勾勒出一幅动人的乡村雪景图。在一个偏远的乡下，望着远处苍茫的大山，屋顶上厚厚的积雪，错落有致的土屋，时间仿佛在此刻凝固。“一点炊烟竹里村，人家深闭雨中门”，只不过这里的竹子成了野白杨，雨也随着季节变成了雪。一股烟火味钻入鼻孔，那飘不散的炊烟，温润而又浓烈。

儿时的冬天太过寒冷，我的双手经常被冻得肿胀，因此我不大喜欢冬天的寒冷，但喜欢冬天的雪。每当一场大雪来临时，我总会和玩伴一起在家门前的那个山坡上“溜滑滑”（方言，滑雪的意思），从家里偷出来一把铁锨或者是随便一张纸壳子之类的放在屁股底下，几个人串起来就能从山顶一直滑到山下。我也曾尝试着自己制作木头滑板，但最后都以失败告终。那个时候的一场雪，承载了一个农村孩子太多太多的回忆，让我的童年变得更加具象化。

村里的王老汉每天早上都要去河滩挑水，我们溜滑滑的那个地方在村口，是去往河滩的必经之地。清楚记得在那个下雪天的早晨，当时玩伴都在场，王老汉挑着两个铁皮水桶，嘴巴里叼着老旱烟，小心翼翼地走过那段被我们溜得光滑的坡地。当他挑着两个装满水的桶返回时，就在我们溜滑滑的那个地方，任凭他怎么小心，也还是不慎滑倒，水洒了一地不说，水桶也滚到了山下。

目睹这样的场景，一群玩伴不禁哈哈笑出了声。平日里寡言少语的王老汉顿时来了气，也顾不上去找那两个被摔扁的铁桶，嘴里骂骂咧咧地丢下担子，追散了一群玩得正起劲的孩子，最后却也只能不了了之。

童年的那个清晨，雪仍然没有要停下来的意思……

回家

离开老家已经有好几个年头了，一想到腊月二十九就要回家，我的心头就涌起阵阵涟漪，所有的期待和焦虑，都成了对远方深邃的凝望。城市里的灯火璀璨迷人，而那条回家的路，原来是那样美丽动人。

01

这是一个不眠之夜。

下班已是凌晨。在简单洗漱完之后，姐姐就打来电话，催促我赶快收拾好回家的行李，提前约好出租车，不要忘记带身份证，把闹铃调好，睡足觉再赶车回家。简单聊了几句挂断电话后，我便翻箱倒柜收拾好行李，一切准备妥当，工作压力渐渐褪去，睡意顿时涌来，我惬意地躺在床上微微合眼，辗转反侧，却怎么也不能入睡。

我拿出手机打开微信，群里几个陌生人聊得正起劲，朋友圈里买年货的、打广告的、发牢骚的各种“晒”，不经意间打开一条短视频，故乡的那条小路一闪而过。看着熟悉的画面，我百感交集：我们一直在憧憬未来遇见不一样的自己，期待生活能给予更多惊喜，却忘记了在生命的灯火阑珊处，我们要停下来静静感悟当下的生活，享受当下的幸福。行进在生命的旅途中，这既是我们行到水穷处、坐看云起时的至高觉悟，也是我们懂得山高水远后应有的豁达。

夜深人静。我放下手机，偌大的屋子里顿时一片漆黑，一股浓烈得让人窒息的气息奔涌而来，我心头思绪万千却无能为力，从来没有这样一个时刻让我感到欣喜，也从来没有这样一个时刻让我感到压抑。猛然发现，当我们在坎坷中前行、在忙碌中收获、在困苦中磨平心性的时候，唯一能激起我们心底那一朵浪花的，永远是回家的路。

我静静地蜷缩在被子里，睡意全无，期待着黎明的到来。

02

凌晨五点钟。

闹钟还没有响，我就起床洗漱，离约定的出发时间还有半个小时，出租车司机就给我打电话，说已经在约定的地点等候我了。月明星稀，微风习习，路灯点点温暖可人，我背起行囊，踏上了回家的路。

在去往乌鲁木齐地窝堡飞机场的路上，司机跟我讲，他老家是安徽农村的，小时候过年家家户户都会买很多烟花和炮仗，鞭炮声一直从腊月延续到元宵节以后才作罢，年味充斥着乡下的生活，但自从来到城市之后，他就再也找不到从前的年味了，言语之间惋惜之情自然流露。我感同身受。

当我们渐渐长大，为了生计远离故乡，那些曾经就在身边的人和事，随着时间的流逝，最终成为我们一生的牵挂。年味，属于农村，属于城市，也属于每一个有情怀的羁旅之客，但真正“地道”的年味，永远离不开我们心心念念的故乡，山水相连、情感相通，最温暖的地方是家，家是心灵的港湾、人生的驿站，有了家，我们的灵魂才会延续。

车来车往，去往飞机场的不止我一个人，看着车窗外昏黄的灯光，我想，他们一定和我一样，都是恋家的人，为了能在除夕吃上一口年夜饭，不辞辛苦奔赴几千千米回家团圆。这是中国人特有的情结，也是刻在骨子里的执念。当积雪皑皑，炉火跳动着炙热的火焰，那团圆的滋味，是中华亲情文化的浓缩，蕴含着中华民族共有的情结，凝聚着中国人的价值观念和精神追求，飘然而出，萦绕心间。

03

飞机冲上云霄，舷窗外繁星璀璨。

云近得仿佛可以伸手抓到，我极目地面，再也找不见平日里走不完的高楼大厦，再也听不到街道上的人声鼎沸，人间所有的喜怒哀乐都成了圆点，只有天山山脉雄伟屹立、刚强不息。我不禁被这种角度差距所震撼，当用心投入自然的怀抱时，我如同沧海一粟，渺小到了尘埃里，苏轼那句“寄蜉蝣于天地，渺沧海之一粟”大概就是眼前这番景象吧。

机舱内鸦雀无声，远处另一架飞机排出的尾气犹如一条白色的巨龙，久久漫舞飘散。往日绿草如茵的河西走廊静静地躺在大地的怀抱里，盖着一层薄被，巍峨的祁连山脉横亘在天边，一眼望不到尽头，那历经岁月的褶皱，像极了老人脸上的皱纹，清晰纯粹。我不禁想，这山一定是仙人留下的神来之笔，以极具气势的深度，唤醒人类对生命的虔诚呵护。

太阳渐渐升起，云层消散开了。清晨的味道愈加浓烈，和我同排座位的乘客已悄然入睡，我却十分清醒，那种远走高飞的快意，那份穿云破雾的神秘，在短暂的期待中变得越来越淡。我知道，心的距离已经变成了地理上的距离，我马上就要到家了。

时间从指尖滑落，来不及惊叹，也来不及感慨。

04

冬日的阳光慈祥和蔼，落进了我的眼睛里。

出了兰州中川国际机场，谦虚温纯的气息迎面扑来，滚烫的乡音让人倍感亲切。在打车前往兰州火车站的路上，和我同行的还有一个女孩，她说她也在乌鲁木齐工作，马不停蹄要赶回老家过年，再细问，我们竟然在一个镇子上并且离得不远，这也算得上是缘分了。

有人说，缘分像一本书，翻得不经意会错过童话，读得太认真会流干眼泪。是啊，我所知道的，就是赶快回家，但在回家的路上能遇到哪些人，我从来没有作过设想，因为缘分本就是生命中的偶然，从不以人的意志为转移，这正是其神秘和可贵之处。想到这里，我不禁释然了许多，当我再次踏上回家的路时，我知道，我一定不会再遇见她。缘来时不狂喜，缘去时不悲泣，这才是人间大道。

兰州火车站。白茫茫的水蒸气夹杂着牛肉的浓香向四周弥散开来，五湖四海纷至沓来的食客都会来上一碗兰州牛肉面，我也不例外。简单两个小菜，热气腾腾的清汤牛肉面端上饭桌，调好辣椒，倒上陈醋，那熟悉而顽固的色、香、味都镌刻在了心底最柔软的地方。一碗牛肉面，寄托着西北人厚道、质朴、正直的血液情感，还原着岁月的沧桑，在快要打烊的面馆里吃一碗牛肉面，那一定是老一代兰州人最为独特的味觉记忆。

总有一种味道，能让我们找回曾经的自己。

05

离家不到两百千米。

杨绛在《世界是自己的，与他人无关》一文中写道，我们曾如此渴望命运的波澜，到最后才发现：人生最曼妙的风景，竟是内心的淡定与从容。看着车窗外最后一程的风景，我反而变得不那么焦躁了。我们为着不同的梦想，不断从原点出发，在挫折中磨炼意志，在逆境中茁壮成长，不断失去，又不断获得，当我们离终点越来越近的时候，所有的奋斗和追求，所有的焦躁和不安，最终都会成为内心的淡定与从容。

火车厢内有婴儿在哭泣。我也曾是婴儿，也曾在无意识中无缘由哭泣过。但当我们渐渐长大，在耳濡目染中形成自我意识的时候，在生活的海洋里，哭泣就成了怯弱。我曾在《流淌在岁月里的那条河》里写道：流水光阴，最终还是要回到孩童时期，天真烂漫、稚气无邪才是生而为人的天然属性。当我们经受住了生活的考验后，的确需要那么一个安静的时刻，让自己的内心更好地沉淀。

列车穿过漆黑的隧道，就到了渭源。哭泣的婴儿已悄然入睡，车厢内人们早已拿好行李排队等候下车，只有我还静静地坐在座位上东张西望。我不知道下一站我会看见哪些风景，遇到哪些人，但我知道，那些没有看见的风景，一定会在某个时刻等着我。

06

从凌晨五点多钟到下午七点多钟，所有的期盼浓缩成十几个小时。快要到家的时候，父亲打来电话，说饭菜已经备好了，等我一起吃饭。

爬过一座山，沿着沟壑望去，我一眼就找到了家。祖祖辈辈生活的大山，在历经岁月的变迁后，还是如此孤傲温暖，停留在时间的荒芜里，静静地守望着这里的每一寸土地。那半山腰上与大山惺惺相惜的农家院落里，偶尔闪烁着微光，我的心头顿时涌起一股暖流，竟分辨不出是欣喜还是悲伤。

父亲静静地坐在沙发上等着我回家，一股熟悉的味道直抵心间。我狼吞虎咽般地吃完饭，与父亲简单聊了几句，睡意便席卷而来。我躺在土炕上，盯着天花板，总觉得少了点儿什么。是的，以前每次回家，母亲总会问这问那，一时间让我不知道怎么回答，自打她去世后，家里就冷清了不少，真有种恍如隔世的感觉。母亲走了，人也少了，现在回家，更多的是情感上的空虚。

夜深人静，窗外月色朦胧，带着心事，我逐渐进入了梦乡。所有的疲惫和不安，都融进了故乡的美梦中，我是多么希望黎明来得再晚一点。

后记：家饱含着美好、幸福和希望，每个人都有不同的家，但每个家都是人们共同的心灵和情感归宿，当我们无憾地适应自然规律的时候，家永远是心灵的港湾，是每一个人值得并且必须依靠的地方。以年为纽带，以家为单位，情感在除夕之夜高度凝聚、融合、升华，那浓稠而温馨的团圆味道，隐藏在童年的记忆里，回响在脑海深处，凝结成中国人坚如磐石的团圆情结。我们的一生，都在回家的路上。

闲情

辑四

人在草木间

“茶”字是由“荼”演化而来的。茶由食用到药用，再到饮用的转变，是人类对茶的认识从物质层面向精神层面不断深入的过程。“茶圣”陆羽的《茶经》，开创了为茶著书立说的先河，标志着我国茶文化的确立。

封演《封氏闻见记》中提出的茶道，主要是指陆羽倡导的饮茶之道，即鉴茶、选水、赏器、取火、炙茶、碾末、烧水、煎茶、品饮等一系列礼法和规则。随着我国古代农业经济社会的发展，茶道把世俗化的饮茶提升为富有文化气息的艺术精品，从单纯的物质享受上升至精神滋养。

“太和”既是儒家的基本思想，也是茶道的核心内容，它代表着不相容万物的内在统一和谐。儒家不但将“和”思想贯穿于道德境界中，而且贯穿于烹茶、品茶的艺术境界中，无论是茶具的选用，还是饮茶的过程，都要表现人的文化修养和艺术气质，符合中庸风韵，这种清新、自然、质朴的精气神，形成茶道的独特风格。“体用不二”“饭疏食，饮水，曲肱而枕之，乐亦在其中矣”，在自然界生生不息的变化之中，“和”成为历代茶人孜孜以求的至高哲学境界。

道家主张的“天人合一”，最直接地体现出人对自然的融与法，是茶道的灵魂所在，使生命行动与自然妙理一致，使人与山水草木完全融为一体。在这种哲学思想的影响下，我国茶人强调人与自然内在的和谐统一，传统的饮茶艺术正是自然主义与人文主义高度结合的文化形态。

茶人的内心世界里充满了对大自然的热爱和渴望，有强烈亲近自然、回归自然的主动意识。而文人更是钟情置身于深林幽谷，煮泉品茗，从而达到天人合一的境界。

唐代诗人白居易自称“别茶人”，把茶事当作自我解脱的精神之物，他的草堂边就有“飞泉植茗”，在他看来，饮茶、植茶是一种回归自然的活动。素有“茶道全才”之称的大文豪苏东坡，在《种茶》一诗中，更是将茶道中的精神描绘得淋漓尽致……茶人通过饮茶感悟蕴含其中的道理、哲理、学理，这是雅俗共赏之道，它体现于平凡人日常生活之中的随意性。

禅宗建立的茶礼、茶宴等茶道形式，具有很高的审美趣味。比如唐代，大大小小的寺院都建立了“茶堂”，并设置“茶事”一职专门做与茶有关的各项工作。“茶圣”陆羽就是从寺院中结识茶，并对茶产生兴趣的。《百丈清规》更是以法典的形式，规范了佛门茶事，从而使茶与禅宗结缘更深。

诗僧皎然淡泊名利、豁达坦然，同陆羽相交甚好，精于烹茶。在皎然的诗中，茶是一种极其富有美感的境象，“俗人多泛酒，谁解助茶香”“喜见幽人会，初开野客茶”“药院常无客，茶樽独对余”……由茶入诗，由诗入禅，又由禅悟出了意境。每个人都生活在一定的境域之中，淡淡地品味生活，这是作为诗人的皎然对人生的独到理解。

茶本性温和实在，符合热情好客、勤俭倡廉、礼仪之邦的民族特性。当茶超越了其自然属性的范畴，逐渐进入世俗社会的时候，它从此就与国家的进步、人民的幸福荣辱与共。正是茶，塑造了中华民族乐观积极的优良品格，成为民族交往、交流、交融的生动见证。

饮茶，是一种物质和精神上的双重享受。明代著名文学家徐文长描绘了喝茶的理想环境："茶，宜精舍、云林、竹灶、白石，绿鲜苍苔，素手汲泉，红妆扫雪，船头吹火，竹里飘烟"。试想，在窗明几净、树木环抱的小屋内，炉火烧得正旺，窗外人影婆娑，一杯热茶缓缓下肚，是何等惬意悠然？

一茶一世界，一味一人生，与茶对话，禅意起，皆是智慧。岁月的风儿吹过盛夏，回望潺潺的生命之河，找一个僻静的小屋，煮上一壶茶，从茶的境界中寻找心灵的安慰和人生的满足，我们的生命，也将由此展开……

说酒

酒作为一种文化载体，融合了中国古代哲学、文学和艺术等诸多元素，反映出我国传统的道德观念和人文主义精神，造就了中华民族高度的历史自信和文化自觉。酒所具有的这种文化属性一旦不自觉地张扬开来，就能与自然、地理及人文巧妙地结合起来，让我们完成一种朴素的回归。

酒与民族性格、文化心理等因素密切相关，把饮酒纳入礼的范畴，通过饮酒承载礼的道德伦理功能，是中国古代酒文化发展历程中的突出特征。“酒宗”孔子就主张喝酒应当达到“酡”的状态，个人饮酒并没有具体数量的限制，以饮酒之后神志清醒、形体稳健、气血安宁、皆如其常为限度。

早在西周时期，周公就总结出商王朝败于酗酒，制定了我国最早的禁酒令《酒诰》，还专门设立了一整套机构，严格管理酿酒和用酒，“五齐”就是酿酒的不同质量标准。从秦汉至清代，随着社会生产力的逐步提高，酒的种类和形态也更加丰富，李肇《唐国史补》记载，唐代仅长庆以前就流行着兰陵、新丰、剑南春等十多种名酒。

酒文化的进步总是与农耕经济的发展相互映衬、互为表里，酒天然所具有的这种张力，有时被律令所束缚，有时却成

为绝大多数人的生活习惯。也正是因为这些发展与限制的起伏波动，酒文化才能在推杯换盏中延续数千年，在唇齿间流传，越发脍炙人口。

诗歌文化的繁荣，使以酒为令的习俗逐渐推广开来，美酒与名诗交相辉映，让酒文化变得更加丰富多彩。“酒鬼”刘伶“一饮一斛，五斗解酲”；“酒圣”陶渊明放浪形骸，誓不为五斗米折腰；“酒仙”李白“天子呼来不上船，自称臣是酒中仙”；“酒痴”杜甫更是“饮酣视八极，俗物都茫茫”……诗中彰显的豪情万丈，不仅激发出生活在封建社会底层人们对美好生活的热望，而且丰富了我国独特的文学形态。

酒是诗人情感世界的催化剂，是丰富人们想象的奇妙载体。当酒激活人类的敏感神经和细胞，当我们内心的自律在某个时刻变得越发疯狂，酒便成了客观与内在和谐统一的媒介，几口辛辣过后，两者自然就产生了情感上的共鸣。正是因为酒的存在，才让历史中固有的一些清醒和模糊，在经历了经济社会高速发展的催化后，依然能够保持现状，在岁月的长河里，散发出璀璨夺目的光芒。

“书圣”王羲之酒酣疾笔天下第一行书《兰亭集序》，苏轼浩然的文气在酒的作用下深入肺腑，酒后狂草的书法大师张旭和怀素，无不对酒情有独钟。在酒精的作用下，平日里一些压抑和自控的因素都消逝了，微醺之间，那种奔放自如的情绪同这种“至我”的境界相融相生，深刻地反映出人们对人生的思考和生活的态度。

酒令作为一种独特的文化现象，从最初具有强制意义的限酒措施逐渐转变为文人雅士之间的劝酒，进一步丰富了酒文化的内容和形式。其中，最广为人知的就是魏晋南北朝时期的“曲水流觞令”。唐代“藏钩”“射覆”“断章取义令”更是多种多样。到了宋元时期，随着通俗文学的发展，酒令更加丰富多彩。明清时期则达到了巅峰状态，“拧酒令”广为流传，这里的“拧”就是指用旋转不倒翁的方式来劝酒。

酒中哲学，人生至味。酒始终承载着人们精神世界中抽离的情感和思想，在某种程度上，它让我们真正有了物质和精神之间自由选择的权力。酒与人性的完美契合，既赋予酒以精神特质，更表达着人性以及自我的释放和超越。酒所固有的甘烈和醇厚，都要我们自己去品尝。因为酒，个体的情绪、志趣和理想才呈现出更为鲜明的时代特征。

独酌有独酌的境界，对饮有对饮的妙处。透过历史尘埃，即便是在社会秩序高度发展的今天，我们依然能够感受到古人在伦理秩序中不断地寻求内心的安稳的清醒。以农业生产为支撑，酒从物质需要转化为精神慰藉，由生产实践到理论成果，并以其独特的文化属性，在历史洪流中存在着、彰显着，这本身就难能可贵。

鹅掌柴

办公室窗台上摆着几盆不知名的花，同事告诉我其中一盆叫鹅掌柴。我想大多数人和我一样，对鹅掌柴这个名字是比较陌生的，或者说很难直接将这个名字与花联系起来。

光听名字，是不能够了解这种花的。鹅掌柴为常绿灌木，散发着淡淡的橄榄气味，分枝较多，枝条紧密，叶片形似鹅掌，长卵圆形复叶，阳光强烈的时候叶色较浅，半阴时叶色浓绿，在明亮的灯光下，叶子的颜色会更加鲜艳浓绿。花语是自然和谐、积极向上。除此之外，还有清热解毒的功效。

一直以来，我虽然喜欢养花，但不谙于花道，更不长于种花。其中的原因也许是多方面的。我的故乡是一个草木繁茂的地方，随便埋下几颗种子，几天过后，就能生根、发芽、开花，不需要掌握种花养花的方法。即便长大后在单位上班，几盆花草也有人专门打理，自己顶多浇浇水。大多时候即便有心侍弄花草，也是无暇顾及。我竟分辨不清，是我们的心越来越远了？还是山川土地变了？

在老家，家家户户的房前屋后都有一个十几平方米的园子，不管是种菜还是种花，我们都叫花园。我家的花园里种的大多是菜，每当春天来临，母亲只在花园周围随便撒上几种花

的种子，没过几天就能生根发芽，茁壮生长，开出鲜艳欲滴的花骨朵儿来，总能让人感受到生命的热烈和精彩。邻居家的花园里有一棵牡丹花树，据说有三十多年树龄，每年四五月的时候，牡丹就开满了园子，满园都是富贵人家的气息，惹得大家好不羡慕。对于从小就生长在农村的我来说，早已听惯了清脆的鸟叫，见惯了漫山的野草，闻惯了扑鼻的花香，花于我而言，太过于普通和平淡。

在生活节奏越来越快的今天，养花却成了一种乐趣。生活在大城市里，目之所及，全都是被修整得大小一般、形状相同的名贵花草，从前那些野蛮生长的蒿草，早已消失在了城市化的背影里。突然发现，面对生活，在偌大的城市里有个十几平方米的花园，是一件很奢侈的事情，随意撒下种子，感受着它们的肆无忌惮，该有多么诗意。以前我拥有整个花园，现在窗台上的几盆花却让我满怀期待，我不知道这是不是我拼尽全力追求所谓的幸福生活付出的代价。

养花不一定非要养名花，一盆普通的鹅掌柴，也能养出心性来。老舍在《养花》中写道，“在我工作的时候，我总是写十几个字，就到院中去看看，浇浇这棵，搬搬那盆，然后回到屋中再写一点，然后再出去，如此循环，让脑力劳动和体力劳动结合到一起，有益身心，胜于吃药。”这其实也是大部分人的养花状态。整日伏案疾笔，我已然忘记了时间流逝，不经意间抬头，恍惚中望向那盆鹅掌柴，叶片随风抖动，充满了魔力，让我迷糊的大脑清醒不少。想来，有亲人牵挂，有窗台上的那盆鹅掌柴默默陪我通宵达旦，我也足够幸福了。

看着鹅掌柴，我总能感受到生命的演绎和宁静。我不知道它的种子是什么时候种下，又是在什么时候被人当作盆景搬到办公室的，可它却从来没有因为生长环境的改变而改变，总是乐观豁达、积极向上。和绿萝一样，它对生存条件没有过分的要求，只要有水和阳光就能生长，平时也不需要刻意去照料，养活它于我而言，是一件很轻松的事。鹅掌柴，在我心情烦躁的时候，给我以清凉，让我有了继续写作的信心和勇气。这便是我写它的主要原因。我不禁联想到万物顺时凋零的情景，为鹅掌柴的命运感到惋惜，它显然已经习惯了被人照料的日子，如果再让它回归自然，它的生命是否还能延续?

生命的花期只有一次，有了鹅掌柴，我也不愿意再去买其他价格昂贵且难养的花了。有鹅掌柴相伴，我总觉得我的生活十分有盼头。并不是因为它本身有多么诱人，而是在与它朝夕相处的过程中，我能不断地思考和反思自己，渐渐学会享受每一个当下，感受生命里每一次邂逅的精彩。不负每一场花开，善待每一次花落，这就是热爱。

我期待着鹅掌柴开花，闻着淡淡的花香，只看夕阳晚霞。

买碗

凌晨两点多钟，单位院子里的灯刚刚关掉，一切出奇地安静。下班简单洗漱之后，我躺在床上，一想到明天还有许多工作需要处理，就想尽快入睡。可翻来覆去却怎么也睡不着，明明闭着眼睛，脑袋却出奇地清醒。在漆黑的夜里，我想到了母亲、故乡，还有我未卜的理想前程……

可是想这些又有什么用呢？过去的已经成为过去，未来却还在继续，当下才是最真实和珍贵的，就像我期待睡梦一样，如果能与这个夜晚共眠，是再幸福不过的一件事情了。

每当这个时候，拿起已经入睡的手机，似乎成了我习惯性的动作。打开微信，随意翻看几个月前的对话框，盯着一条消息能看好久。其实我也知道，这样做会让我本就干涩的眼睛更加疲劳，但总觉得这样不但可以帮助我整理思绪，而且能够让时间过得更快一些。看着刚刚刷新的朋友圈，各种各样的情绪出现在我眼前，或许，他们和我一样，也在这个难挨的夜晚胡思乱想，期待黎明能够来得再快一些。

我打开手机淘宝，推荐页面弹出各式各样的商品，随即想到自己买的第一套房子就要装修了，心里莫名兴奋，倒不如提前挑选几套碗筷，反正迟早都要买，也正好打发无聊的时间。搜索出卖碗筷的店铺成千上万，价格也相差很大。心想，碗筷这个物件，只要实用就行，也不必太过奢侈。从外观到实用性，从材质到价格再到买家评价，我认真浏览每一个店铺，直到页面底端，也没能挑选到一套让我称心如意的碗筷。一看时间，已经是凌晨四点多钟，我不禁有些烦躁，逛淘宝又浪费了我近两个小时，而且毫无收获。

转念一想，我为什么要烦躁呢？就像买碗一样，我们所追求的一些事情，也不一定件件都要有结果，如果因此而焦头烂额，那我们的烦恼怎么能数得过来？以一种思辨的态度看待生活，我们对自己的思考就会更加深刻。行到水穷处，坐看云起时。其实每一个失望中本身就孕育着希望。想到这儿的时候，我不禁为自己无缘由的烦躁莞尔。

小时候，隔三岔五就会有货郎来村子里吆喝着换东西，母亲总会拿出积攒了几个月的废纸箱、废铁之类的东西用来换碗，每次几个，几年下来，我家里的碗，大大小小有好几百个，装了满满几箱子。我曾不止一次问母亲："要这么多碗有什么用处？"她笑着说："都是给你将来盛饭用的。"我没有听明白母亲的话，心里却莫名踏实。那个时候，我不懂得一只碗里盛满了一个家庭的酸甜苦辣，也不懂得碗在母亲眼中意味着什么，但我知道，有了碗，就一定有幸福的滋味。

民以食为天，食总离不开饭碗。当我们渐渐长大，离家越来越远的时候，当我们独自在外感到孤独、无依无靠的时候，回到栖身之处，锅碗瓢盆里盛满了果腹之物，那便是极其幸运的。如果在这个时候，有人在等待我们，还有一桌香喷喷的饭菜，那便是极其幸福的。一只碗，延绵着中华五千多年璀

璨的文化，给了中国人足够的安全感，让这个最懂得生活的民族有足够的底气走向未来。

在这个不眠之夜，我再次打开淘宝，毫不犹豫地选择了几套较为奢侈的碗筷。我想，这既是对生活的敬畏，也是对未来的憧憬。已是凌晨五点多钟，我期待着黎明的到来。

流淌在岁月里的那条河

当繁星布满夜空，温柔白天的喧嚣，过往行人被秋陶醉，高楼拔地而起的呼喊渐渐消隐时，我完全沉浸在时光的怀抱中。在字斟句酌间焦灼与喜悦，偶尔望向窗外，微风夹带着亢奋，夜空中洒满银辉，荡漾着收获的味道，晨曦涂窗，便多了几分从容。

做绿叶。泰戈尔说，花朵的事业是美丽的，果实的事业是尊贵的，但我愿做一片绿叶，绿叶的事业是默默垂着绿荫的。绿叶要乐于奉献，当夏的炙热亲吻大地，轩榭与流水相映成趣时，我愿成为一片绿叶，让过往行人纳凉休憩，为脚步匆匆者遮风挡雨，黄发垂髫，相觑容光满面，我完全沉醉其中，不知归路。

绿叶要甘当配角，当春的脚步渐近，花蕊羞怯地探出头，伴着风的呼唤，渐渐长大时，绿叶就如同年逾期颐的长者，甘为红花陪衬，在尘世的纷扰里，为那一朵芬芳而喜悦，温柔了焦躁不安。绿叶要忠诚实干，当春天还躺在冬的怀抱里时，绿叶已悄然招手，静静等待贵如油的春雨，翩然走来，只为枝繁叶茂。当残绿凋谢化作春泥，来年的希望已然萌生。

有涵养。曾有人问我，你读了那么多书，有什么用？还

不是整天忙得要死？我当时没有回答。五年后，我找到了答案：在被时间赶着走的旅途中，还是应该干点什么的，好比吃饭，今天明天变瘦变胖看不出来，但时间久了，所吃的这些饭，大都会转化为营养，成为身体的一部分。

读书多了，站位就高了，眼界就开阔了，心胸也就宽广了，我们常讲蓄势待发、厚积薄发，就是这个道理。有涵养，不是读了多少本书、见了多少个人，更不是去了多少地方，而是在生活的字典里，寻找真正属于自己的那一方乐土。流水光阴，最终还是要回归到孩童时期，天真烂漫、稚气无邪才是生而为人的天然属性。

当行者。罗曼·罗兰说，暂时的是现实，永生的是梦想。还记得在大学时，有一个讲话稿要写，时间比较急，又遇到停电，党政办公室主任让我去网吧写，当时也没有多想，到网吧花了近一天时间，终于写好了，拿给办公室主任看，他挺满意，我也挺高兴。现在回想起来，感觉比较滑稽，想必为写稿子泡网吧的人还是少数，但这样写出来的稿子，还是比较接地气的。

举这个例子，就是想说行者其实就是在平凡中，将所有的烟火气息，都能凝结为不紧不慢的光阴，当驻足欣赏时，总会有那样的时刻，让流淌在情感里的每一条河，在迈向光明的征途中，高歌猛进、奋勇向前、直抵彼岸。人生最宝贵的莫过于光阴，最璀璨的莫过于事业，最快乐的莫过于奋斗。行者，就是纵使乱花渐欲迷人眼，还能不畏浮云遮望眼，像跋山涉水遇见了一轮月亮，照亮奋斗的足迹和夜行的路。

写至此，流淌在岁月里的那条河，早已流向了远方。

读水

水，在我们生活中随处可见，太过于普通平淡，若不是口渴或洗涤污秽之物，是很难想起水的。翻开新华字典，“水”字有七种解释，但没有一种解释说明水的哲学特性，假如用一个字概括，非“真”字莫属。水中蕴含了太多的生活智慧，读水，会让我们更加接近生命本来的模样。

《管子·水地》中记载：“水者何也？万物之本源也，诸生之宗室也。”水是一切生命之源，是我们赖以生存和发展的最重要的物质条件。一直以来，人们都知道鱼儿离不开水，却时常忘记自己一旦离开了水的后果，甚至对水连最起码的尊重都没有，但水却始终不言，倾情奉献。深秋的原野滤尽旷古忧愁，我惊讶于水的柔弱和大度，她像一匹随季节变幻莫测的丝绸，随季节抖动，流淌或凝结，总是把最美的身影留给苍凉的大地，在日月轮回中见证着沧海桑田。仰望一条河，我的内心总是起起伏伏。她用甘甜的乳汁哺育着大地，以其博大的胸怀感动着历史，当荡气回肠在慷慨激昂中汇流入海，这颗蔚蓝色的星球就有了庞大的基因库。

智者乐水，仁者乐山。大自然赋予水以力量和情怀，引发文人墨客的无限思考。自古以来，人们总是喜欢委身自

然，与水结缘，怡情悦性，吟哦歌咏，从涓涓细流中寻找精神寄托。《诗经》“所谓伊人，在水一方”是对心上人的深切思念，孔夫子立于大川望水感叹“逝者如斯夫，不舍昼夜”，王羲之“引以为流觞曲水，列坐其次”生动展现雅趣幽韵，王维“行到水穷处，坐看云起时”表达出对人生的豁然……水，丰富了历代文人墨客的艺术形象，是取之不尽，用之不竭的文化灵感源泉。当我们穿越历史，细细品味古人在字里行间所展现出的精神境界和人格魅力的时候，关于水的故事，早已熔铸在中华民族五千多年的历史长河中，随着时代的发展，愈加璀璨耀眼、光彩夺目。

在人类社会发展的生动实践中，水也被众多哲人赋予丰富深厚的哲学思想，其中最有名的就是老子，《道德经》第八章高度概括了他对水的系统性哲学认识。老子认为，水善于滋润万物却不与万物争利，最终流向世人所厌恶的卑贱之地，这是最接近于“道”的，受此启发，他以极简的语言，写出水之七善，最后得出因为不争不抢，所以没有过失和怨恨的结论。“不争”表面消极，实则积极，是以超然出世的状态达到积极入世的效果，这种表达也最为接近事物本来的面貌，秉自然之性，以无形赋予有形，并以其强大的包容性，最终转化成为人处世、治国理政的大道。这既是老子的智慧，更是中华优秀传统文化的精髓所在。

水之性，也是人之性。千百年来，我们不断在与水的亲密接触和深入探讨中，深化对人生的认识和感悟，那奔流不息的壮阔，正以极其深厚的历史文化底蕴，在浩荡的历史烟云中跌宕起伏，滋润着万物，慰藉着人的心灵。当理性被时间的海水卷起朵朵浪花，撞击出生命的火焰，激荡起我们对生活的乐观豁达时，那些躲藏在时间角落里的不羁，便成为我们对艰难最好的回敬。水蕴含着人生的态度，行进在时间的横无际涯里，我们更需要的是水一往无前的精神状态，只要用心感受自然赋予的能量，我们也会越来越勇敢。

生活如水，简单地可以肆意挥霍，时而涓涓细流，时而波涛汹涌，但在波澜壮阔后的平静，才是最为深刻的。在生活节奏越来越快的今天，我们已然忘记时间还在流转，如何让自己在嘈杂的环境中保持定力？不妨试着从水中汲取智慧和力量，以水一样博大纯净，把自己的姿态放低，谦虚谨慎地为人处世，时刻保持宽广的胸怀、谦逊的品格，积极面对、勇于挑战生活中遇到的各种困难，做自己生活的强者。只有这样，我们才能更加接近“天下莫柔弱于水，而攻坚强者莫之能胜，以其无以易之”的至高境界。

水的哲理，读不完也写不尽。读水，就是读我们自己。航行在波涛汹涌的大海里，我们都在期待一个风平浪静的世界，被时间磨平棱角的时候，我们的胸怀会变得更加宽广，对生命的感悟也会得到升华。

雪花飘起的日子

天空又飘起了雪花，我深情凝望，窗外那雨的精魂，连同那段没有被冻结的记忆，在我的心中泛起了涟漪。大概是我出生在北方的缘故，我打小儿就不会为下雪而感到新奇，反而觉得雪是不速之客，常常不邀自来，脸皮还比较厚，如果不是季节轮回，它就理所当然赖在冬天不走了。

小的时候，虽然在作文里赞美雪毫不夸张，喜欢雪毫不掩饰，但现在回想起来，那个时候不管怎么写，我都没有打心眼儿里真正喜欢过雪，就像初恋情人，若不是一见钟情，怎能热情相拥、共赴白首？

我在东北上大学的时候，北纬四十五度的冬天并不会给温暖留出半点儿情面。当西伯利亚寒流呼啸而来，连日的雪花漫过膝盖，昂首的树枝被压弯了腰杆，披上银装的哈尔滨，在霓虹灯的闪烁下变得更加迷人。有好几次，迎着刺骨的寒风，朋友拉着我走在中央大街，一阵凉风袭来，被冷得灵魂出窍。而在小屋里，温暖顿时涌上心头，几人围坐在一起，那大葱蘸酱的味道，像极了东北人的豪爽，飘入鼻孔，回忆悠长。关于东北冬天的雪，留给我的，除了白，剩下的就是冷。

毕业后，我在南疆工作了两年，库尔勒是个很温和的城市，夏天偶尔下雨，冬天几乎不下雪，在埋头工作习以为常的那段时间，我好像已经适应了没有雨和雪的日子。也许是为了追寻，也许是为了生活，后来我又辗转到北疆工作，2024年的乌鲁木齐已经下了好几场雪，禁锢在时间的枷锁里，当雪染白了额头，我第一次感觉到自己是那么喜欢雪。

雪美在心境。周末下大雪，我约朋友出去走走，他要开车，我想走路，最后我一个人出去走了好长时间。当我站在素白里，大片雪花像喝了酒一样，摇摇晃晃散落在我的肩膀，随即消失，一瞬间我的眼里含满了泪水，要积攒多少幸运，才能遇见这个冬天，遇见这温柔的雪？

在车马很慢、邮票很缓的年代，我们都曾无数次邂逅，而在邂逅之后，潜藏在心间的那一抹温暖，就成了永久的记忆，不管物质多么丰富，当境随心转，便成了回首时的唯一理由。其实美不美，与物无关，全凭心境。

雪美在朴素。林清玄在《为君叶叶起清风》中写道："白鹭立雪，愚人看鹭，聪者观雪，智者见白。"在智者眼中，立于天地，白才是最本质的属性。雪也是一样，自然赋予雪以白，而雪又以极其温和的属性，容纳四季轮回的苍黄，以宽广的胸襟，包裹着裸露的大地，为自然界的下一个复苏积蓄力量。雪的朴素，也在于它的随性，不为秋天的漫长而焦躁，不为春天的匆匆而抱怨，酣睡在不紧不慢的光阴里，从容且自信。

雪美在挑剔。也许是因为雪的性格，它极不情愿在南方生活，只喜欢北方的冬天，当南方还是四季如春的时候，北方早已大雪纷飞，满世界的雪花翩翩起舞，那定是"深度纠

结”后的结果。雪独立而有个性，哪怕融化在艳阳里，也不甘折腰示弱，当我们用泪眼凝视着雪的孤独，却不知雪也在高傲地凝视着我们。雪高傲且冰冷，其实她早已心有所属，像极了情窦初开的女孩，犹豫且浪漫。都说有梅无雪不精神，有雪无诗俗了人，其实在雪的个性中就藏着诗意。

窗外的雪越来越大，我的思绪被拉得很远很远，那没有被冻结的牛铃声温暖了浪漫的歌谣，写到这儿我才发现，就像这雪一样，在漫漫光阴里，所有的偶然，都能在时间的荒芜里生机盎然，一瞬间就成了永恒。

落红不是无情物

“落红不是无情物，化作春泥更护花”出自清代文学家龚自珍的《己亥杂诗·其五》，此句反用了宋代诗人陆游《卜算子·咏梅》中的“零落成泥碾作尘，只有香如故”。在龚自珍的眼里，落花是至情之物，即便化作春泥，也甘愿守护美丽的花朵。

清道光十九年（1839年），也就是鸦片战争爆发的前一年，龚自珍已四十八岁，出仕二十一年。他清醒地看到了清王朝统治的堕落和腐朽，屡揭时弊，却遭到封建权贵的排挤打压，看透了功名利禄的他，不愿同流合污，于是愤然辞官返乡。后因迎接眷属，在往返途中创作了此篇堪称绝唱的七言绝句。

在返回杭州时，龚自珍的心情可谓百感交集。“浩荡离愁白日斜”，用“浩荡”一词开头强化离愁别绪，体现出诗人内心的激动和放荡不羁的性格特征，回首自己在京城为官多年，胜友如云，却壮志未酬，看着天边的日落，不免心潮起伏。“吟鞭东指即天涯”，“吟鞭”与“浩荡”对应，气势如虹，反映出久居樊笼复返自然的轻松。既有“白日斜”的回首，又有“即天涯”的期待，互为映衬，是诗人当时感情的真实写照。

“落红不是无情物，化作春泥更护花。”笔锋一转，由抒发离愁别绪转为表达报国之志。“落红”并不是无情之物，是带着深厚感情的有形之物。以花自喻，表达自己虽然辞官回乡，却始终心系家国，爱国主义情怀跃然纸上。

在龚自珍笔下，离开树枝的花朵是为了融入泥土，更好地守护新一轮生命的生长，这与历代诗人笔下的花有很大的不同之处。“有女同车，颜如舜华”表达了对女子的爱慕；“待到重阳日，还来就菊花”流露出对田园生活的热爱；“感时花溅泪，恨别鸟惊心”表明忧伤国事、思念家人的深情；“遥知不是雪，为有暗香来”借喻不与世俗同流合污的铮铮傲骨。

龚自珍另辟蹊径，将花赋予人的感情，艺术性地反映了他一生怀才不遇的坎坷遭遇，以乐观的心态结尾，反映出诗人认识社会和批判现实的能力，在晚年达到了相当高的境界。

时代是思想之母，实践是理论之源。反复拜读此诗，依然能深刻感受到诗人在那时、那刻、那景中的心情。在没落的封建王朝，鸦片蚕食着百姓的身心，生灵涂炭，软弱的清王朝即将完全沦为西方列强的奴隶。在封建王权达到顶峰的历史阶段，个人的力量显得多么苍白无力，即便有林则徐虎门销烟的壮举，清王朝最终还是走向了覆灭。对勇于针砭时弊的龚自珍来说，面对权贵打压，解甲归田便是最好的选择。

这也反映出文化与时俱进，又反作用于社会的鲜明特质。诗歌作为集中反映社会生活并具有一定韵律和节奏的文学体裁，从实践中走来，必然要回到实践中去，天然同诗人一起作

为社会的一体两面存在于历史进程中。在古代封建王朝的兴衰更替中，诗人作为客观社会与文化表现形态的中介，与生俱来具有叛逆性格，或豪放，或婉约，或朦胧，其实都是历史文化演进的一种态势，也是古体诗歌与生俱来的品质。

透过历史的尘埃，深读龚自珍的这首诗，除了可以将个人理想和政治抱负融为一体，表现出他深厚的文学底蕴外，我们还可以读懂其中蕴含的开放包容的中华文化自信。在漫漫历史长河中，中华诗词薪火相传、继往开来，走向世界，这正是农业文明的底气所在、动力所在。大唐王朝“贞观之治”视域下的豪放，宋代晚期国势日渐衰退的婉约，正是“诗歌合为时而作”的有力印证。

“落红不是无情物”。我曾焦急地在树下等风来，只为感受一场生命的盛宴。落花，代表着一段生命的终结，却彰显着一种别致的美丽，是一种独特的审美取向。在人来人往中，有多少生命能够像落花那样，即便遭遇坎坷，依然能够笑着面对生活，努力以最为绚烂的方式展现生命最后的精彩。

盛世当歌。感恩这个伟大的时代，目极之处，让我们无时无刻不在感受落花时节的风情神韵。满目的幸福荡漾在华夏大地的每一处角落，秋天的生命与活力，无比盎然。

进城

读初中二年级的一个夏天，那是我第一次进城。母亲患病已经两年了，在时间的消磨中，她的身体越来越虚弱，眼睛里透着一股难以掩饰的疲惫。在父亲和姐姐的劝说下，她才勉强同意到城里住几天院。父母不在的那段日子里，家里的大事小事都被安排给了已成年的姐姐。对于从小就习惯了在父母身边的我来说，那段日子相当难熬，一种从未有过的孤独感时刻萦绕心头。

父母不在的日子里，家里一下子冷清了不少，听不见母亲的唠叨，姐姐从早到晚忙着做家务，平时话也少，养鸡、喂猪、做饭，还要饮牛填草，家里的哪张嘴落下了都不行，来了客人还要端茶倒水。她承担起了一个家庭主人对于生活的全部责任，但我并不能通过她的表情来判断出她那时的心情，直到现在还是这样，面对生活中的各种艰难困苦，她总是闭口不言，只要认准了，就认真去做，没有回旋的余地。

是啊，姐姐是我们一家四口当中最乐观的，这一点到任何时候都不容置疑。脾气和抱怨往往解决不了任何问题，面对生活的种种困难和不如意，消极退缩是起不到任何作用的。而当我们以一种积极的心态（我所理解的积极就是平和）去面对

生活中的一切失意的时候，在时间的磨砺中，我们就会对事物产生更深层次的认识，而这恰恰是难能可贵的。那个时候我明显感觉到了她的压力，她身上展现出来的那种成熟和乐观一直激励着我。

那年我十三岁，在这之前，我虽然听说过城里有高楼大厦，但从来没有见过，就连公园这个词也比较陌生，坦白来说，我对城里的一切都是陌生的。姐姐提出到渭源县城看望母亲这件事，已经是好几个礼拜之前的事情了，盼星星盼月亮，好不容易等到星期天，一大早姐姐就把家里的一切都安顿好，再穿上一身新衣服，我们便早早地到镇上坐上了去往城里的公交车。

那个时候我坐的次数最多的，除了父亲的架子车，就是村里人的三轮车了，平时走远路正好碰见，大都会捎带一段路程。那是我第一次坐公交车，从镇上到城里还是土路，车身摇摇晃晃，经过一段漫长的山路，我猛地一阵头晕目眩，胃里翻江倒海，难以言喻的痛苦随即涌上心头。我只能强忍着在摇晃中寻找身体的平衡，那时的场景我至今记忆犹新。

那个时候的我对于一切新鲜事物都充满好奇，更何况是第一次去城里这件大事。常听村里的老一辈人说谁是“没见过世面的”，后来我才知道，要是我长这么大连城里都没去过，肯定比这更严重。我第一次亲眼看见高楼大厦，走在宽阔的柏油马路上，琳琅满目的商品映入眼帘，心里在想，城里的糖是不是要比镇上的更甜？直到我走出大山之后才发现，还是镇上买的糖更甜一些。

在医院里看到母亲的病情稍微好转了一些，破天荒来城里一趟，姐姐便带着我出去闲逛，顺便买些东西带回去。具体去了哪些地方我已经记不清了，毫无疑问的是，城里的人流要比乡下密集，混迹在来来往往的人群里，抬头仰望被高楼大厦阻挡的阳光，我第一次感觉到自己的渺小。不禁想，在比这更大的城市里，什么时候也能有我们一家人的栖身之所？

课堂上的知识丰富了我的眼界，那次进城加深了我对外面世界的渴望。其实，在我们的一生中有无数个第一次，第一次睁开眼、第一天上学、第一声喊出你的名字……这些都将为我们今后的人生埋下伏笔，请不要躲避，去大胆尝试，并付出全部力量，即便没有收获，我们的精神世界也应该是丰富的，就比如父母不在家的那段日子里，我成长了许多。

穿越黄昏

光明之尾，又是一个黄昏。太阳渐渐滑到了山顶，只留下半边羞红的笑脸，映照着天边的一抹红霞，满是温馨。一切恰如其分，时候正好，不比白天，夜色极其潦草，呈现出一种让人心疼的色彩，美丽极了。于是，我怀念每一个黄昏。

黄昏与落日，是熔铸了诗人情感、审美理想的文学意象，读不尽，也写不完。“鸡栖于埘，日之夕矣，君子于役，如之何勿思”是对时光易逝的感慨；“落霞与孤鹜齐飞，秋水共长天一色”勾勒出一幅宁静致远的山水画；“白日依山尽，黄河入海流”表达出热爱生活、积极向上的精神，“山气日夕佳，飞鸟相与还”描绘日暮之时的宜人景色；“烽火城西百尺楼，黄昏独坐海风秋”是何等孤寂；“大漠孤烟直，长河落日圆”是怎样壮阔雄浑；“夕阳无限好，只是近黄昏”又是多么伤感和忧伤！古往今来，多少人试图读懂黄昏，又有多少人真正读懂了黄昏？它就像谜一样，永远让人迷茫，也永远让人期待。

奄奄黄昏后，寂寂人定初。黄昏是一个很神奇的时刻，既意味着白天的结束，也预示着生命的开始。在每一个日落时分，它即使已经没有了当初的光彩，但还在拼命地奉献最后的温暖，眷念着，执着着，又追求着，让人们对新生充满期待。即使是在黑夜来临的那一刻，它也倾尽全力，直到在轮回中把生命的最后一滴鲜血洒向大地才肯离去，教会我们要珍惜当下所拥有的一切。它给予我们的，不只是日落，还有日出。

残阳如血。在光明与黑暗深度纠缠后，黄昏以最美的景致结束了自己的一天。一阵疾风穿堂而来，循着叶落的方向，我微微定神，目光有些呆滞，眼睛里的景物有些模糊。夕阳和我一起来到了黄昏，那一半隐入斜阳的往事，渐渐隐在了山的那边，摇曳于白昼和黑夜之间，透过历史的尘埃，穿梭在每一个日落之前，赋予生命更新的意义。

黄昏是温柔的。它的每一次来临都显得漫不经心，既没有朝阳带给我们的那种期望和生机，也没有正午时分万里无云的那种热烈，更多的是让人亲近的柔雅，仿佛《诗经》里跳动的音符，即使透过漫漫历史尘埃，依然脍炙人口。当黄昏的影子渐渐爬满辽阔的大地，悄悄落在心里，思绪徜徉在一望无际的原野中，看着那碎落了一地的美丽，我们的心胸也会变得更加开阔。黏稠的夜色逐渐扩散开来，晚霞褪尽最后一点儿色彩，听着河滩里清脆的蛙鸣，似乎再也找不到这样一个时刻，人在其中，梦亦在其中……

黄昏是醉人的。它实在是像极了婀娜多姿的女子，温柔而矜持，多情却迷离，在每个日落之前总能让人望穿秋水。远处连绵起伏的山脉镀上了一层金辉，像丝绸一样温婉光滑。在山天相接的地方，一条明亮的金色光带，将天上和人间明显地区分开来，把最后一丝倔强留在了黑夜来临之前。在隐隐的大山深处，一股青色的雾霭逐渐弥散开来，不一会儿就挡住了更

远的视线。虽然黑夜还没有完全来临，却依稀能看到几颗星星，眨巴着眼睛，是那样清澈。

每当夕阳西下，神秘的黄昏，便能拂去白天的暑热，把宁静和安稳慷慨地赠予每一个平凡的人。在拥挤的人群里前行，结束白天的疲惫后，又有多少人能够抵挡住黄昏的诱惑？每个人都有自己的黄昏，在风轻云淡的时刻，总想一个人悠闲漫步于林间夕阳下，走走停停，全凭自己的意愿，在内心深处感受大自然的心跳，袒露心灵最隐秘的一角，超越安全防线，与万物生灵尽情对话，享受那种神经绷紧后逐渐放松的痛快，在无意间就能抖落心里的尘埃。

我在贩卖落日，你像神明一样慷慨地将光芒洒向我，此刻人间被点亮。日暮的宁静就像一束亮光，以博大的胸怀，彰显着希望和憧憬，让我们焦躁不安的心越来越平和，于落日的无声中，更显庄严静谧。在浅浅的时光里，在薄暮黄昏中，挣脱时间的枷锁，当残梦从枕边飞去，也许只有在这新旧交替之中，我们才能感悟到生命的难能可贵。我不知道，在将来的某一天，当青丝熬成白发的时候，黄昏是否还会在这里，引导我们去领悟人生的那一份平静与淡泊。但我始终相信，哪怕只有一个黄昏，也足以美丽我的一生。

咀嚼黄昏的百般滋味，天际间，似乎只有那轮渐渐暗淡的红日，才能明白我的心事。我仿佛看到，自己追随于群山深处的那绵延的暖橘色温暖，走进了我生命的深处……

肩膀

上周六，我在单位值班，来了一个神情慌张的中年男子。他穿一身洗得发白的迷彩服，中等个头儿，体型偏瘦，背着一个鼓鼓囊囊的大包，满脸皱纹，浓密发黄的头发，让人分辨不出他的年龄。

我问了他的来意，得知他是通过朋友介绍来打工的。他说，工地急着开工，包工头让他周六到岗。于是刚下火车，他就马不停蹄赶了过来。问了单位楼层及电梯入口，他便把行李放在了值班室，让我帮他看一会儿，就上楼了。

过了好一阵子，他从楼上走下来，神色显然比先前更加紧张，他没有找到包工头，朋友电话也打不通，满面愁容的他只能继续等待。时至中午，他还没有联系上包工头，只能周一再来。

他背的行李太多不方便，又没有地方住，想把行李暂存在楼上。可值班室不让随便放物品，他声音颤抖，带着沧桑，跟值班的老大爷啰嗦了好一阵子，最终，他说服了老大爷，把行李暂放在楼上的值班室里。他紧张的神情此时微微缓和，脸上的皱纹也淡了下去，目光却留在了远处，好像在望着什么。

不知过了多久，当他再次来到值班室时，手里提着一个大塑料袋，原来，他为了感谢老大爷，专程在附近给老大爷买来了午餐。百般推辞，老大爷最终还是接过了袋子，中年男子脸上才露出些许安慰之色，他揩去额角的汗珠，转身说了一句："做人要懂得感恩。"目极之处，那瘦弱坚强的背影，那么平凡，连同这缘分，都消失在了时光的一隅。

这背影，似曾相识。我想到了朱自清《背影》里的父亲，也想到了我父亲瘦弱的身影。在我小时候，父亲是不是为了家庭也曾外出打工，像刚才那个中年男子一样，背着一大包行李在人海里奔波？是不是也曾因住不起宾馆而露宿街头，以明月为被，以孤独为床？我想，一定是的，他在奔波，累并快乐着。

行进在时间的荒野，邂逅生活的浩瀚，与幸福为伴，中年男子满脸的皱纹里，绽放出这个夏天最美丽、最纯洁、最可爱的花朵，那是人世间最亮眼的一抹颜色。

《平凡的世界》里有这样一句话："生活包含着更广阔的意义，而不在于我们实际得到了什么，关键是我们的心灵是否充实。"那位中年男子，可能至少是个中产阶级，只是他看上去很酸很土，但在酸和土的背后，他一定有一个幸福的家庭。也许他的儿子年龄比我小，正在国内某所重点高校上大学，他拼命赚钱的目的，就是让儿子完成学业，长大能为社会做出贡献。

我不敢评价他人生活的高尚抑或平凡，可即便岁月轮回，生活也总会给每个人浸润到心底的甜蜜与幸福，无论走到哪里，心中总会留下一丝对亲人的牵挂。我的父亲，想来如那位中年男子一样，也该是幸福的。

歌曲《我是你蔚蓝的天空》里写道：“我是你蔚蓝的天空，撑起一片晴朗无限自由，放心有我在你左右。”当我们站在父亲敦实的肩膀上，无忧无虑地驰骋在爱的世界里，就像漫天繁星不只在夜里闪烁一样，我们其实都很幸运。

落在人间的星星

夏天。天色渐渐暗了下来，白天的高山、狗吠悄无声息地融进了这夜里。不一会儿，辽阔的天幕里便铺满了星星，一颗又一颗，似乎永远也数不尽，辽阔而神奇的大地由此而敞开，我的生命也由此而敞开。

半夜醒来，一个翻身就看到了星空，一轮圆月，周围是几颗星星，一闪一闪的，漂亮极了。那一刻，孤独的夜幕变得热闹起来，这走过亿万年穿过宇宙深处的时间，有幸被我看见。这一刻，我该是幸福的。

是啊，此刻还有什么不能满足我的呢？凡·高沉浸在他绘画的艺术世界里，饱受孤独和贫困的煎熬，然而他不断超越自我，最后成为世界绘画史上的一颗璀璨明星……我胡乱想象着，那遥远的星星指引着我，永远谦卑地崇敬和仰望那些在人类文明史上留下辉煌足迹的伟大艺术家。

夜静悄悄的。我睁大眼睛，目不转睛地看着，那分明是一颗星星在动，犹如闪烁的火花，提醒着我不断追寻生命存在的意义。其实，月亮最能听懂我的心事，你跟它说话，它虽然不回答，却胜过了千言万语。

就像星星之于宇宙，人类之于星星又是何其渺小？星空中美丽的并不是那些看上去耀眼的星辰，而是那些隐匿在云朵后面的光芒。或是思念，或是好奇，仿佛远古时代遗落的梦幻，静静讲述着宇宙的奥秘和时间的流转。

我亦曾在这绝美的星空下苦苦追寻童年时候的梦想，在打麦场的那个草垛子旁，在离家不远的那条小路上，或是老屋对面的山坡上，都曾留下我仰望星空的痕迹。而对这一切，直到现在我依然记忆犹新。我要感谢每一个醒来的夜晚，让我有了更多与繁星亲近、交流的机会。

没有了白天的喧嚣，此刻我的心情是舒畅的。任凭思绪翻飞，却怎么也感觉不到一点儿疲惫。我知道，当天空中有无数双眼睛盯着我的时候，我的一举一动，都会被它左右。我不禁想，在另一个时空，是否也同样有一个人，此时正在看着天上的星星。我想这是毫无疑问的。

“星空之下，我们如同渺小的尘埃，但每个人的灵魂都可以闪耀成星。”这句话一再激励着我，使我对于任何事情都不敢有丝毫懈怠。而事实也证明，这成了我经年之后安身立命的根本。美妙的星空装点了我的童年，一个孩子，从那时起便对浩瀚无垠的天幕及数不清的星星满怀憧憬。

星星啊，此刻我已经读懂了你。只要你出现在我的眼前，即便是相隔遥远，我也一眼就能看清你的样子……

进疆之路

从甘肃渭源到新疆乌鲁木齐，仅单程距离就超过两千千米。这是我第一次自驾回疆。一场漫不经心、极不情愿的返程之旅，一大早就在父亲的声声催促中开启。雪后的天空灰蒙蒙的，好在门前的陡坡早已被清扫干净，否则这样的天气是出不了远门的。随着汽车发动机的突然启动，我猛然清醒过来，在父亲逐渐黯淡的注视中，我们一行四人匆匆离别了这个小时候期待离开，长大后又渴望回来的地方。

大山腹地弯曲的小路显然没有城市里的柏油路面那般宽阔平坦，颠簸了大半天，那山的背影才渐渐模糊，直至淡出视线。姐夫专心致志地开着车，表情里掺杂着几分回家的喜悦，抑或是几分不舍。姐姐和我的准妻子坐在车的后排，眼睛直勾勾地望向窗外，眼里汪满了泪水。寒风在车速的加持下呼啸着，我的心情也变得复杂起来。每一次离别，都是为了下一次更好地重逢，我不禁这样安慰自己。

从渭源县莲峰镇进入兰海高速，一路穿过会川隧道和新七道梁隧道，两个小时左右就到了甘肃省会兰州。在绕城高速上穿过七道梁、柳泉、牟家大山、岗家营隧道，就进入了中国最长的高速公路——连霍高速。祁连山脉北支冷龙岭东南端的乌鞘岭山势险峻，宛如一道天然屏障横亘在来往行人眼前，穿过漫长的乌鞘岭隧道，就进入了素有“东亚陆上马六甲海峡”之称的河西走廊。

我们以不高于每小时八十千米的车速行进在乌鞘岭隧道，单向能容纳两辆车并排同行的洞穴，似盲肠一般在灯光的照耀下缓缓后退。这无限漫长的隧道，仿若光明世界的指引，让我们每一个身在其中的人都对未来充满期待。我不禁慨叹，陇中高原和河西走廊的天然分界线，古丝绸之路上的咽喉要道，这座凝结着人类无数智慧和汗水的结晶，此刻俨然呈现在我的眼前了。此刻的乌鞘岭隧道，就像遗世独立的宫殿一般，竟是如此孤傲厚重。

从武威市古浪县到乌鲁木齐市还有一千七百多千米的路程，途经五十多个服务区。行进在茫茫戈壁中，车外的风沙无情地肆掠着。一眼望不到尽头的水泥路面，却比直尺还要笔直。何时才能走出河西走廊？何时才能到达乌鲁木齐？一路期待，一路迷惘，这条通往未来的生命之路，顷刻间便消失在了司机对前方路途的准确判断中。

夜晚住宿酒泉。这座“城下有泉，其水若酒”的城市并没有给我留下太深刻的印象，我只是坐在车里多瞥了几眼。心里却暗暗发誓，有朝一日我一定要再来这里，吃一碗驴肉黄面，买几个锁阳黄饼和香酥火烧尝一尝。第二天一大早我们驱车再次踏上了进疆之路。过了嘉峪关就是玉门，距离进疆仅剩下三百多千米的路程。

唐代诗人王之涣的一句“春风不度玉门关”时至今日依然脍炙人口。它不仅描绘了一个地理上的界限，更蕴含着深厚的情感表达和厚重的文化意象。玉门关，古丝绸之路上的重要关隘，从古至今就是塞外之地。《凉州词》并非只是停留在字面意义上的荒凉与孤寂，更表达了一种辽阔与苍茫之美，是人类历史进程与自然景观的相融相生。

在瓜州，我们终究还是没能见到隐藏在沙漠深处的大地之子。这座地标性雕塑，隐藏在时光深处，此刻离我们那么近，却又那么遥远。我多想走近那个婴儿身旁，看他沉睡时的模样。那安详的脸庞，以及对大地无比的信任和依赖，昭示着人类对自然的永恒敬畏。

我们的进疆之路算是比较顺利的。听朋友讲，他前几天自驾回疆，运气极其不佳，一路风雪交加，高速临时管控，他只能住宿等待天气转好。在他的语气中，显然带着些许消极的味道。但那又能怎么样呢？当我们习惯了顺境，忘却逆境当中的艰难时，不自觉地抱怨似乎合情合理。而当我们寻得一处宁静之地，身心完全放松的时候，那些影响我们心情的客观因素便早已被抛之脑后。

天还早，过了星星峡就进入了新疆。相比河西走廊的漫长，新疆的博大是映入眼帘的，也是更为直接的。我们在东天山的尽头一路向西，驶过哈密和吐鲁番，就进入了乌鲁木齐。这座留下我青春的城市，正以无限宽广的胸怀接纳着每一个为了理想而奔赴的奋斗者。

赛里木湖的蓝

赛里木湖，一片苍蓝的岁月之海，静静地躺在群山环抱之中，仿佛一块璞玉，远离尘世的喧嚣，守望着高原。当我第一次来到赛里木湖时，就被它的蓝所震撼。那一抹蓝，蓝得沁人心脾，蓝得如痴如醉，蓝得如梦似幻。

崭新的沥青路面环湖延伸，赛里木湖的轮廓逐渐呈现在我的眼前。几朵柔软的白云在天边流浪，远处山巅上的积雪还未融化，翠绿挺拔的云杉像巨人一样立于天地之间，眼前是无限拉长的小路，湖水与长天相映……就在那一瞬间，我所有的身心疲惫，都融进了赛里木湖的湛蓝里。

踏过一片野草地，湖边开满了不知名的野花，放眼望去满眼的绿，那浓郁的、深入肺腑的花香，令人回味悠远。走近赛里木湖，冰凉的湖水清澈见底，阳光像被揉皱了的丝绸，闪烁着耀眼的光泽。极目远眺，浩渺的湖面雾气腾涌，对岸湖边灰色的山影，像姑娘蒙着面纱，羞于让人看清自己的绝世容颜。波澜不惊的湖面，微风徐徐，泛起层层鳞浪，渐渐扩大，然后又悄悄地消失了，显示出澎湃的生机和活力。

赛里木湖蓝得纯粹。在漫长的地质变迁中，赛里木湖曾多次面临干涸的绝境。此刻我眼前的这湾湖水，从最纯净的天空中，见证着无数种蓝色的交替，正以最为原始而纯粹的姿态审视人间。这碧蓝的圣洁之美，从一颗晶莹的水珠展开，洗濯尘世污垢，坦荡、彻底、率真地呈现在世人眼前，被蓝色之韵珍藏，镶嵌在历史的长河里，回望着岁月的年轮。

赛里木湖蓝得深邃。它将高原的梦悄悄地珍藏起来，让人陶醉其中、流连忘返。这大概就是我们心灵的故乡吧，即便历经千辛万苦，翻越千山万水，穿越生命的轮回，也要抵达。只为将一颗染了尘埃的素心，在这深邃的蓝里洗净。我极力打开思维，想象着切丹和雪得克的凄美爱情故事，还有埋葬在漫漫黄沙里的喀拉峻古城，却怎么也猜不透赛里木湖的心事。

赛里木湖蓝得热烈。在这一望无际的蓝里，我目睹每一个迈向死亡的生命都在热烈地生长。在遥远的高山之巅，一片生命之湖极力适应着大自然的恶劣环境，在阳光的亲吻下，那即将走到生命尽头的雨的精魂，热情拥抱充满无限希望的乌云，这分明是在告诉我它对生命疯狂的爱恋。当我的胸襟被绿色的风儿打开的时候，我就知道，赛里木湖已经超越了它本身所具有的色彩，这便是生命之蓝。

赛里木湖蓝得博大。它是新疆海拔最高、面积最大的高山地堑湖泊。这世间罕见的晶莹澄澈，以深沉明净之心接纳了自然中的一切。置身其中，大自然的神奇杰作让人顿生敬畏，这是只有在赛里木湖才能见到的惊心动魄的大湖之美。这被大西洋暖流最后眷顾的地方，坚强地挺起胸膛，用宽广的胸怀包容着世间的艰辛与苦涩，在波澜不惊的岁月里，给予我们无限的精神滋养，让我们的胸怀像大海一样宽阔。

赛里木湖的蓝，竟是如此深刻，这被无数大天鹅俯视的湖水，倒映着山峦重叠的矫健身姿，面对茫茫无际的苍穹，它就那样痴痴地微笑，映衬着高山和大地，让无数人牵挂眷念。倾听时光流淌的声音，就这样与赛里木湖邂逅，真想一直躺在它的怀里，融入悠远的湛蓝，在夜深人静的夜晚，月亮高高挂在天上，浪花拍岸的声音此起彼伏，任凭湖水打湿我的衣角……

站在点将台，北风呼啸，经幡舞动，俯瞰烟波浩渺的赛里木湖，风光尽收眼底。从云层中露出的阳光照亮了远处的湖面，那一抹蓝像是被镶上了边，颜色也由浅蓝变为深蓝。我闭上眼睛，想象着成吉思汗从克鲁伦河畔出发，亲率大军翻越阿尔泰山脉、天山山脉进攻花剌子模的磅礴气势，那一定是君临天下、睥睨草原的英雄豪杰的铁骑惊梦。

远山含黛，波平如镜，仅赛里木湖的蓝就足以卓尔不凡。在这个充满诗意、散发着原始和野性的地方，请把你的心留下，那离开了还想再去无数次的梦幻之地，一定就是我们精神的皈依。刹那间，将生命沉淀其中，我们也会和赛里木湖的蓝一样，纯净温暖、深邃迷人。

心中的天池

每个人心中都有属于自己的天池，来到新疆昌吉州阜康市博格达峰下的天山天池，你就会偷偷地爱上这里。

从新疆首府乌鲁木齐市到天山天池景区门口有百余千米，从景区门口再到天池还有三十多千米路程，换乘区间车后还要徒步一阵子才能到达。如果第一次来这儿，你肯定会像离乡多年回家的孩子一样，为看一眼心中的天池，急得流下眼泪。

车窗外沿途的风景被抹上色彩，路两旁的山峰热情相拥，葱翠与雪光陡然分立，三工河自信地翻滚，河谷里嫩绿灵动的青苔韵满人间，稀稀落落的阳光穿透云层从叶缝中掉下，斑驳了夏的炙热，一阵微风拂过，路旁娇俏玲珑的野花香气多么沁人心脾。霎时间，所有的惬意都藏在了大自然的鬼斧神工里，热情且恬静，让人不得不折服。

天山天池有五十盘，人生更有十八弯。穿过一线天，山的味道扑面而来，陡峭的山路让人生畏，笔直的雪岭云杉痛饮阳光，被热情的风亲弯了腰杆，像是在迎接远道而来的客人。炫目的岩石与高山天然融为一体，躲在云朵后的阳光为这空灵披上了嫁衣，抬头仰望，天山一色，顿觉自己是那么渺小。当乘着区间车喘着粗气爬上山再向下望时，你就会感觉眺望的不是人间，不是美景，而是整个人生。

一到天池，迎面扑来的清澈和纯粹就浸透了心底。绵软的天池像一块巨大的绿宝石静卧山间，牛乳一样的雾霭，宛如亭亭玉立的少女穿着轻纱，在堆满禅意的画卷里，不经意间就跳起了天宫舞，凡间的心也随之舞动，这是只有在中国的山水画里才能描绘出的雾里水乡。梵音悠扬，穆王与西王母欢宴对歌的场景就在眼前，沉浸在这里，回想瑶池美丽的传说，任思绪腾飞，一切文字都显得苍白无力。

山光湖色随着日影的移动而变换，湛蓝的天空洒下阳光，我迫不及待地坐上游船，天池水面微风轻抚，恰似玉人的素手，抚摸心上人通红的脸颊。当你全然忘记了这不是江南的时候，沉浸在泼墨山水画里，真有“一池浓墨盛砚底，万木长毫挺笔端”的豪迈，与自然相对无语，我的眼睛突然晃了几下，目之所及就像池面的涟漪一样，四散开来。

青翠的湖水透着清凉，碧波荡漾的池面映着皑皑的雪山，光是“天池”这个名字就足以打动人心，让人不忍心去打扰这里的每一寸土地，这是只有在天山天池才能感受到的美丽，闭上眼睛深呼吸，用心去感受，生命也会因此更加清纯、净洁。

最美的风景永远在路上，也永远在心中。当山顶挑起夕阳，区间车载满游人走在回家的路上，哈萨克族姑娘的歌声依旧在耳畔回响，奶疙瘩的香味，还在心间涤荡，我还是会想起心中的天池，不管去多少次，都让人热泪盈眶。

无论你是一次也没有去过天山天池的新疆人，还是对天山天池倾慕已久的他乡游客，这里总有理由值得回味，如果有机会，就来这里，寻找美景，也寻找最美的自己！

绿洲之恋

火焰山位于吐鲁番盆地中北缘，从乌鲁木齐市出发，穿越茫茫戈壁，等待已久的火焰山就呈现在了我的眼前。

明代作家吴承恩在《西游记》第五十九回写道：“那山离此有六十里远，正是西方必由之路，却有八百里火焰，四周围寸草不生。若过得山，就是铜脑盖，铁身躯，也要化成汁哩。”显然，吴承恩笔下的火焰山极富浪漫主义色彩，虽略显夸张，却也平实地写出了火焰山的热烈和荒芜。

站在馒头山上举目四望，无垠的荒芜映入我的眼帘。寸草不生的发着闪闪红光的山，常年的劲风勾勒出独特的地质风貌，远观眼前这山势，沟壑纵横，棱角分明，似是红色的岩石，近看却是一层层被岁月压实的黄沙。湛蓝的天空中竟没有一丝云彩，阳光似一团熊熊燃烧的大火，条纹状的气流笔直上升，刺进我每一寸裸露的肌肤。

这荒芜，是世间绝无仅有的荒芜。大地干裂，磷黄色的沙丘无限向前延伸着，被阳光炙烤得泛起层层的尘土；一阵狂沙弥漫在沟壑之中，山上已经完全能够没有维持绿色生命的养分，只留下一片荒芜的景象。这里听不到任何鸟叫的声音，是一片连星光都被掩盖的沙漠，即使你身处极地、站在珠穆朗玛峰之巅，恐怕也找不到眼前这般荒凉至极的景象了。

就是这般荒芜，山脚下一条纵深的沟谷里，竟有一股清泉澎湃流出，从不知名的地方潺潺奔向远方。河两岸的白杨树像士兵一样排列得整整齐齐，大约十几米高的样子，极力向干旱宣示着生命的尊严，提起精神的脊梁笔直向上生长。红柳花开得正艳，散发出诱人的香味，潜藏在水底的生灵，把生命的孤独归结为稀疏的芦苇，一片生机勃勃的绿洲，在岁月的变迁中，引得无数慕名而来的游人为之倾倒。

于生命而言，再也没有比火焰山更恶劣、更糟糕的生长环境了。当我们走到山穷水尽的时候，不妨来火焰山感受生命的绝望。面对眼前这无边无际的荒芜，你迷茫的未来、人生中的一切艰难险阻，是多么渺小。哪怕是这样无人问津的环境，连最起码的生命都得不到保障的情况下，一片生机盎然的绿洲就这样坦荡地生长着、延续着……处于食物链顶端的我们，还有什么理由抱怨命运的不公?

只有借不到的芭蕉扇，没有过不去的火焰山。当火焰山的荒芜走进生命的深处，从此我们的人生一定是一片坦途。

老版《西游记》之所以成为经典，与其现场感是分不开的。我印象最深刻的就是唐僧师徒四人过火焰时，猪八戒被烫得跳起来拍屁股的情景，如果仅仅是人为的简单动作，没有自然条件作为辅助，是达不到那种很难再被后人超越的效果的。不得不说，是火焰山，让《西游记》这部凝结着中华五千多年文化的艺术著作有了永恒的生命。

置身火焰山脚下，看着唐僧师徒四人西行时的身影，以及牛魔王、铁扇公主、玉面狐狸的雕塑，那沉淀在岁月里的恩

恩怨怨，早已在后人无限的感慨中，化作斗罢艰险又出发的大道。人来人往，风轻云淡，这既是历经十四年长途跋涉的释然，也是磨难之后的皈依。

火焰山，一个荒芜得不能再荒芜的地方，却能让我感受到旺盛的生命力。这种生命力，穿越历史的风声，古老深沉、遒劲有力，让我深深地感动着……

听见江布拉克

天山北麓圣水之源江布拉克，横卧在大地的臂弯中兀自彰显着生命的庄严和肃穆，仿若低调的人间天堂，此刻正敞开胸怀接纳四面八方的游人。深情遥望一片碧绿的原野，这是只有在江布拉克才有的颜色，就像美丽的哈萨克族少女揭开她神秘的面纱，羞涩地站在百花丛里等待着我的到来。

沿着景区西环线自驾而上，一条宽阔的柏油路面在沟壑纵横间向前无限蜿蜒。随着山势的逐渐升高，此时已经完全没有了先前的那般干旱和荒芜，一片绿色的麦海映入眼帘，夏日难得的清凉扑面而来。当天山脚下的春天姗姗来迟，一抹绿色贯穿于整个江布拉克，那一定就是这里最深情的颜色。

爬上一座不知名的高山，颇有一峰独秀的气势。这里的视野和格局也更加开阔。一阵凉风轻轻撩起衣襟，江布拉克宛如一道天然的山水屏障逶迤散开，与蓝天和白云遥相呼应。张开双臂尽情拥抱这里的一切，猛然发现我所极力追寻的风景，竟是眼前这般无垠的苍茫之色，是脚下那朵格桑花开。

半山腰上的野蔷薇肆意绽放出江布拉克永恒的微笑，我尽力把自己想象成一粒尘埃，漫无目的地飘荡在时间深处。绿波荡漾，哈萨克牧民白色的毡房点缀其中，一缕炊烟缓缓升

起，农耕文明与游牧文化相互交融，赋予每一寸土地以勃勃生机，这便是独属于江布拉克的浪漫。

时至正午，草丛里的露水还未完全消散。漫山遍野的金莲花相互簇拥，仿若太阳的精魂。狗尾草迎风摆动，贝母花耷拉着脑袋让人心旌摇曳，几棵还没有开败的蒲公英飘落在山坡上的每一个角落……霎时间，红的、黄的、粉的、紫的，许多不知名的野花铺满大地，把江布拉克点缀得五彩斑斓。

此时的路边已经完全变成了高山草原，道路两旁的草地上，几头牛站在那里自顾反刍着鲜草，似乎早已习惯人来人往的场面，一副仰头快要睡着的样子。转过一道弯，却见远处一座巨峰突起，连绵几十千米。仔细一看，似是被石斧劈过一般，又像马鞍一样横亘在苍山雪岭。缥缈的雾霭像归家的羊群，一溜烟儿就跑到了大山深处，当你回过神来的时候，早已不见踪影。

江布拉克的天气是多变的。刚才还是艳阳高照，转眼间天空就淅淅沥沥下起了小雨，要是在城市里，这雨绝不会来得如此突然和仓促，更不会没有任何征兆。红蚂蚁在草丛里成群结队爬来爬去，而这里的游人却没有一点儿想要避雨的意思，几个年龄不到二十岁的哈萨克族小伙骑着马你追我赶，似乎早已与这里的山川草木融为一体。

过了新户河，山路就像一道绳索将三道弯子连在一起，当地牧民叫“三道扁子”，有出入平安的意思。站在木栈桥上放眼望去，远山近水相映成趣，沟谷对面的半山坡上金黄的油菜花一直延伸到山脊，好像有人影来回穿梭，不用说，那定是这里的养蜂人。崇山峻岭间，雄鹰在天空盘旋，在这充满原始和野性的化外之地，蜜蜂一定能酿造出甜美的蜂蜜。

山峦为晴雪所洗，一股清泉从山涧喷涌而出，挺拔翠绿的雪岭云杉依偎着远处苍茫的山脊，层次分明的林海让江布拉克平添了几分立体感。走在浓荫覆盖的断桥上，四下里虫鸟啾鸣，久违的松香渗入鼻孔，动和静相互搭配，单调与精彩完美结合，江布拉克的颜色变得更加丰富多彩，仿佛走进了童话的世界，隐没在旷古时光里的宁静，自是十分养眼。

黑涝坝处在江布拉克景区南缘，由此沿着东环线一路往北，雨越下越大。途经松翠谷、江布拉克大峡谷，一直到花海子，雨才慢慢地停了下来。透过车窗向外看去，山川与草地相融相生，自然与人文巧妙结合，那令人陶醉的野花争奇斗艳，似乎在诉说着生命的顽强与激情。如果时间充足的话，与亲人抑或是朋友行走在这里一定十分惬意。

走近天山麦海，万亩良田随着山势连绵起伏，辽阔的绿色越发璀璨夺目，俨然一幅绝美的大地版画艺术景观。美丽的江布拉克，那治愈人心的一抹绿色，在阳光的照耀下散发出迷人清香，徐徐铺展在历史与人文的交汇中，造就了飘香百年的古城老窖。丰收的喜悦尽收眼底，这也是只有在江布拉克才能找寻到的物质满足和精神依托。

直到一段旅程结束，我也没能看到疏勒城遗址，多少有些遗憾。车子沿着景区大门口缓缓驶去，戊己校尉耿恭的雕塑赫然屹立，静静守望着辽阔的准噶尔大地。从荒芜到繁华，再到荒芜，我与江布拉克，就这样相遇又离去。我想，这便是人世间最美的遇见。来去，去来，谁又曾在这里真正驻足？

我听见江布拉克那历史深处的回音，仿佛在诉说大自然无尽的魅力，永远让人心情舒畅。

静静的青格达湖

青格达湖的水犹如一条闪光的彩带，一直荡漾到堤岸的水泥阶上，然后缓缓地退去。清凌凌的湖面倒映着蓝天和白云，静谧而深邃，这是大自然最轻柔的呼吸，它将宁静与力量交织在一起，以其独有的魅力点缀着眼前的风景，似乎能容纳尘世一切烦恼与喧嚣。你听，这里的每一滴水都在喃喃低语，仿佛能穿透时光和记忆，低吟浅唱着岁月流转。

1951年夏天，王震将军三探黑龙潭（青格达湖原名），率领第六师官兵在原来季节性小湖泊的基础上，拦截了乌鲁木齐河、头屯河、黑水河、老龙河等，耗时近五年修建了兵团第一个农业灌溉专业水库——猛进（原六军十七师代号）水库，也被称为“军垦第一库”。它与下游的八一水库、沙山子水库共同调节、控制灌溉五家渠四十余万亩耕地，养育了生活在这里的每一个人。

从五户人家一条渠到万户人家一座城，七十多年，青格达湖见证了无数军垦战士屯垦戍边的光荣历史，也见证了几代兵团人改革发展的坚实足迹。可曾记得寒冬腊月被战士们称为“强身丸”的冰冻窝窝头，还有炎炎夏日里“轻伤不下火线”的感人事迹，无不彰显出兵团人的坚毅和勤劳。在天山北坡准噶尔盆地的荒原上，一支英雄部队曾在这里建设边疆、繁衍生息，一座具有兵团特质的城市在绿洲大地悄然崛起。

漫步青湖之滨，湖水自脚下一直延伸到天边，倒映着博格达峰巍峨雄壮的轮廓，峰顶常年不化的积雪此时更是清晰可见。远处略微干涸的湖边湿地上有羊群正啃食着鲜草，依稀能听到几声牧羊人悠扬的歌唱。那相互簇拥着的柳树自是沾了湖水的光，显然比其他地方的要更加茂盛。岸边的芦苇随风摇曳，与澄清的湖面构成了一幅和谐优美的生态画卷，来此的游人无不沉浸在这一片寂静与喧闹中。

渐渐将目光拉回，波光粼粼的湖面仿佛有无数颗珍珠散落而下，一只大斑头雁带领着一群小斑头雁正在游弋觅食，身披黄毛的小个子赤麻鸭扇动着翅膀故意摆出一副傲慢的姿态，鸿雁贴着湖面划过，随即漾起一圈圈圆晕，那群应季迁徙到此的苍鹭，懒洋洋地站在湖滩上对镜梳妆，仿佛一位隐匿于人间、更隐匿于自然的诗人。在这水天相接的绝美画卷里，青格达湖纵使历经风雨沧桑，却依然保持着那份独有的宁静。

站在湖堤向下看去，一片以菊科为主的花卉竞相释放着各自独特的魅力，秋英一朵朵簇拥着盛开，还有金黄色的黄秋英和孔雀草、风姿绰约的百日菊，在阳光的照耀下显得格外耀眼。彩虹廊道两侧则布满了萱草花、绣球、牡丹、芍药等，那已经开败的郁金香、天山祥云和矢车菊等雍容的紫、淡雅的白此时虽早已不见，却依然残留着淡淡的花香，这深入肺腑的味道和浅浅的时光，给青湖平添了几分韵味。

如果说水是城市的灵魂，那么柳则赋予水以气质。站在青湖之滨，成排的柳树早已长发及腰，细腻而又柔软的柳枝在

风中轻轻摆动，宛如少女翩翩起舞，或婀娜多姿，或婉约柔美。要是先前没有来过这里的人，一定不会想到在古尔班通古特沙漠的南缘，竟有这样一个胜似江南的地方。时间凝固，当我们因对方的存在彼此触动，这便是初见时的欣喜。

离青湖不远处有一个荷花池，是新疆种植面积最大的荷花观赏景点。“池面风来波潋潋，波间露下叶田田。谁于水面张青盖，罩却红妆唱采莲。”碧绿的荷叶宛如翡翠挨挨挤挤，亭亭玉立的荷花，粉白相间，在水雾的加持下更加朦胧缥缈，引来成群结队的蜻蜓在荷池上空飞舞盘旋。嫩蕊凝珠，细嗅那一抹清新淡雅的幽香，我的心也变得越发宁静。

“风景是一座城市的简介，它像一阵氤氲的芝兰之气，既浓得化不开又轻得无足迹。”但如果说一座城市有了强大的精神支持，那无疑是这座城市更为闪亮和耀眼的标志，经过几十年凝结而成的深厚文化底蕴，必将伴随时代的进步而不断丰富。当共同的价值追求与个人理想高度契合，这种精神便会赋予一座城市踏上新征程、迎接新挑战的雄厚底气。

静静的青格达湖守望着天山的巍峨，这一方清静的神灵之水，准噶尔盆地上的罗布泊，让人肃然起敬。

再来石河子

在去石河子之前，文章的名字其实就已经想好了。但在落笔的那一刻，我却有些犹豫，究竟是用“再到石河子”还是“再来石河子”呢？思前想后，还是用“到”较为准确，毕竟我不是土生土长的石河子人，对石河子这座陌生的城市了解不够深入，以第三者的身份回忆石河子，会更亲近一些。但当我真正写下这个题目的时候，我满怀自信地将“到”改为了“来”。石河子，中华人民共和国军垦第一城，一座具有旺盛生命力、极富包容性的城市，怎么会拒绝我亲近它呢？看来，倒是我见外了。我于它而言，本来就是亲近的。

初春气温已经回暖，恰逢周六，抛却平日里工作的繁忙，少了些许焦虑，又是阳光明媚、风和景明，谁能经得住游目骋怀、感慨系之的诱惑？一大早，同事就打来电话，告诉我去往石河子的火车票已经买好，叫我收拾好行李，赶上早晨九点前的班车到乌鲁木齐高铁站。带着出行的仪式感，我不紧不慢地收拾好行李后，就和同事赶往了火车站。进站不一会儿就开始检票，还有一个同事没有进站，东张西望等他进站检票上车后，火车就缓缓开动了。

日子越忙，越要从容。当工作和生活混为一谈、不分彼

此，因某个时刻的闲暇而变得焦虑不堪的时候，我们也的确需要这样一个时刻，即使在人来人往、人声鼎沸中，也能有意识地放慢生活节奏，让匆忙的心态从容走过，路过沿途的风景，感悟回归自然的喜悦。徘徊在焦虑和欣喜这两极之间，站在自己人生的渡口，我们才能够清醒地认识时间的意义。这也正是忙碌的价值所在，不仅让我们收获了延续生命的能量，也让我们对自我有了更高层次的感悟。

高铁的速度越来越快，偶尔与空气摩擦发出声响，车厢里座无虚席，从人们舒缓的神情中就能看出，他们中的大多数人和我们一样，远道而来，都在期待下一站的风景。我对面坐着几个维吾尔族姑娘，长得十分相像，一双明亮的大眼睛就占了脸面一大半，长长的睫毛撩拨着明媚的眼神，眉毛像弯弯的月亮，高挺的鼻梁彰显着端庄的五官，一头浓密卷翘的黑发散发着淡淡花香，让人忍不住多看几眼。偶尔望向彼此，在她们深邃的眼神里，我看到了阿瓦尔古丽是那么灵动、优雅，在塔克拉玛干沙漠里，当夕阳铺满沙丘，一袭红纱伴随着热瓦普的弹奏热情舞动，那从鄂尔浑河流域传承至今的赛乃姆，有着满满的西域风情，满满的新疆味道。

我们乘坐的列车从乌鲁木齐始发，终点站是伊犁州首府伊宁市，下一站就是石河子。尽管每个人到达的站点不尽相同，但至少在去往石河子的这一段旅途中，车上所有人的目标都是一致的。车厢内人们心照不宣、相顾无言，车窗外的风景被高铁的速度逼退，远处连绵的雪山缓缓向后移动，在朝阳的映衬下楚楚动人。一眼望不到边的棉花地里人影攒动，几辆大型东方红拖拉机忙碌耕作，像脱缰的野马一路狂奔，只为寻找心中的那片草原。

望着窗外的景象，我的思绪随即飘到了1958年。开发莫索湾，是八师垦区发展史上的重要一页。是年8月，陶峙岳、张仲瀚乘坐吉普车经莫五场（现农八师一四九团）踏勘选点，命令部队扎根生产，植树造林，经过几年与盐碱的艰苦斗争，最终在这片土地上繁衍生息。六十多年过去了，陶峙岳那首“莫索湾边共青场，防风沙障数千行；稳保丰收先抗逆，操之唯我破天荒”依然萦绕耳畔。我想，如果他们还在的话，看到眼前这般景象，他们的眼神里一定充满了骄傲和欣慰，石河子农业焕发出的蓬勃生机，也许在意料之中，也许远在意料之外。

高铁缩短了城市与城市之间的地理距离，也拉近了我与石河子之间的心理距离。不一会儿，我们就到了石河子。出了火车站，迎面扑来一股熟悉的城市味道，街道上来来往往的老人精神矍铄，道路两旁的白杨树笔直参天，想来，在这座古老城市，有厚重的红色文化底蕴作为支撑，这里的一草一木昂首挺胸、自信十足也是情理之中的事情了。

这是我第三次来石河子，前两次仅仅是路过。我从来没有想过，有一天我会和同事再次来石河子。但冥冥之中总是有一根线在暗处牵扯，结果就真的来到了石河子。我们乘公交车穿梭于这座年轻的城市，带有明显老军垦标志的建筑随处可见，仅仅是坐在车上，就能明显感觉到这座城市深厚的文化底蕴。公交车挤上来几位白发苍苍的老人，我和同事赶忙起身让座，他们一定与这座城市相伴相生，对这里有着特殊的感情，是最值得让人尊敬的人。想到这里，我对这座城市、这里的人更加充满敬畏。

在深入这座城市的旅途中，有人上车，也有人下车。我们不知不觉就到了石河子戈壁文化和旅游园，它的前身是八一棉纺织厂，这是我们此行的第一个目的地。一进门，“1958年工业记忆，戈壁印象”几个大字赫然映入眼帘，一群小学生穿着整齐的军装，正在朗诵《年轻的城》，洪亮的声音从院前屋后弥漫开来。院子左侧老军垦的雕塑栩栩如生，像丰碑一样，屹立在草坪正中央，草木蔓发，涌动着无限的生机。六十多年过去了，走进散发着古朴味道的办公楼，里面的陈列依然完好如初，墙上的白色粉末卷曲起来，我仿佛触摸到了那段辉煌的历史。走进原厂区，一台台精密的纺织机器整齐排列，从棉花到纱线，凝结了多少人对美好生活的追求？我听到了六十多年前机器轰鸣的声音，依然能感受到老军垦人火热的心跳。其实，对历史最好的致敬，不是改变，而是敬畏。

走进石河子步行街，人流如潮。那长长的街衢，在阳光的照耀下，舒展成了一幅画，仿佛跻身在清明上河图的飞梦里，在与现代文明的交相辉映中越发古朴文雅。古玩、小吃、衣服……各种商品琳琅满目、应有尽有，叫卖声乱作一团，只剩下中间一条极窄的小街供人们穿梭，我不禁叹了一口气，心想也算得上是“曲径通幽”了。这既是现代文明都市的缩影，也是包容在当今所有都市中最真实的街景。当我们习惯了独自远行，望着红色的砖块在脚下向后延伸，听着乌苏啤酒瓶碰撞的声音，惊诧于人性的返璞归真，我们就能真实地感受到这个城市的魅力所在。

太阳渐渐西落，微风中夹带着丝丝甜味，我们来到了艾青诗歌馆。诗歌馆共分两层，全面真实地记录了这位大堰河的儿子、诗坛泰斗、人民的歌手的生平事迹。在诗歌馆的大厅里，有人正在朗读艾青的诗歌，是那样清澈，那样具有穿透力。艾青其人其事，早已与这座城市融为了一体，只有沉浸在这里，我们才能真正读懂这位以真诚的国际主义精神和人道主义精神呼唤自由、平等、文明的诗人，读懂诗城的诗意。

如果有机会，我一定会再来石河子。

阿尔金山的守望者

不到新疆，不知中国广大；不去巴州，不知新疆辽阔；不来若羌，不知巴州有多美。从巴州首府库尔勒出发，到若羌县依吞布拉克有七百多千米的路程。我们一行六人到若羌县城后，稍作歇缓，第二天一行两人去了罗布泊，我没能去多少有些遗憾。我们另一行四人坐着越野车翻越阿尔金山，去了依吞布拉克，从若羌县城到依吞布拉克有三百多千米的路程，由于时间紧、任务重，因此也算得上是远行了。

我对依吞布拉克不大了解，听司机讲，依吞布拉克地处新疆、青海、甘肃、西藏四省份交界处，平均海拔3138.5米，是若羌县的东南大门。我从小就神往雪域，崎岖的山路颠簸了来来往往追梦的车辆，但没能颠簸雪域岁月的温柔。我时常在想，我们终其一生，生活也好，工作也罢，到底是在追求什么呢？就在这颠簸里，我找到了答案，阿尔金山的雪，像年逾期颐的老人，和蔼温顺，世间所有平凡，都在这来往里颠簸，嵌进了岁月，融进了血液，在亘古里奔流。

有人说：“开始就意味着结束。”当行至中途远望的那一瞬，哪儿还有开始和结束？当春夏秋冬都在阿尔金轮回，远处连绵的雪山和蓝天翱翔的雄鹰，也在等待陌生足迹的来访，把记忆留在这里，也许是很多次，也许一次就是一生，这是阿尔金与生俱来的品质。岁月每向后一秒，我们就向前一步，空间不能阻隔回首时的温柔，让这白静静躺在安然里，不就是最好的归宿吗？拉回视线遥望前途，车窗外凛冽的风，还有那愈来愈近的幸福和感动，一切都让我充满了向往。

总有那么一些人和事，会留在心里。和留守依吞布拉克坚守岗位的战士聊天，他告诉我们他全日制学历是高中，后来有幸得到组织关怀，读了个函授大学，二十余年一直坚守在这里，有好几个年头没有回家了。他还告诉我们，他从小家庭比较困难，因为热爱、因为忠诚，在这里无怨无悔……远处是皑皑的雪山，冬日的房间里透着甜甜的味道，这场长达半小时的畅谈，让我的思绪被拉得很远很远，要积攒多少幸运，才能在这一瞬被感动，就像远古飘来的风，温柔了依吞布拉克夜的梦？

只有切身走进阿尔金山，才能感受到它的广袤和博大、包容和热情，它的山川河流、人文风情一直存在，也一直在等待，等待给走近它的所有人以惊喜，等待你来，感知最热烈的心跳。也恰恰就是在这漫长的等待中，漫长成了短暂，短暂化为瞬间，瞬间却凝结成永恒，在亘古里回首，当暖流划过心间，即使在几根简单的面条里，也有热气腾腾的幸福。

从依吞布拉克再往南就是可可西里了，我还想去那“青色的山梁”，去触摸可遇而不可求的那一瞬感动，化在时间的荒芜里，陪光阴变老。又要奔赴下一程了，就让这感动永远留在高原上吧。

最长情的告白

新月初升，无垠的天幕缀满星星，一缕柔曼悄然划过心海。

来到兵团日报社工作两个年头，发生在这里的每一件事依然历历在目，仿佛还是刚来时的模样，我也在时间的洗练中更加从容自信。也许这就是时间给予我最好的答案，行进在生命的旅途中，当我们以感恩之心看待周围一切的时候，工作中所有的焦灼和快乐，终会将奋斗的路途点缀得花香弥漫。

兵团实行党政军企合一的特殊体制，兵团日报使命天然特殊。作为当时全国体量最小、人数最少的省级党报，在这里工作，才能真切体会到什么是奉献。在奋力打造新时代宣传兵团轻骑兵、建设具有兵团特色的新型主流媒体的壮阔征途上，我曾无数次被周围同事那种忘我的工作精神所感动，亦曾无数次为了做好一项工作而彻夜难眠。我想，这既是兵团组织能力和动员能力在新闻宣传领域的体现，也是一张具有特殊气质报纸的底气所在、动力所在。

日出日落，天边霞光绚烂如锦。高大巍峨的天山，见证着一代代兵团日报人守望初心、追寻梦想的豪情壮志。沿着岁月的足迹，越过千山万水，追寻时代的壮歌，一个满含文化气息、富有诗意的报社正意气风发地走向未来。

骄阳似火，兵团新闻出版社大厦风景格外迷人。几朵向日葵以虔诚的姿态面对着阳光欣然怒放，松果菊开得正旺，爬藤月季散发着迷人清香，淡黄色的萱草花摇曳着，几棵白蜡树的叶子紧紧挨在一起，发出朦胧润泽的光来，实在是绿得可爱。

坐在长凳上，依稀听见几声鸟叫，蓊郁荫翳的树木与辽远天空中的云朵，恰好构成了一幅雅趣盎然的泼墨山水画。一阵微风吹来，树叶飒飒作响。

夜色阑珊，在院子里散步。一缕银光穿过水曲柳叶照在我的脸上，灯影里的兵团日报社，更加寂静庄严，沐浴着信仰的光辉，处处彰显勃勃生机。七十年蓄积的浑厚文化底蕴随即弥漫开来，一颗种子发芽的力量，深沉而厚重，生动而隽永。抬头望向夜班编辑部，看着那闪耀着兵团日报人璀璨赤诚初心的灯光，便可读懂兵团精神的深刻内涵。

穿越七十年的时光隧道，当初的承诺，依然温暖如初。在加强全媒体传播体系建设的新闻版图上，凝聚着无数跋涉的背影、奋斗的脚步。深耕兵团红色沃土，追求卓越的品格早已融入每一个兵团日报人的精神血液，激荡着波澜壮阔的时代和声。当岁月的脚步渐行渐远，我很庆幸自己能与每一个兵团日报人在生活的点滴中感受荣耀与自豪。

时间的脚步总是如此悄然，秋天的味道迎面扑来，还未深刻记下故事里的细节，便已走得很远很远。随手翻开一份很久以前的兵团日报，一股厚重的历史气息迎面扑来，心中顿时充满肃穆庄严的敬意，泛黄的纸页散发着时间的味道，七十年，一次波澜壮阔的远行，兵团日报的故事还在继续。

斗转星移，望崦嵫而勿迫。未来的路还很远，当我们把目光投向时光的深处，义无反顾地为了充满光荣和梦想的远征奔赴，便是对这方热土最长情的告白。

后记

正如所有能够坚持下来的动因都是出于热爱一样，我写作并出版这本书的原动力依然要归结于热爱。是的，当我还在读大学的时候，就曾萌发过出版长篇小说的强烈愿望，并且尝试着写了两万多字。不出所料，最后还是没能坚持下来。这其中有客观原因，但更多的还是在主观方面。

2016年，也就是我上大学后的第二年。如同因工作压力直到半夜翻来覆去却怎么也睡不着的那种清醒，那时的我精力相当旺盛，但也很幸运，我并没有像大多数同学那样，选择安逸地度过那一段弥足珍贵的时光。和平南大街桥边热闹的早市，还有大学的图书馆、操场、教室，我都曾留下美好的记忆。当然，我只是千万人中的一个，再也普通不过。

最令我难忘的是，那个时候我刚走出大山，对知识的渴求比以往任何时候都要强烈，光我自己从书店里买来的国内外名著就足足有三百多本，而这些书籍无一例外都被我读完了。直到现在，即便那些书中的具体情景早已变得模糊，但也足以让我受益终生。早晨八点多钟起床，那时我大学的舍

友还在熟睡，随便捧起一本两三百页的书籍，一天时间就能读完。

2019年大学毕业后，我来到了新疆，在纸质媒体发表文章的想法依然那么强烈。2019年9月12日，巴音郭楞日报刊发了我的处女作《肩膀》。而在这之前，我的一些作品仅仅只是被我们当地的一些网络平台推送而已，所以我为自己能够在纸媒上发表作品高兴了好长一段时间。

在这以后，不论我的工作压力有多大，写作欲望都越来越强烈，自己投出去的一些散文、诗歌，也被越来越多的报刊采用，有的甚至被学习强国总台选用，这进一步增强了我坚持写下去的信心。偶然中往往蕴含着必然的结果，其实这本书的出版时间要比预想早一年多，远远超出了预期。从最初的随想，到后来对故乡往事的回忆和思考，再到成体系、哲理化，我似乎也并没有刻意为了写作而写作，然而这一切只是水到渠成。

思来想去，这本书其实只有一个主题，那就是爱与被爱。“我时常把母亲比喻成大地和太阳，无私的奉献，无差别的给予，像大海一样的包容，是母爱的内核所在。在人类繁衍赓续的文明浪潮中，母亲、母爱永远是物质文明进步的根基，也是我们走向美好未来的精神延续。”这是我在《我的母亲》一文中对大地以及所有被赋予母爱含义事物的具体阐述。

与文字打交道，总是要有一点儿情怀的。抒情是一方面，我想更重要的是肩负起文化传承的责任感。在《拜年》中，“关于这所小学（坡儿小学）创办时的具体细节，我没有找到任何文字记载，随着何大爷的逝世，这一切早已被淹没在历史的尘埃里，一代人珍贵的记忆就这样凭空消失，这是一件悲哀的事情。”其实这只是乡土文化的一角，还有很多没有被我们发现但正在消逝的东西，这些都需要我们去关注、去记录、去传承。而当我们有了这种使命感，也会不再仅限于选择关注自我，而会对现实世界及整个社会感到担忧。

当然对于习惯于写公文的我来说，对于文字本身而言是十分吝啬的。在每一个细节的推敲中，我尽可能用最少的文字来表达我最深的情感，而这往往达不到预期的效果。其实我要写的，远远超出了文字本身。除了画面感，在写作的过程中，我也尽可能地为每一位读到这本书的读者腾出一定的想象空间。一千个读者眼中有一千个哈姆雷特，假如有读者读完这本书，我其实并不希望其停留在文字本身，而是去思考、去怀念、去创造，这是我的本意。

在这里，我要感谢，故乡的那条小路、老牛以及大地深处所有给予我创作灵感和写作力量的人和事，还有我深情怀念的母亲……